- 中央高校基本科研业务费专项资金资助
  Supported by the Fundamental Research Funds for the Central Universities
  项目编号：20720171055
- 福建省社会科学规划项目(项目编号：FJ2019C021)资助出版

Псевдодокументальный нарратив С.Довлатова

谢·多甫拉托夫的伪纪实主义叙事研究

胡晓静　著

厦门大学出版社　国家一级出版社
XIAMEN UNIVERSITY PRESS　全国百佳图书出版单位

图书在版编目(CIP)数据

谢·多甫拉托夫的伪纪实主义叙事研究/胡晓静著. —厦门:厦门大学出版社,
2021.12
 (校长基金丛书)
 ISBN 978-7-5615-8453-8

Ⅰ.①谢⋯　Ⅱ.①胡⋯　Ⅲ.①谢尔盖·多甫拉托夫—诗歌研究　Ⅳ.①I512.072

中国版本图书馆 CIP 数据核字(2021)第 273377 号

出 版 人　郑文礼
责任编辑　高奕欢

出版发行　厦门大学出版社
社　　址　厦门市软件园二期望海路 39 号
邮政编码　361008
总　　机　0592-2181111　0592-2181406(传真)
营销中心　0592-2184458　0592-2181365
网　　址　http://www.xmupress.com
邮　　箱　xmup@xmupress.com
印　　刷　厦门市明亮彩印有限公司

开本　720 mm×1 020 mm　1/16
印张　12.75
字数　230 千字
版次　2021 年 12 月第 1 版
印次　2021 年 12 月第 1 次印刷
定价　50.00 元

本书如有印装质量问题请直接寄承印厂调换

厦门大学出版社
微信二维码

厦门大学出版社
微博二维码

目 录

绪 论	001
第一节　多甫拉托夫的伪纪实主义叙事概观	003
第二节　多甫拉托夫伪纪实主义叙事的国内外研究综述	008
第三节　本书的研究对象、方法、意义等	017
第一章　伪纪实主义的内涵	021
第一节　电影中的伪纪实主义	021
第二节　文学中的伪纪实主义	023
第三节　伪纪实主义叙事的特点	027
第二章　多甫拉托夫的伪纪实主义叙事话语	034
第一节　叙事人称	034
第二节　叙事面具	045
第三节　叙事语言	050
第三章　多甫拉托夫伪纪实主义叙事的结构及其功能	070
第一节　短篇小说环型叙事	072
第二节　边框叙事	077
第三节　超文体叙事	087

第四章　多甫拉托夫伪纪实主义叙事中的人物形象　　109
　　第一节　人物塑造手法概述　　109
　　第二节　小说人物与原型的关系　　115
　　第三节　人物的"醉态"变形　　121
　　第四节　人物的"幽默"变形　　128

第五章　多甫拉托夫伪纪实主义叙事的艺术探源　　139
　　第一节　伪纪实主义作为审美实践的手段　　140
　　第二节　伪纪实主义作为身份认同的途径　　156

结　语　　179

参考文献　　183

附　录　　194

后　记　　198

绪　论

　　谢尔盖·多纳托维奇·多甫拉托夫（Сергей Донатович Довлатов, 1941—1990）是当代著名的俄裔美籍作家,俄罗斯侨民文学"第三次浪潮"的重要代表人物。他毕生用俄语写作,1978年移民美国纽约。1980年起,多甫拉托夫的短篇小说陆续在美国著名杂志《纽约客》等刊物上发表,并很快成为"继索尔仁尼琴、帕斯捷尔纳克、纳博科夫和布罗茨基之后在美国最著名、作品被人传阅最多的作家"①。多甫拉托夫的小说不仅传承了俄国作家普希金、契诃夫精简、朴实的语言风格和人文主义思想,还从美国作家海明威、塞格林那里汲取了追求个体价值、人格自由的养分。美国作家约瑟夫·海勒称他为"真正具有美国式幽默的俄国侨民作家"②。1986年,多甫拉托夫荣获美国笔会年度最佳小说奖。1989年,他的小说被收入美国世界优秀小说文库。1990年,多甫拉托夫以侨民作家的身份重新回归俄罗斯文坛,被誉为"当代俄罗斯最伟大的作家之一"③、"苏联最后一位代言人"④等,其小说因规范而精美的语言被俄罗斯教育部列为中学生必读书目之一。

　　自1993年第一部作品集在俄罗斯问世以来,多甫拉托夫一直位于俄罗斯畅销书作家之列。如今,其小说已累计出版150万册以上,并被译为英、法、西、意、德、印、汉、日等多国语言。2014年9月,"多甫拉托夫大道"（Dovlatov Way）在美国纽约正式落成,它成为该市第一条以俄罗斯作家的名字命名的道路;2015年1月,根据多甫拉托夫作品改编的话剧《见了面,聊了天》在圣彼

---

① Баевский В. С.（рекд.）. История русской литературы XX века. М.：Языки славянских культур，2003. С. 355.
② Джозер Хеллер // Звезда. 1994. № 3. С. 172.
③ 侯伟红:《我的祖国在远方——俄罗斯侨民文学"第三浪潮"的重要代表多甫拉托夫》,《中华读书报》2005年1(15)。
④ 程殿梅:《流亡人生的边缘书写》,中国社会科学出版社2010年版,第15页。

得堡"波罗的海之家"剧院上演;2015年9月,在普斯科夫①举办了"多甫拉托夫文化节";2016年9月3日在圣彼得堡举行多甫拉托夫75周岁诞辰纪念活动——"多甫拉托夫日",近20位作家、文学评论家发表纪念文章;随后,作为纪念日的系列活动之一,多甫拉托夫的第一尊铜制雕像在鲁宾施坦街23号楼的庭院前落成,这里也是作家度过其青年时代的地方;2017年,在爱沙尼亚首都塔林举办第五届"追忆多甫拉托夫"纪念活动,该项活动已经成为纪念作家的固定项目,至2020年,每年都在塔林和圣彼得堡如期举行;2018年,第一部全面讲述多甫拉托夫生命历程的艺术电影《多甫拉托夫》在俄罗斯上映②……在今日的俄罗斯,"多甫拉托夫"已经不仅是一位后现代主义作家的名字,它还是20世纪七十年代"后斯大林时期"一代人的身份符号,同时也是在俄罗斯文坛独树一帜的伪纪实主义小说的文化标记。

伪纪实主义叙事是多甫拉托夫小说突出的艺术特点。作家的每一部小说都是对自己及其同时代人生命历程的伪纪实主义改写。可以说,谈到多甫拉托夫,人们首先想到的便是其小说中充满忧郁情绪又诙谐幽默的自传主人公"多甫拉托夫",以及那些经漫画勾勒后仍然叫布罗茨基、格尼斯或阿克肖诺夫的"家伙"。伪纪实主义(Псевдодокументализм)已经成为当代学者在研究多甫拉托夫创作诗学时所无法避开的话题。它既具有作家艺术创作手法的属性,同时又深刻地反映出作家的审美观照、美学倾向以及创作艺术观等思想内涵。

有意思的是,多甫拉托夫较早地被贴上"伪纪实主义"标签,但他却不是唯一一位具有此艺术特点的作家。如维·亚·皮耶祖赫(Вячеслав Алексеевич Пьецу,1946—2019)、维克多·叶罗菲耶夫(Виктор Владимирович Ерофеев,1947—)、弗·亚·沙罗夫(Владимир Александрович Шаров,1952—2018)等,虽被冠以"后现代伪历史主义"或"建立在历史事实基础上的后现代杜撰"等之名,但二者在本质上是非常接近的。以沙罗夫为例,他的八部长篇小说就其叙事手法而言皆可被称为伪纪实主义小说。虽说多甫拉托夫的"伪"针对的对象是作家及其同时代人,而沙罗夫之"伪"则更多地关注历史,甚至久远的历史事实,但两位作家在对待历史事件或现实事件的真实观上是一致的:他们都默

---

① 即普希金文化遗产保护区(Музей-заповедник А. С. Пушкина),多甫拉托夫曾在此地当导游。

② 该部电影由俄罗斯新锐导演小阿列克谢·日耳曼(Алексей Герман-младший)执导,入选2018年第68届柏林电影节金熊奖最佳影片,服装造型师叶莲娜·奥科普娜娅(Елена Окопная)荣获"杰出艺术成就奖"。

认了个体生命在接受、记忆和描述客观事物时的审美动能和创造力。伪纪实主义或伪历史主义的作家首先认可的是，现实存在的人或已经发生的事件——这些在常规认知范围内被认定为不可被改变的存在是可以被重新认识和接受的。具有个性差异和不同审美倾向的主体对存在的感知和反应不同，每一个人都可以有对历史不同的理解，诚如克罗齐所说："一切历史都是当代史"①。而在审美接受上更加崇尚主体性和自由度的文学创作领域，作家将文学视为理想的彼岸，对现实进行修复、弥补的手段，艺术家对现实自由而独立的思考彰显出浓厚的人文关怀和源自自我而又不局限于自我感受的对普世个体存在价值的尊重。

依据我们在本书中的观点，伪纪实主义叙事是"通往作家创作诗学的第一把钥匙"。之所以称其为"第一把钥匙"，其原因在于"多甫拉托夫之谜"不仅是作家小说作品所共含的主题词，同时也是几乎每一位早期的②多甫拉托夫研究者不约而同地去守护的对象。事实上，他们在担当"多甫拉托夫之谜"的守护者的同时，也扮演了制造者的角色。也正因为此，当作家的作品正式出现在俄罗斯大众视野之时，出现了"人们纷纷寻找通往多甫拉托夫的钥匙"之盛景，而这一探索也因解谜与制谜的相互解构与建构的不断重复而延续至今。"多甫拉托夫所写都是真的吗？"这是我们在俄罗斯多甫拉托夫论坛里经常看到的问题。作家本人亲手塑造了自己及同时代人的形象，并通过制造令人将信将疑的"谜团"引发读者思考叙事虚构作品中真实与虚构的边界，用伪纪实主义叙事诠释自我、作者与书写错综复杂的伦理关系。因此，"多甫拉托夫之谜"对于我们来说，不再是作家的外貌、性格、经历之谜，而是作家艺术创作实践活动中的叙事规律、叙事策略，以及使用所有叙事策略所诉诸的叙事伦理之谜。

第一节　多甫拉托夫的伪纪实主义叙事概观

多甫拉托夫在其短暂的一生中共创作了十部中篇小说和若干短篇小说及戏剧剧本。其中每一部小说都是作家对其生命历程的伪纪实主义叙事。小说

---

① 克罗齐：《历史作为自由的故事》(Benedetto Groce, *History as the Story of Liberty*)，转引自周兵、张广智、张广勇：《西方史学通史》（第6卷·现当代时期），复旦大学出版社2011年版，第246页。
② 此处的"早期的（研究者）"主要指1994年《星》杂志"多甫拉托夫专刊"的作者；1998、2012年参与"多甫拉托夫国际学术研讨会"的学者、作家的友人等。

《妥协》(Компромисс，1981)是多甫拉托夫在西方出版的第一部小说，它讲述了多甫拉托夫1972至1975年间，在爱沙尼亚首都塔林党报报社工作的经历。《营区》(Зона，записи надзирателя，1982)被誉为多甫拉托夫"最为重视、喜爱的"[①]一部小说，也是备受国内外学者关注的作家作品之一。作家本人于1963至1965年间在科米共和国刑事劳改营服役的亲身经历给予了他创作的灵感。在该部小说中，多甫拉托夫化身狱警阿利汉诺夫，讲述了营区生活的残忍、血腥、荒诞无序。《保护区》(Заповедник，1983)被学者称为"辩解小说"[②]（проза оправдания），多甫拉托夫同样是通过自传主人公阿利汉诺夫之口来讲述自己于1973年夏季在普希金文化遗产保护区做导游的经历。同时，他也在该部小说中对自己移民前所经历的内心挣扎、精神及物质上的困境进行生动的描写。《我们一家人》(Наши，1983)和《手提箱》(Чемодан，1986)是多甫拉托夫作品里揭示日常生活中"荒诞"主题的代表作，《我们一家人》着重刻画每一个家庭成员独一无二的性格特质与人生经历，同时突显出包括家里的一条宠物狗在内的家庭成员所具有的，足以使他们成为一家人的特质——荒诞性；小说《手提箱》则以八件衣物为聚焦点逐渐扩展为八个鲜为人知的"背后故事"，八个故事都堪称经典，有学者甚至将其评价为"多甫拉托夫最成功的作品"[③]。《手艺活》(Ремесло，1985)则以《看不见的书》和《看不见的报纸》两段历史讲述了多甫拉托夫在苏联时期作品难以发表，以及在美国创办的侨民报纸中途夭折的坎坷经历，他在小说中反思了自己人生中的重大决定——移民的意义，其中也包含了作者对"自由"含义的辩证解读。《外国女人》(Иностранка，1986)和多甫拉托夫的最后一部中篇小说《分支》(Филиал，1990)均聚焦多甫拉托夫的移民生活，它们分别以女主人公玛鲁夏和作者的面具主人公多尔马托夫在移民国的生存经历，折射出俄国侨民在追寻文化身份过程中所经历的失落、漂泊和无根感。此外，多甫拉托夫创作遗产中的其他重要作品如《孤独者进行曲》(Марш одиноких，1983)为多甫拉托夫在侨民报纸《新美国人》上的编辑专栏里所发表的作品集合，而《记事本》(Записные книжки，1990)则是多甫拉托夫继承了俄罗斯经典作家写作传统的成果——日常积累的创作素材的集锦，包括作者的随感以及小笑话等，它们很多都被加工、丰盈之后重新走进了上述小

[①] Довлатов С. Д. Собрание сочинений（т.2），сост. Арьев А.，СПб.：Азбука，2014. С. 7.
[②] Вайль П. Сергей Довлатов—центральный персонаж книг Сергея Довлатова // http://www.svoboda.org/content/transcript/24204522.html.
[③] Там же.

说本文之中。

由此可见，多甫拉托夫的每一部作品都没有脱离一个核心人物——多甫拉托夫本人。因此，学者格尼斯认为，"多甫拉托夫小说中的主人公，也是唯一的主人公，就是作家自己"。①同时，父子文艺评论家尼·列伊杰尔曼与马·利波维茨基也认为："较之于任何一部真正的自传，读者可以从多甫拉托夫的小说中得到更多的关于作者的信息。"②但是，多甫拉托夫其真实性不置可否，他曾坦言："我的小说中真实的成分比想象中的少。我杜撰了很多。"③如果多甫拉托夫的作品并非自传纪实，那它的真实感从何而来呢？

多甫拉托夫小说文本带给读者的浑然天成的真实感并非毫无根据，他的小说有着深厚的事实基础，小说叙述过程中出现的很多要素都是完全真实的。如上文所说，多甫拉托夫笔下的人物大多来自现实生活。小说《分支》里记述了俄罗斯"第三浪潮"的侨民作家、社会活动家等在洛杉矶参加"新俄罗斯"学术研讨会的事件，这次大会是真实存在的事件④；此外，其中很多的人物都是现实生活中的真人，多甫拉托夫在小说中也直接使用其真名，如当时境外杂志《大陆》副主编维·涅克拉索夫，作家、文学评论家安·西尼亚夫斯基，持不同政见者彼·格里高连科，作家弗·马克西莫夫和爱德华·利蒙诺夫等；《妥协》中的《苏维埃爱沙尼亚》报的主编图拉诺克、摄影师日班科夫、记者布什等也确有其人。笔者在2014年9月至2015年2月于圣彼得堡国立大学访问期间，曾亲自前往圣彼得堡国立图书馆（喷泉河畔分馆）查阅苏联时期的报刊史料。在1973年7月10日和1975年1月10日等的报刊上的确看到了署名"日班科夫"（Жбанков）拍摄的照片以及"布什"（Буш）所撰写的通讯稿；《手艺活》中的人物布罗茨基、叶菲莫夫、奈曼、莱茵、叶甫图申科等更是读者们熟知的俄罗斯诗人与作家。小说中出现的诸多地名也完全真实，最明显的一个例证为：多甫拉托夫在小说《外国女人》一开篇便向读者介绍，他们——这些来自苏联的侨民，生活在纽约皇后区森林小丘108号大街（forest-hill），这里被戏称为俄罗斯人在美国的"殖民地"。据考证，这个地方真实存在，直至今天，多甫拉托夫的家人及其小说中所出现的众多好友仍然在那里生活。

---

① Генис А. А. Довлатов и окрестности. М.: Вагриус, 2004. С. 33.
② Лейдерман Н. Л., Липовецкий М. Н. Русская литература XX века (т.2), М.: Академия, 2010. С. 598.
③ Глэнд Д. Беседы в изгании. М.: Книжная палата, 1991. С. 90.
④ 此次大会真正召开的时间是1981年5月，地点为南加利福尼亚州大学。该研讨会的主题为"俄罗斯境外文学：第三浪潮"。美国阿尔迪斯出版社于1984年出版该研讨会论文集。

多甫拉托夫所钟爱的细节描写，也同样给读者呈现出犹如摄像机镜头所拍摄下来的画面。《手艺活》中有一处细节描写令人咋舌。它讲述的是几年前，多甫拉托夫参加一次朋友聚会，当天的沙拉里有何种蔬菜、水果多甫拉托夫都一一报上名来；《外国女人》中也不乏类似的细节描写，如"再过16天，玛鲁夏就会飞抵肯尼迪机场""玛鲁夏是早晨到的，264号航班""从地铁到珠宝培训班——385步"[1]等等。多甫拉托夫小说中的细节描写数不胜数，他对数字、时间、地理位置等的精确刻画一方面体现出纪实的特点，另一反面也能够让读者感受到作家细腻的情感、对往昔时光的怀念。此外，作家小说的自传性也充分体现出纪实的特点。

但另一方面，多甫拉托夫从不刻意隐藏自己的伪纪实主义创作手法，他曾说："事实错误是我创作诗学的一部分"[2]，并且视其为重要的诗学特征。而如果我们不通过作家对文本的阐释，或者不借助于对文本外事实的考究，能否发现作家伪纪实的踪迹呢？回答是肯定的。因为，多甫拉托夫不同的小说文本之间常常会出现自相矛盾之处，而且作家本人也会在小说中进行出其不意的"自我拆穿"。例如，在小说《分支》里，多甫拉托夫的初恋女友名叫塔夏（Тася），而在《手提箱》和《手艺活》里她叫阿夏（Ася）；《分支》里他因与塔夏的感情纠葛而放弃学业，《手提箱》中多甫拉托夫根本没有辍学，而只是转到了别的专业；《手艺活》中，多甫拉托夫离开列宁格勒前往塔林是因为负债累累以及家庭纷争，而在《妥协》里，他只是恰巧搭上了开往塔林的顺风车。有时，同样一段叙述会在其他小说当中、在不同的情节下重复出现等。类似的情况时有发生，伊戈尔·苏西赫教授称之为"爵士乐的变奏曲"[3]。所有这些特征都表明，多甫拉托夫的小说尽管是自传性、纪实性的，但它们在本质上仍然是叙事虚构作品。

自从多甫拉托夫的小说问世以来，生活中的人物原型对作者的"讨伐声"时有发生。应当说，此类现象数量不多，但仍然值得我们关注。他们认为，多甫拉托夫在小说中对其形象的描绘与事实相去甚远，有时甚至是对其声誉的直接诋毁，使他们在周遭朋友中"抬不起头来"。多甫拉托夫的前妻阿·别库罗夫斯卡娅对伪纪实主义持全盘否定的态度，在自己的著作中她言辞激烈地

---

[1] Довлатов С. Д. Собрание сочинений（т. 3），сост. Арьева А., СПб.：Азбука，2014. С. 153-157.

[2] Сухих И. Н. Сергей Довлатов：время，место，судьба. СПб.：Азбука，2010. С. 62.

[3] Там же，С. 64.

批评多甫拉托夫对事实的妄加篡改，以及对其形象的损毁，并揭穿一个又一个多甫拉托夫小说中的"谎言"①。作为《手艺活》中人物之一的达维德·达尔曾是彼得堡的文学家，他对多甫拉托夫说："这是毫无礼貌的你对不幸的同时代人的挑衅……可以拿成功者开玩笑——列夫·托尔斯泰、弗拉基米尔·纳博科夫、安德烈·比托夫、谢尔盖·多甫拉托夫，但是拿已故的、不幸的、被唾弃的、诚实的、勇敢的文学牺牲者开玩笑，在我看来，是不正派的……为此，应该被打耳光。无论是谁。"②小说《外国女人》中的一个人物扎列茨基的生活原型是马尔克·波波夫斯基，他是多甫拉托夫在报社《新美国人》的同事。生活中，亚·格尼斯对他的评价是"有经验的、成果丰硕的文学研究者"，同时斥责他"缺乏原则"，是一个"不太受欢迎的人"③。在多甫拉托夫的小说中，波波夫斯基被描写成《专制制度下的性》一书的作者，他为自己的专著到处搜集材料，还与女主人公纠缠、调情。波波夫斯基显然对这样的"自己"并不满意，他在小说出版后与多甫拉托夫的关系降至冰点。在多甫拉托夫去世五年后，波波夫斯基把多甫拉托夫曾写给自己的道歉信公布于众。多甫拉托夫在信中说："我对您来说是卑鄙的，这使我很久不得安宁。我认为，您有绝对的理由扇我耳光……简言之，我并不祈求您的原谅，也不期待您回复这封信，我只想告诉您，我感到自己对您而言如猪一般愚蠢。"④显然，多甫拉托夫在信中表露出自己对人物原型的愧疚之情，但对于多甫拉托夫来说，已经书就的小说无法改变一个字，更何况，在多甫拉托夫看来，他有自己坚持的理由，所以他并没有乞求原谅。

更多的人物原型对多甫拉托夫的创作表示理解。奈曼认为："作为一个人物，让我来评价我的作者是不合适、不舒服的。更何况他现在已经完全不能够接受或者反驳我所说的话。"⑤又如瓦伊利所说："曾经，我经常要回答'多甫拉托夫所写的关于你的事情都是真的吗？'终于有一天，我找到了标准答案：'那些都不是真的，但我允许这些虚构的存在'。"⑥瓦伊利同时指出，因为伪纪实主义小说创作，多甫拉托夫的人际关系受到一定影响。基于上述讨论，我们不

---

① Пекуровская А. Когда случилось петь С. Д. и мне, СПб.: SYMPOSIUM, 2001.
② Сухих И. Н. Сергей Довлатов: время, место, судьба. СПб.: Азбука, 2010. С. 69.
③ Генис А. А. Довлатов и окрестности. М.: Вагриус, 2011. С. 128.
④ Там же, С. 130.
⑤ Найман А. Персонажи в поисках автора // Звезда, 1994. № 3. С. 128.
⑥ Вайль П. Сергей Довлатов—центральный персонаж книг Сергея Довлатова // http://www.svoboda.org/content/transcript/24204522.html.

禁要问,到底是什么原因促使多甫拉托夫不惜牺牲自己与亲人、友人之间的亲密关系而坚持伪纪实主义的创作手法?在本书中,我们将尝试拨开所有纷争的迷雾,抛开孰对孰错、孰真孰假的二分法的是非判断,而去探究它背后所隐藏的复杂的叙事规律。

第二节　多甫拉托夫伪纪实主义叙事的国内外研究综述

从1980年有关多甫拉托夫第一篇正式的评论文章问世以来,作家及其作品的文艺批评走过四十余年的历史。纵观这一历程,我们发现,对多甫拉托夫小说叙事诗学的研究是多甫拉托夫学发展中的薄弱环节。总的来说,多甫拉托夫及其作品的批评早期主要关注作家生平与作品关系、作家的移民身份及政治立场、作家对经典作家的传承等方面,近十年内研究的热点转移到小说的艺术特色、审美意蕴及作家在后现代主义文学中的地位等。同时,研究方法、角度也呈现出多元化、系统化的趋势,既有传统的历史主义研究,也有把历史背景、作家生平等外部研究与立足于文学文本内部规律的内部研究相结合的新历史主义研究。同时,近年来还出现了从语言学、符号学、文化学、哲学等跨学科视角而展开的相关论述,可见多甫拉托夫学(довлатоведение)正在全世界范围内成形。然而在这一过程中,有关多甫拉托夫小说的叙事学研究的成果却非常有限。

经典叙事学发端于西方,而俄语作家多甫拉托夫成名于美国,因此西方学界对多甫拉托夫小说的叙事学研究成果相对丰硕。第一部、同时也是目前唯一一部以多甫拉托夫小说的叙事策略为主要研究对象的专著是英国学者叶·扬格所撰写的《谢尔盖·多甫拉托夫和他的叙事面具》(2009)[①],作者在大量史实资料,如作家手稿、书信集、作品出版信息等基础之上,对文本外的作者与文本内的"多甫拉托夫"做了事实对比与审美意义评析。她指出,文本中的"多甫拉托夫"或其他叙述人(主人公)之间的关系错综复杂,在不同的叙事文本中实现不同的叙事功能。应当指出,扬格对多甫拉托夫之叙事面具的

---

① Jekaterina Young. *Sergei Dovlatov and His Narrative Mask*. Evanston: Northwestern University Press, 2009.

分析论据翔实有力，视角也足够敏锐独特。尤其是作者对每一部小说成书背景的史料性挖掘，并用以论证多甫拉托夫"作伪"的用心，这些阐释对本书的研究均非常有益。但作者的论述单位是多甫拉托夫的每一部独立的小说，换言之，作者以单个作品为单位来分别分析每一部小说的叙事面具及其功能，这在无形中割裂了作品之间、每一个叙述人及其面具之间的艺术共性、继承性与关联性。在本书中，我们把作家的八部小说作为统一的整体来观照，以期在把握每一部小说的叙事逻辑的基础之上，更能够挖掘出作品与作品之间叙事艺术的共性及艺术思想的嬗变。

英国学者凯伦 L. 瑞恩-海斯在专著《当代俄罗斯的讽刺体裁研究》[①]一书中，分别对多甫拉托夫、伊斯康杰尔（Искандер）、利蒙诺夫（Лимонов）、沃伊诺维奇（Владимир Войнович）等俄罗斯当代作家讽刺小说体裁及叙事伦理等问题做了深入研究。其中，作者以多甫拉托夫的家族小说《我们一家人》为例，论述此类型小说体裁的悠久历史，指出它是历史小说与回忆录两类体裁的融合，同时兼具记录功能、训诫功能、自我及原型认知等叙事功能。

此外，多甫拉托夫小说的叙事主题也同样备受关注，加拿大学者娜·帕尔霍莫托娃在其博士论文《边缘的声音：六十至七十年代列宁格勒文学背景下的谢尔盖·多甫拉托夫及其创作特色》（2001）中，探讨了作家如何在边缘的生存语境下，用自我虚构、个体书写等叙事策略讲述"流亡人生"的生命体验。

意大利学者拉乌拉·萨利蒙的专著《幽默机制：多甫拉托夫的创作研究》[②]（2008）从路易吉·皮兰德娄[③]的"幽默主义"（юморизм）理论入手，阐释多甫拉托夫小说幽默叙事的特质。她指出，因为"幽默主义是暂时沉醉于无政府主义的状态：破坏等级体系、制度、感受到自由的愉悦，但也会感受到失落。所以幽默语境中的对话者处于水平位置，或者说处于质疑关系之中。"而"戏仿作品和讽刺作品预先考虑的是绝对的垂直性：嘲笑者感到自己高于被嘲笑者。"[④]由此作者认为多甫拉托夫小说文本中每一个小笑话背后所体现的是幽

[①] Karen L. Ryan-Hayes. *Contemporary Russian Satire: A Genre Study.* Cambridge University Press, 1995.

[②] Лаура Сальмон. Механизмы юмора. О творчестве Сергея Довлатова. М.: Прогресс-традиция, 2008.

[③] 路易吉·皮兰德娄（Luigi Pirandello, 1867—1936）意大利小说家、戏剧家。他的剧作多以怪诞离奇的形式来揭示生活中诸多难以调和的矛盾。1934年获诺贝尔文学奖。

[④] Лаура Сальмон. Механизмы юмора. О творчестве Сергея Довлатова. М.: Прогресс-Традиция, 2008. C. 98.

默(反思或对话的态度),而非戏仿或讽刺(由高到低的审视态度)。此后作者还结合文本的翻译实践论述了如何跨越文化壁垒,做到尽可能准确、忠实地对原文中的幽默内涵进行翻译的若干方法。

除了上述学术性专著以外,有关作家伪纪实主义叙事的研究思想还可散见于报刊评论、访谈等文章之中。1980年,美国侨民杂志《词法》在第一期刊登了由彼·瓦伊利和亚·格尼斯共同撰写的文章——《文学梦想》①。文中介绍了多位在美国的苏联文学"第三浪潮"的侨民作家,如约瑟夫·布罗茨基(Иосиф Бродский)、瓦·阿克肖诺夫(Василий Павлович Аксёнов,1932—2009)、韦·叶罗费耶夫、弗·沃伊诺维奇(В. Войнович)、亚·索尔仁尼琴、法·伊斯康杰尔(Ф. Искандер)、弗·马克西莫夫(В. Максимов)、安·比托夫(А. Битов)、格·弗拉季莫夫(Г. Владимов)、叶·波波夫(Е. Попов)以及多甫拉托夫等人。其中,在有关多甫拉托夫的这部分文字中,瓦伊利和格尼斯不仅对其小说语言的准确性、节奏感以及幽默风格进行了论述,还重点对多甫拉托夫创作的伪纪实主义特点予以评价,他们指出:"多甫拉托夫认为,一切都已近在眼前,又何须去费力去寻找其他。只要把他们本来的面目展现出来就足够了,甚至不需要改动他们的真实姓名以及他们身上所发生的事件。……而这并不是在生活的每一个细节都做停顿的照相式精准,而是绘画式精准。"②值得一提的是,这篇评论得到多甫拉托夫本人的极大认可,并被他钦点为小说《妥协》首版(1981)封底的作者简介。

自1977年多甫拉托夫的第一本小说在美国出版以来,当地官方媒体及文艺评论界给予他源源不断地关注,但这一阶段主要以作家作品的推介或作家访谈为主,细致的作品文本分析数量较少。《纽约时报》③(*The New York Times*)、《民族报*》④(*The Nation*)、《泰晤士报文学副刊》⑤(*Times Literary Supplement*)、《新闻周刊》⑥(*Newsweek*)、《华盛顿邮报》⑦(*The Washington Post*)等美国知名媒体曾多次介绍多甫拉托夫的小说作品。此外,报刊《七天》⑧

---

① Генис А., Вайль П. Литературные мечтания // Часть речи. Альманах 1. С. 216-233.
② Там же, С. 226-227.
③ 参见第1983年8月30日、1989年4月22日期。
④ 参见第1983年11月5日期。
⑤ 参见第1983年12月6日期。
⑥ 参见第1989年4月24日期。
⑦ 参见第1989年7月2日期。
⑧ 参见第1984年10月5日期。

(Seven Days)对多甫拉托夫进行深度采访,其中涉及多甫拉托夫的创作过程(技术层面)、选择短篇小说创作的初衷、移民的原因、对书刊检查制度的态度等诸多重要问题。1988年,美国记者格兰德访问了包括多甫拉托夫在内的众多苏联侨民作家,并于1990年出版访谈纪要《流亡中的谈话》,在这本书中多甫拉托夫首次公开确认自己的伪纪实主义创作手法,并对其内涵做了阐释,关于这一点下文我们会详细论述。可见,西方的多甫拉托夫诗学研究暂未形成蔚为壮观的气候,但它是作家成名、为大众所接受和正式发表作品的地方,以第一手史料的获取与整理的角度来看,西方社会对多甫拉托夫的评价与接收程度对我们全面观照作家的创作诗学具有重要意义。

俄罗斯是多甫拉托夫学研究最主要、最富成果的阵地。但限于俄罗斯叙事学的发展水平,俄罗斯学界对多甫拉托夫小说的所谓"叙事学视角批评"实质为具有俄罗斯文学批评话语特色的文本、文体及思想等方面的研究。

有关作家创作的批评文章在苏联的出现与苏联文学在历史上的第二次"回归"热潮同步。伴随着勃列日涅夫"公开化"和"新思维"等政治改革措施的实行,大量的早前被驱逐或主动移民的苏联作家得以"解禁"回国,他们的作品也随之"重现"或以正式、合法的面貌首次出现在苏联读者的面前。多甫拉托夫的作品也是其中重要的组成部分。苏联文坛对多甫拉托夫的评论首次发声于1989年,即纽·莫里茨发表的对《手提箱》这部作品的评论文章。[①]他首先对这位回归作家的身份进行明确定位:"多甫拉托夫从来就不是一个持不同政见者,不是政治作家,甚至不是先锋派成员。他创作的领域是绝对艺术化的,他富有敏锐的目光,敏锐的悲剧和喜剧感,他的风格具有抒情特点和诗性。"[②]这样的评价对于作品还未开始真正回归的作家来说意义重大,因为摘掉了"持不同政见者"的帽子,读者便不会像面对索尔仁尼琴一样,以一个"集权体制斗士"的"成见"来接受多甫拉托夫,而将更多的目光聚焦在他作品的艺术特色上。这也正是多甫拉托夫所期待的:"我希望自己不是以纽约的犹太人身份回国,而是作为作家。我已经习惯了这个身份,不希望离开它半步,哪怕是暂时的。"[③]

随后,多甫拉托夫的作品不断出版,但只有零星的评论文章刊载在个别杂志之上,并未形成规模。直至1994年,也就是作家去世后的第四年,圣彼得

[①] Мориц Ю. Рассказы из книги «Чемодан» // Октябрь. 1989. № 7. С. 118-119.
[②] Там же, С. 118.
[③] Генис А. А. Довлатов и окрестности. М.: Вагриус, 2011. С. 79.

堡文学杂志《星》(Звезда) 和《彼得罗波利》(Петрополь) 分别推出《多甫拉托夫研究专刊》，其中收录了友人的回忆性散文、各国评论家的批评论文以及访谈录等上百篇文章，至此多甫拉托夫诗学研究的序幕才正式开启。就发行范围及影响力而言，《星》杂志显然更胜一筹，该杂志用了近一半的篇幅刊登了多甫拉托夫在其人生最后一个阶段所创作的全部作品，以及尚未出版的小说。其余的内容则由"好友眼中的多甫拉托夫"和"有关多甫拉托夫的评论"两个栏目组成。文章涉及多甫拉托夫的生前经历、移民前后的文学活动，以及包括幽默、伪纪实主义、戏剧化等创作风格的多方面内容。这部专刊成为此后多甫拉托夫学研究的重要参考资料。

1998年，首届多甫拉托夫国家研讨会论文集的出版标志着作家作品的研究步入学科化、系统化、国际化的道路。1998年和2012年，在作家的故乡圣彼得堡分别了召开第一、二届多甫拉托夫国际研讨会，来自英国、德国、以色列、芬兰、爱沙尼亚、日本和俄罗斯等百余位学者参加。会后《星》杂志社编辑出版论文集《谢尔盖·多甫拉托夫：创作、个性、命运》和《谢尔盖·多甫拉托夫：人物、文学、时代》，收录了众多有关多甫拉托夫创作研究的高水平学术成果，其中聚焦作家叙事特色和策略的文章有：马·利波韦茨基的《破碎的镜子》、叶·扬格的《〈营区〉的叙事结构》、叶·库尔科诺夫的《谢尔盖·多甫拉托夫与俄罗斯小说中的笑话情节》、伊·斯米尔诺夫的《作为讲故事的人的多甫拉托夫》、拉乌拉·萨利蒙的《伪自传作为美学真理的表现手段：谢尔盖·多甫拉托夫诗学研究》、娜·格里戈里耶娃的《作为篇章结构原则的多甫拉托夫小说体裁危机研究》、阿·罗曼诺夫的《多甫拉托夫艺术世界的几个本体论特点》等。上述论文多以作家单个作品为研究对象，以微观视角分析作品的叙事艺术，相对缺乏对多甫拉托夫叙事诗学的宏观观照。

在学术专著方面，圣彼得堡大学教授、文艺批评家伊戈尔·苏西赫先生是多甫拉托夫学研究的重要学者，他所撰写的《时间、地点、命运：谢尔盖·多甫拉托夫》(1999)[①]是俄罗斯第一部全面研究多甫拉托夫创作特色的文学批评专著。这部书作具有高度的"文史一体"的特点，其学术视野宽广、研究思维独特。在此书中，苏西赫教授指出，多甫拉托夫不同于传统意义上的俄罗斯"作家"，而是"手艺人"，而他的"手艺"是"讲故事"。他把多甫拉托夫在文学作品中的形象高度抽象并放置在美学范畴中加以考察后发现，作者并不是一个具体的人，也不是主人公、叙述者、人物。这是一种声音和态度，它们通过被扭曲

---

① Сухих И. Н. Сергей Довлатов: время, место, судьба. СПб.: Азбука, 1996.

变形了的艺术现实被传达出来,并借由它们来实现作者与文本、读者之间的互动与联系。苏西赫教授的观点从根本上划清了作为作家(其人)的多甫拉托夫与小说叙述人(其形象)"多甫拉托夫"之间的审美界限,从"自传"到"伪自传"的定位转向为多甫拉托夫作品的研究拓展出一条全新的、更为宽广的路径。

阿利耶夫曾说,"还没有一个与多甫拉托夫同时代的俄罗斯作家如此频繁地被作为高校学生论文的研究对象,不仅仅在俄罗斯,在美国、加拿大、英国、德国、日本等国家都有研究他的人。"[①]的确,近年来不少高校研究生都将研究视角锁定在多甫拉托夫的创作问题上。其中,俄罗斯从诗学特征入手,纵览作家创作中的传统与创新的副博士论文有:奥·沃兹涅先斯卡娅的《多甫拉托夫小说的诗学问题研究》(2000)、扎·莫特金娜的《多甫拉托夫的创作个性及诗学演变》(2001)、加·多布罗兹拉科娃的《俄国19—20世纪传统文学语境下的多甫拉托夫诗学》(2013)等;从语言学视角研究作家语言个性的有:塔·布吉列娃的《语言游戏:多甫拉托夫语言个性中的反常性与荒诞性》(2000)、伊·博格丹诺娃的《多甫拉托夫作品中权力话语和话语个性的词法特征》(2001)、安·多布雷奇娃的《多甫拉托夫小说的分割加强法:从句子到篇章》(2012)等;对作家小说创作的审美思想意蕴方面进行研究的有:尤·费多托娃的《多甫拉托夫小说:存在意识和荒诞诗学》(2006)、妮·奥尔洛娃的《多甫拉托夫幽默小说诗学研究:符号机制和民间创作聚合体》(2010)等。亚·波利万诺夫在其副博士论文《70—80年代俄罗斯非书刊检查制度文学的伪纪实主义研究》(2010)中,以苏联地下文学的创作环境为背景,探讨叶罗费耶夫、利蒙诺夫、多甫拉托夫三位作家的伪纪实主义创作特征,以及对作家声誉的最终形成所带来的影响。综上可见,在俄罗斯真正以叙事学视角来切入多甫拉托夫小说作品研究的成果非常少,这与叙事学的批评理论本身在俄罗斯文艺学界的接受和发展程度不高有一定关联。

我国学术界对多甫拉托夫创作诗学的研究起步较晚。2005和2007年多甫拉托夫的两部代表作品《我们一家人》和《手提箱》分别在人民文学出版社出版,由此中国读者和学者开始对多甫拉托夫给予关注与研究。值得注意的是,我国学者几乎在一开始就对作家的叙事手法表现出极大的关注与兴趣。张建华教授在《荒诞的存在与本真的叙事——多甫拉托夫的后现代主义短篇小说述评》(2003)、《多甫拉托夫:一个重要和鲜亮的后现代主义现象》(2004)等论

---

① Арьев А. Ю. Сергей Довлатов: творчество, личность, судьба — итоги первой международной конференции Довлатовские чтения. СПб.: Звезда, 1999. С. 3.

文中多次提及"本真叙事"的概念。他认为,"作为俄罗斯后现代主义的重要作家,多甫拉托夫对叙事形式的变革始终有着其独特的追求。'本真叙事'是他的'后现实主义'小说独具的'边缘性'特点。"[①]他注意到作家叙事进程中悖论性因素的存在——本真叙事与荒诞书写的并置,并且揭示了悖论性叙事形式或曰结构对叙事主题的相互呼应,这对于我们在本书中进一步探究作家的叙事结构与审美思想的关系提供了研究思路。

另一位学者程殿梅则在专著《流亡人生的边缘书写》(2010)中指出多甫拉托夫的"本真叙事"带有"元叙事"的特点,并且真、伪相继的叙事风格使得小说的体裁界限被消弭。此外,葛灿红在《真实与虚构——多甫拉托夫小说的叙事策略》(2011)一文中以《监狱》与《妥协》为例,探讨多甫拉托夫如何运用第一印象效应、控制叙事距离等叙事策略来制造"纪实感"与虚实相生的艺术效果。

在学位论文方面,我国目前共有两篇博士论文和三篇硕士论文对多甫拉托夫的创作进行研究,它们分别是程殿梅博士的《流亡人生的边缘书写——多甫拉托夫小说研究》(2010)、葛灿红博士的《多甫拉托夫小说的叙事策略》(2011)。硕士论文则有孙喜丽的《谢尔盖·多甫拉托夫短篇小说的创作特色》(2011)、付瑶的《后现代主义作家的现实书写——讲述人多甫拉托夫》(2014)以及马轶伦的《多甫拉托夫的小说〈手提箱〉叙事系统的建构研究》(2014)。

综上所述,我们可以归纳出西方、俄罗斯和我国在多甫拉托夫小说的叙事诗学研究方面的四个特点:(1)近几年来,我国学界对多甫拉托夫的关注度不断提高,几乎每年都有新的研究成果出现;(2)研究对象多为作家的个别小说,未能充分注意到作家小说"系列化"和"整一性"的特点,割裂作品与作品之间在叙事机制上的变奏、延续与推进的互动联系。以我国学者为例,他们对该作家作品的研究主要集中在《营区》《手提箱》《我们一家人》三部小说,对其他重要作品的关注显得不足。而我们认为,在探究作家创作之谜以前,必须全面了解作家的作品,尤其是在多甫拉托夫的小说具有明显的"系列性"的前提下,我们更需要将所有作品串联在一起进行综合考察;(3)对作家小说的叙事结构以及伪纪实主义叙事策略、规律等方面缺乏深入研究,多是点到为止,未有详细论述;(4)对多甫拉托夫小说的研究,即便涉及"叙事",也多在探讨叙事内容,周旋于材料"真实"与"虚构"社会属性,而未能触及叙事艺术的审美属性。可见,立足文本、对多甫拉托夫小说的叙事诗学进行系统、深入的研究在当下的

---

① 张建华:《荒诞的存在与本真的叙述——多甫拉托夫的后现代主义小说评述》,《外国文学》2003年第6期,第21页。

批评语境中尤为重要且必要。

以上文献综述能帮助我们在宏观上把握多甫拉托夫伪纪实主义叙事在西方、俄罗斯及我国被关注和研究的整体情况，而未能展现学者们具体的观点和评价，故下文，我们有必要就学者们关于作家小说的自传性、伪纪实、体裁等方面的评价做详细地梳理与总结。

我们发现，大多数的批评者都注意到了多甫拉托夫小说创作中明显的自传性特征。俄罗斯文学评论家列伊杰尔曼和利波维茨基指出："谢尔盖·多甫拉托夫将其生平经历变成了文学作品。相较于任何一个专门的传记，他的读者可以从他的作品中得到更多的有关作家的生平信息。"[①] 瓦·波波夫认为，"他从一开始就非常明白，作家唯一的笔墨就是自己的血液。那些写别人的人，只不过是在撒谎：要么受雇于人，要么为了娱乐。"[②] 而对此类观点，瓦伊利和格尼斯则予以果断否定："他小说中真实的只有人名。"[③] 笔者认为，这一观点虽有太过绝对之嫌，但也从侧面反映出多甫拉托夫所惯用的手段，即把真实的人名（包括自己的名字）当作掩护来虚构人物的故事。维·索斯诺尔的观点更为客观，"多甫拉托夫从侧面描写，他的主人公多尔马托夫也是这样一个双面人，就像恰普林的恰尔利。谢尔盖·多甫拉托夫是俄罗斯文学中独一无二的现象，他用所有的作品创造了一个统一的形象。"[④] 应当说，多甫拉托夫的自传不同于规范的自传文体，它只是带有描写作者个人经历的内容，小说的根本目的在于实现审美意蕴，而非仅仅是对事实客观地记录、反映。

学者们也通过自己的理解对多甫拉托夫的伪纪实主义进行详细的描述与评价，虽然他们并未开始用"伪纪实主义"这个词来形容多甫拉托夫的作品，但他们的论述显然已经非常接近伪纪实主义的核心内涵。叶·莱茵是俄罗斯知名诗人、评论家，他既是作家多年的好友，又是多甫拉托夫小说中的人物，他用"艺术真实"来描述多甫拉托夫小说中亦真亦假的情节，揭示出伪纪实主义的美学特点。他说："他的（多甫拉托夫，笔者注）小说几乎都是虚构，但它们建立在深厚的现实基础之上。他从生活中提取人物性格、语气或者某一个事件的梗概，再用艺术的手法重新构造它们，直至其根基和本源。然后，作家用他的天

---

① Лейдерман Н. Л., Липовецкий М.Н. Русская литература XX века (т. 2), М.: Академия, 2010. С. 598.
② Попов В. Кровь—единственные чернила // Звезда, 1994, № 3. С. 141.
③ Генис А. А. Довлатов и окрестности. М.: Вагриус, 2004. С. 30.
④ Соснора В. Сергей // Звезда, 1994. № 3. С. 138.

赋和技艺创作出经验主义的新作品，而这就是艺术真实。"①另一方面，瓦·波波夫和彼·瓦伊利则发现了伪纪实主义"悖论"的本质特征，"他的文本给人完全的真实感、照相性、纪实性。但毋庸置疑的是，多甫拉托夫的作品绝对不是什么札记（尽管他也写过这类体裁），而是小说。这里包含着一对矛盾——多甫拉托夫创作基本的悖论。正是这个悖论掩盖了本质上的'秘密'、'趋势'，即多甫拉托夫为什么要写作。"②尤·阿尔皮什卡是多甫拉托夫作品集前言的作者，她一开始的观点与上述大多数学者相似，认为"多甫拉托夫的小说具有公开的自传性。"但随后她又表示，应该为多甫拉托夫的创作找到另外一个词，更能代表其特点的词。于是，她选择了"怪诞式自白"（гротексковая исповедь），以及"我们这个时代之子的自白"（исповедь сына нашего века）的叙述方式来代替"自传"。而苏西赫教授则在总结各种不同的评论声音后提出辩论性问题："多甫拉托夫的小说（笔者注）到底是自画像式的自白？还是犬儒主义者的面具？或许，我们应该站在中间，这不过是一个形象，在这个形象之中有自传、虚构、自白、游戏的成分，还有犬儒主义的因素等很多组成部分。"③他发现了伪纪实主义的复杂性及其丰富的表现形式，这一点对我们的研究具有启发意义。

就伪纪实主义小说体裁的性质，国内外多位学者也都进行过阐释，学者们一致的观点在于，伪纪实主义是一个全新的体裁，它的主要特征表现在作者对于现实与虚构的认知及艺术表达上。程殿梅指出："类似于后现代自传体小说，在多甫拉托夫的小说中，真实话语与小说话语交织碰撞，消弭了真实与虚构的二元对立，跨越了小说与自传的体裁界限。"④叶·扬格也表达了类似的观点，她强调，"叙述者-多甫拉托夫创造了一个几乎全新的文学体裁。其小说纪实的表现手法只是虚构的模仿。作家并没有直接利用现实材料，而是用艺术手法塑造出它们。"⑤

而就伪纪实主义小说的文学流派归属问题上，学者们也表达了各自不同的看法。斯·萨维茨基在《地下文学，列宁格勒非官方文学的历史和神话》中指出，多甫拉托夫的伪纪实主义是一种反映荒诞现实的手段，是一种荒诞的现实主义。而阿利耶夫将多甫拉托夫的现实主义定义为"戏剧化的现实主

---

① Рейн Е. Несколько слов вдогонку // Звезда, 1994. № 3. С. 126.
② Вайль П., Генис А. Искусство автопортрета // Звезда, 1994, № 3. С. 177.
③ Сухих И. Н. Сергей Довлатов: время, место, судьба. СПб.: Азбука, 2010. С. 181.
④ 程殿梅：《流亡人生的边缘书写》，中国社会科学出版社2010年版，第160页。
⑤ Jekaterina Young. *Sergei Dovlatov and His Narrative Mask*. Evanston: Northwestern University Press, 2009.

义"①（театрализованный реализм）。张建华教授把伪纪实主义看作美学手段，认为荒诞的形式与荒诞的主题是一脉相承的，"多甫拉托夫的小说揭示了现代人生命存在的本质特征——生活的荒诞与生存的荒谬，而这种揭示又是采用一种高度写实的'本真的'叙事手段，这正是这位有着'后现实主义'作家称谓的后现代主义作家创作的鲜明特征。"②

综上所述，学者、评论家们在多甫拉托夫小说的自传性、现实与虚构的游戏、荒诞效果、悖论性等特征方面达成较为一致的意见。但至今，学界对其小说文本伪纪实主义叙事的内涵、表征，及所达到或实现的审美效果，蕴含的美学思想等问题的认知仍然是模糊的。因此，我们认为，对伪纪实主义叙事的研究不仅必要而且重要。虽然"从真实走向真理的道路异常艰难"③，对何为事实，何为虚构的甄别也终将是永无尽头的机械工作，但我们可以在研究中稍作研究视角的转变：如果说我们不能够完全了解人物、事件的原型是什么样的，但我们至少可以通过小说文本来了解"多甫拉托夫压抑了什么，又在哪些地方做了加强。"④也就是说，本书的研究任务为，探究伪纪实主义叙事的内部规律，或者说伪纪实主义小说的"语法规则"，并探究伪纪实主义叙事策略与叙事审美伦理之间的互动关系。

第三节 本书的研究对象、方法、意义等

从读者接受的角度来看，多甫拉托夫的伪纪实主义叙事有利于创造一个可靠的叙事情境，而读者则更易于进入小说的艺术世界、切身体验人物的情感。"任何一位艺术家，无论他是摄影师、作曲家还是作家，他的风格都通过'主体化'来实现（因此，我们对毕加索的变形自画像而不是那个精确、可辨认的护

---

① Арьев А. После стихов. // Звезда, 1994, № 3. С. 159.
② 张建华：《荒诞的存在与本真的叙述——多甫拉托夫的后现代主义小说评述》，《外国文学》2003 第 6 期，第 18 页。
③ Довлатов С. Д. Собрание сочинений (т.1), сост. Арьев А., СПб.: Азбука, 2014. С. 258.
④ Вайль П., Сергей Довлатов—центральный персонаж книг Сергея Довлатова // http://www.svoboda.org/content/transcript/24204522.html.

照上的照片评价更高)。"① "与其说文学作品体现一个作家的实际生活,不如说它体现作家的'梦';或者说,艺术作品可以算是隐藏着作家真实面目的'面具'或'反自我'。……实际生活经验在作家心中究竟是什么样子,取决于它们在文学上的可取程度,由于受到艺术传统和先验观念的左右,它们都发生了局部的变形。"②所以,如果以叶菲莫夫本人、或普通的多甫拉托夫学研究者的视角来观察这一切,我们将看到多甫拉托夫是如何把现实生活转变为小说情节,如何使包括自己在内的现实生活中的人转变变为小说中的人物,也就是把生活素材主体化,使之具有"文学性"的过程。换言之,多甫拉托夫通过伪纪实主义向我们展现文学艺术世界比现实世界中更丰满、有趣的画面,以及包括人物原型自身都未能发现的其人性的"另一面"。然而,如果我们再进一步,将多甫拉托夫的几部中篇小说都汇集到一起进行横向研究,我们还将发现作家创作过程中的内部规律,即伪纪实主义的叙事手法不仅仅是一种个别的叙事技巧,而是贯穿于多甫拉托夫每一部小说的核心特征。

通过对伪纪实主义的研究,我们能够让文本"说话",还原事件发生的原貌,探究多甫拉托夫伪纪实主义写作的初衷,为人物原型与作者之间的纷争做出公平、客观的评价。同时,我们也试图进一步揭开多甫拉托夫"主体化""文学化"的内部机制,找到解开多甫拉托夫创作秘密的一把钥匙,并借由它的指引,探究作品的思想内涵及作家本人的审美艺术观。

受制于本书的研究目的,我们并未对所有多甫拉托夫的作品进行研究,而是选择以下八部小说作为研究对象:《妥协》《营区》《保护区》《我们一家人》《手艺活》《手提箱》《外国女人》《分支》。我们的理由有以下两点:第一,多甫拉托夫的创作经历比较复杂,从列宁格勒到纽约以后,他把之前所写的小说都加以整理后重新出版,并且有时冠之以新的书名,所以部分小说之间难免会出现内容重复,例如《打字机独奏曲》与《孤独者进行曲》《手艺活》中部分内容重复等。因此,我们在选择时,鉴于小说作品的完整性及艺术价值的综合考量,将《打字机奏鸣曲》与《孤独者奏鸣曲》排除在我们的研究范围以外。第二,根据我们的研究论题,伪纪实主义手法的一个突出特点就是其所讲述的故事与作家真实的生

---

① Лаура Сальмон. Автобиографическое искажение как мера эстетической истины: о поэтике Сергея Довлатова // Арьев А. Ю. Сергей Довлатов: лицо, словесность, эпоха — итоги второй международной конференции довлатовские чтения. СПб.: Звезда, 2012. С. 134.

② 勒内·韦勒克、奥斯汀·沃伦著,刘象愚、邢培明、陈圣生、李哲明译:《文学理论》,江苏教育出版社2005年版,第79-80页。

平经历紧密相关,而上述八部小说已经可以完整地反映出作家每一个重要的人生节点的经历与感悟,它们在整体上构成具有接续关系、互补关系,甚至对照关系的叙事网络,也有学者将这一现象称为多甫拉托夫小说创作的"系列化"[①]特征。此外,有其他作家参与的作品,如诗歌,因难以体现多甫拉托夫伪纪实主义的叙事特征,我们也将不予考察。因此,我们认为,上述八部小说已经可以构成一个完整的自足体系,能够为我们接下来的研究提供充足的文本材料。

此外,由于本书研究的特殊性,多甫拉托夫与亲友的书信集,亚·格尼斯、约瑟夫·布罗茨基、柳·什捷连、瓦·波波夫等人所著的有关多甫拉托夫的回忆录,安·科沃洛娃与列·卢里耶夫撰写的作家传记以及作家早期发表在报刊上的新闻报道、短篇小说(构成完整的中篇小说之前)等也将作为文本分析的辅助例证,从而进一步探讨作家伪纪实主义叙事的思想渊源。

本书的研究重点在于阐明多甫拉托夫伪纪实主义叙事的具体策略、内涵以及它所反映的叙事思想。从本质上来说,即揭示叙事的形式与意义之间的互动逻辑。作家采用何种叙事手段不仅与作家意欲言说的内容指向相关,与他的情感、价值指向也密不可分。更准确地说,叙事形式与叙事策略和叙事思想三者之间在多甫拉托夫的创作中是互为底色、相互彰显的关系。因此,在我们研究过程中,探讨多甫拉托夫小说的叙事策略和叙事思想是核心内容,但揭秘二者之间如何相互成全则是研究重点。

如何同时将叙事学理论以及俄罗斯的文艺批评方法自然地、合理地运用在我们对俄罗斯作家作品研究之中,而不以释义印证理论,这将是我们本书的研究难点。为解决此问题,我们将立足文本,从小说的文本细读出发,援引大量的细节为佐证,在文本分析的基础之上得出结论,而非刻意印证理论。

本研究主要借鉴西方、俄罗斯及我国叙事学研究理论,巴赫金的狂欢化诗学、维诺格拉托夫的作者形象学说、文学伦理学批评、戈尔什科夫的文学修辞学原理、对话理论、形式主义文论、身份理论、审美主义哲学原理等文艺批评,对多甫拉托夫的八部小说(作品全集)审美生成的几个关键环节(伪纪实主义叙事话语、结构、人物形象、审美思想等)做较为全面和系统的探讨。在具体的研究过程中,我们将从文本入手,用大量的实证研究得出相应结论;在关注文本内部的伪纪实主义叙事法则的同时,将多甫拉托夫置于俄罗斯文学历时与共时的对比语境中考察,揭示多甫拉托夫创作手法对传统的延承与创新。此

[①] 参见 Альбертовна А. Проза Сергея Довлатова: поэтика цикла. дис. докт. филос. наук. М., 2004.

外,该研究中的各考察点是构成多甫拉托夫小说叙事诗学体系的因子,我们将兼顾它们之间横向与纵向的联系,这一方法也将贯穿研究过程的始终。

以伪纪实主义叙事为视角来系统研究多甫拉托夫的艺术世界在国内外领域内尚属首次尝试,对这一角度的发现与探究将开启多甫拉托夫诗学研究全新的批评方式,为更进一步地挖掘多甫拉托夫创作的审美思想及艺术价值具有重要意义。具体来说,本书的研究意义体现在以下几个方面。

首先,就研究方法而言,伪纪实主义叙事无论在俄罗斯还是在西方文学进程中都曾有着丰富的实践经验,但一直以来,评论家们只把它当作一般的叙事技巧而未予以充分重视。在本书中,我们将它单独提出,并作为多甫拉托夫创作研究的重要视角,将对伪纪实主义创作技法的内涵及功能做出详细的阐释,以期对这一创作手法的学术价值做出合理的判断与定位。

其次,就研究内容而言,对多甫拉托夫小说的叙事艺术研究是多甫拉托夫诗学研究的重要构成,也是回归作家"讲故事的人"之本体性定位的必经之路。本书研究将被忽略、未予以足够重视的作家的叙事活动作为研究对象,有助于发现多甫拉托夫小说新的艺术价值,发现作家未言于纸面的创作动机以及审美思想。这将为多甫拉托夫整体的诗学观照打开新的视野。

再次,就研究思路而言,本书在探讨多甫拉托夫单个作品叙事机制的基础之上,进一步探究作品之间的叙事联系,以及小说的叙事策略与叙事伦理之间隐秘的关联性。伪纪实主义叙事是小说结构与内容的双重构建过程,本书在充分肯定多甫拉托夫小说思想价值的基础之上,将特别关注长期被人们忽略的小说作品的形式意义,揭示多甫拉托夫小说结构的构建对整部小说叙事审美思想的最终生成所发挥的重要作用。

最后,就研究结果而言,经过伪纪实主义视角分析后的文本将呈现出全新的面貌。我们将不再把多甫拉托夫的作品简单地看为虚实杂糅、游戏的文本,或者幽默的小品文,而是能够带着审美的眼光去欣赏多甫拉托夫创造的既熟悉又陌生的世界。由此,读者能够获得比一般情况下更为丰富的审美体验。在当代社会物质化程度不断升温,而精神养分极为匮乏的时代语境之下,多甫拉托夫的伪纪实主义小说透露出浓郁的审美主义之思,它能够激发读者去重新审视周遭的世界,以审美眼光发现自我之新与日常生活之美。

第一章　伪纪实主义的内涵

　　什么是伪纪实主义叙事？这是本书在研究过程中需要解答的第一个问题。本书中所使用的术语"伪纪实主义叙事"包含两层基本含义，首先是伪纪实主义之叙事技法（策略），即作家是如何将现实生活中的材料经过艺术加工变为审美文学作品的；其次是伪纪实主义的叙事审美思想，具体探讨叙事策略反映出作家何种审美思想、伦理选择。二者相互成全、相互彰显，共同构成了伪纪实主义叙事这一艺术创作活动的基本内核。而作为这一术语的核心关键词"伪纪实主义"则是一种在文学领域还是一个未得到充分关注、研究，进而也未被广泛传播与应用的艺术创作手法。在俄罗斯文学百科辞典中，我们没能找到这一术语的相关解释，文艺评论中它的使用频率较低，但在电影艺术方面，伪纪实主义并不为大众所陌生。并且，较之于伪纪实主义在电影领域被使用的广泛度、大众的认知度，以及学术界的研究程度而言，文学领域中的伪纪实主义仍处于鲜为人知的境地。因此，对电影理论中伪纪实主义的现状及研究成果的分析，将有助于我们进一步认知文学中的伪纪实主义。

第一节　电影中的伪纪实主义

　　伪纪实主义（Псевдодокументализм）一词最早被使用在现代电影学理论中，运用一系列伪纪实主义手法所拍摄的电影被称为伪纪实主义电影。这是一个含义广泛的、具有高度概括性的术语。它具有至少三种更为具体的体裁分类或别称：仿纪录片（mockumentary）①、伪纪录片（pseudo-documentary）②、文献纪录片（docudrama）。上述三种体裁分别代表了拍摄者对事实材料使用的三种程度：第一，以纪录片的手法拍摄情节完全虚构的电影。美国导演奥森·威尔斯（1915—1985）执导的广播剧《世界大战》（The War of the Wolds，1938）是此类伪纪录片的典型代表，它讲述了火星人入侵地球的故事，但在播放当天，大量听众信以为真，纷纷冲出屋外，引发恐慌。而后才得知，这是导演在西方节日"愚人节"送给大家的"礼物"。第二，以纪录片的手法拍摄情节部分虚构的（或以真实事件为基础改编的）电影，即伪纪录片。同样是奥森·威尔斯执导的影片《公民凯恩》（Citizen Kane，1941）就完全是另一个体裁的电影了，该影片以20世纪初叶美国新闻业巨头威廉·兰道尔夫·赫斯特为原型，用伪纪实的艺术手法表现了报业大王凯恩的一生。在影片的拍摄中，导演革命性地使用了众多长镜头、做旧胶片、采访等新闻纪录片的拍摄手法，使得电影的艺术表现力与真实感大大增强，被封为"现代电影的里程碑"③。第三，以纪录片的手法再现完全具有历史依据的（或全力贴近历史原型的）电影称作文献纪录片，它力求用一切手法还原历史或再现历史的瞬间。例如，《惊爆十三天》（Thirteen Days，2000）以伪纪实的拍摄手法讲述了20世纪六十年代众所周知的历史事件——古巴导弹危机，以堪称逼真的镜头再现了摄人心魄的历史时刻。

从仿纪录片到伪纪录片再到文献纪录片，影片内容的真实性不断增强，同时也说明，可供制作团队创作发挥的自由度在不断削弱。而唯一一点自始至终都毫无改变的便是纪录片的拍摄手法：长焦镜头、跟拍、偷拍、晃动的镜头、新闻采访、历史文献资料的辅佐等。但伪纪实主义电影有时为了凸显自己的真实性，便会刻意地制造或模仿纪录片的拍摄手法，如无雕琢地自然表演风格、即兴表演风格、文献资料或胶片的故意做旧以呈现历史感的手法、与摄影师直接交流的直接展现拍摄过程的手法等。

此外，伪纪实主义电影也常常因为它们与传统纪录片严肃、严谨地对待真实的态度之反差而遭人诟病。大众质疑，纪录片所理应恪守的尊重事实的道德底线如今在哪里？如果伪纪录片不能坚守信息的真实性，那么它究竟要传

---

① Craig Hight. *Television Mockumentary: Reflexivity, Satire and a Call to Play*. Manchester: Manchester University Press, 2010.

② Delmar G. Jacobs. *Revisioning Film Traditions: The Pseudo-documentary and the neoWestern*. New York: The Edwin Mellen Press, 2000, pp. 55-56.

③ 参见http://baike.haosou.com/doc/587519-621943.html.

达怎样的信号？它又是否只是为了嘲讽、愚弄大众，而毫无审美价值了呢？对于这些问题，学界展开过激烈的探讨。概括而言，大部分学者认为，对于伪纪实主义电影来说，影片的制作手法往往比它所呈现的内容更为吸引人和重要。它不仅表现出创作者对传统的电影拍摄风格的革新、突破，同时也在很大程度上反映出创作者关于纪录片本身的态度及立场。以仿纪录片《人咬狗》为例，影片在一开始就探讨了一个严肃而深刻的话题："什么是纪录片？如何拍摄纪录片？"影片中，一个杀人狂魔雇佣三个摄影系大学生为他记录"真实的"抢劫杀人过程。无论主人公每一次的行为多么残忍，都未能引起拍摄者的制止，他们有时甚至被迫充当了他的帮凶。一方面，拍摄者作为被雇佣者，他们忠实于自己的雇主，并无条件地服从于他；但从另一方面，他们对职业操守的所谓"坚守"却是以牺牲人性最基本的是非感与道德底线换来的。由此，该片的真实导演以此种电影拍摄手法引导观众思考，真正的纪录片应该遵循怎样的原则，同时也对纪录片一味追求的机械式"真实"予以嘲讽。"我们以往认为的纪录片真实性其实是混淆了事实与真实的概念，我们把一些机械的事实当作真实来考虑。最终也导致我们浮于表面。事实上，电影或者纪录片的灵魂在于内在的真实，而不简简单单的事实的记录。"①

作为文学在整个艺术范畴中的"近亲"，电影与文学的关系密不可分。从由文学作品改编的电影，到文艺理论在电影学中的运用等无不体现着二者本质上的近似关系。无论是文学还是电影，它们都是叙事的艺术，都以各自独特的艺术表现手法与符号语言讲述故事、传递思想与情感。我们在上文用了一定的篇幅来梳理电影文化中的伪纪实主义现象及伪纪录片的含义，这对我们接下来进行多甫拉托夫小说中伪纪实主义的分析具有很重要的启发和指导意义。

第二节　文学中的伪纪实主义

多甫拉托夫在1988年的一次记者采访中首次提及伪纪实主义的创作手法。从该词语的构词法来看，"Псевдо-"前缀源自希腊语，意思是"假的、伪的、赝品的"②，

---

① 吴胤君：《"伪纪录片"真实性的讨论——〈以二十四城记〉为例》，《小说评论》，2012年第2期，第133-134页。
② 冯华英等主编：《俄汉新词词典》，商务印书馆2005年版，第384页。

如псевдонаука（伪科学）、псевдоним（笔名）、псевдоклассицизм（伪古典主义）等；《俄语大百科辞典》中的解释，"документализм"的意思为"文学或电影中根据事实、真实事件所做的可靠筛选"①。两个部分合成后这个单词就产生了"伪纪实主义"这一翻译。那么，究竟什么是伪纪实主义？文学中的伪纪实主义指的是什么？至今我们也未能从相关文献中找到详尽的、令人满意的解答。可以说，这一概念目前仍处于待研究和未成体系的状态。因此，我们有必要回到它首次公开出现的地方——多甫拉托夫与美国记者格兰德的谈话：

> 格兰德："您所写的都是自传性的。"
>
> 多甫拉托夫："表面上看是这样，但不全是。关键在于，我和其他人都使用的体裁叫作伪纪实主义。当纪实文学的所有形式特征都得以保留，而你用艺术的手法来创造公文（документ）。比如说，某一个文化程度不高的苏联女性，给住房管理所写了一封意见信，抱怨厨房的下水管道或者水龙头。这是一封带有强烈感情色彩的公文，无论是修辞上还是语气上。但如果尝试创造这样一份公文那就是创作任务了。可以说，左琴科是创造出了这样一种写作的语言，尽管这样的语言在他们那个年代的大街上可以随处听到。我写伪纪实主义的故事，希望它们偶尔会让人们产生一种真实感，认为所有这些确实发生过，尽管它们百分之百没有发生过，全都是虚构的。"②

由上面这段引文我们可以看出，"伪纪实主义"是一种特定的创作手法，而其内涵，简言之，就是用纪实文学的手法来创作叙事虚构作品；同时，使用这一技法的初衷是为了体现文本的真实性，拉近读者与叙述者的心理距离，使其认可、接受其叙述权威，营造无压力、自然的叙事情境。

伪纪实主义早在19世纪就有了文学实践的痕迹。俄罗斯学者波利万诺夫认为，俄罗斯文学中的伪纪实主义小说最早可以追溯到1877年③，即俄国作家弗谢沃洛特·加尔申的小说《四天》（Четыре дня）。它讲述了与作者本人的身平非常类似的主人公参加俄土战争的经历，但直到小说的结尾处，读者才

---

① Большой академический словарь русского языка (т. 5). Москва, СПб.: Наука, 2006. С. 221.
② Глэнд Д. Беседы в изгании. М.: Книжная палата, 1991. С. 90.
③ Поливанов А. «Псевдодокументализм» в русской неподцензурной прозе 1970-1980-х годов. дис. докт. филос. наук. 2010. С. 10.

被告知，主人公名为伊万诺夫。此外，奥·福尔什的《疯人船》(Сумашендший корабль, 1930)、瓦·卡塔耶夫的小说《我的宝石皇冠》(Алмазный мой венец, 1977)、谢·坎德列夫斯基的《环锯术》(Трепанация черепа, 1996)以及尼·科利蒙托维奇《最后一份报纸》(Последняя газета, 2000)等作品都根据一定的历史事实或作家真实经历创作而成，也是典型的伪纪实主义小说。

在现当代的西方文学中，黑色幽默作家冯内古特的成名作《五号屠场》(1969)具有一定的伪纪实主义特征，虽然该小说在后面的情节中已经具有了超现实主义的色彩，但小说的一开篇，作者冯内古特就在文中直接出场，讲述了写作这部小说的背景，遭遇的波折、写作动机等，使小说成为真实与虚构的结合体。现当代作家伊丽莎白·科斯托娃的《历史学家》(The Historian, 2005)①、史蒂夫·艾米克的《湖泊、河流、另一个湖》(The Lake, the River & the Other Lake, 2005)②等都是伪纪实主义的代表作品。伊丽莎白·科斯托娃在《历史学家》这部小说中，安排了与《营区》非常类似的书信加短篇小说的叙事结构，但小说的出版时间与文末作者加注的创作时间以最直接地方式"暴露"出作者缜密的谎言：小说的出版时间为2005年，而作者在文末加注的创作时间竟为2008年。

在现代的俄罗斯文学进程中，伪纪实主义手法也在不少作家的创作中被不同限度地使用。如韦·叶罗费耶夫的《从莫斯科到彼图什基》、爱德华·利蒙诺夫的《这就是我——埃季契卡》等。无论叶罗费耶夫此后创作了多少作品，读者对他的印象更多的是那个放浪形骸、愿为酒奴的"韦尼亚·叶罗费耶夫"；利蒙诺夫更是因其小说中同性恋者、绯闻制造者、性狂想者"埃季契卡·利蒙诺夫"的塑造，而频频遭人指责，可以说，小说中伪自传的人物形象给作家的声誉带来了巨大的负面影响。而这一切，毫无疑问，与其小说中故意制造的主人公与作者本人之间难以剥离的相似性不无关联。③此外，2014年的俄罗斯布克奖得主弗·沙罗夫的八部中篇小说中都充斥浓厚的历史叙事之感。历史专业出身的沙罗夫习惯于将叙述视野定格在一定的历史时空之下，在整个国家大命运关照下展现小家庭的命运。因此，他的小说被评论家称为"微型史诗"(мини-эпопея)。但沙罗夫并非一个恪守事实的现实主义作家，在

---

① Elizabeth Kostova. The Historian. New York: Little, Brown and Company, 2005.
② Steve Amick. The Lake, the River & the Other Lake. New York: Anchor Books, 2005.
③ 参见Поливанов А. «Псевдодокументализм» в русской неподцензурной прозе 1970-1980-х годов. дис. канд. филос. наук. 2010.

他的小说中，往往注入了作家对历史、宗教、文化的个性解读、解构，甚至魔幻虚构等后现代主义元素，这使得沙罗夫的作品具有伪历史主义的特征。

可以说，无论是伪自传性质的小说，还是伪历史性质小说，就其本质而言，都是对某一类事实的文学性虚构与主观化改编的艺术成果，即使用伪纪实主义的手法创作而成的文学作品。伪纪实主义的作家所达成的共识在于，文学创作中真正的自由在于能够以艺术之名打破生活与创作、真实与虚构之间的壁垒，游戏式地展现自我与非我、官方历史与自我意识中的历史相对峙、博弈所产生出的火花。由此，创作主体对于世界（包括自我）自由地诠释方式以及生活现实与艺术真实之间复杂的关联体系便得以全面彰显。就伪纪实主义小说创作过程而言，不同的创作者会使用不同的具体操作策略。根据本书研究的重心，我们将着重点放在多甫拉托夫这一位作家的作品上，也期望通过对个别作家伪纪实主义的研究，能实现举一反三、触类旁通的效果。

就多甫拉托夫口中所描述的"伪纪实主义"而言，它在艺术表现形式上显然更接近第二种类型的伪纪录片。多甫拉托夫曾说："我相信，我的小说只会在我的外部产生，我没有创造它们，只是把它们记录了下来，痛苦地挑选那些我所听到的词语，就像来自身体内部的声音。"①此番话表现出多甫拉托夫在文学创作过程中所做的"纪实"工作，但作家此处的"创造"与其在访谈中所说的"创造"应予以区分，否则便会出现自相矛盾之感。应当说，此处的"创造"更多是为了强调多甫拉托夫很长一段时间以来坚持的习惯——做录音和写手记②，由此也可说明，多甫拉托夫小说的情节内容并非完全虚构，它们都是在一定的事实基础之上创造得来的。

此外，多甫拉托夫在小说中也曾多次"移植"一些电影拍摄的手法，如蒙太奇、闪回、间隔等。其中，最能体现纪录片拍摄手法的当属其小说中"实时报道"或称"跟拍"的叙述方式。以小说《外国女人》为例，多甫拉托夫向读者一一介绍"上场"的每一位人物，这一幕"长镜头"当中，共有十个人物出场，我们可称之为"人物长廊式"描写：

如果您想了解我们这个社区，那就请站在办公用品店旁边吧。它位于一百零八号大街和六十四号大街的交叉路口处。最好能早点到那儿。

---

① Сухих И. Н. Сергей Довлатов: время, место, судьба. СПб.: Азбука, 2010. С. 40.
② 多甫拉托夫的手记最后经由作家本人整理出版，名为《记事簿》（Записные книги），该书收录了众多有关作家及其友人的日常笑话或作家的随感等。

瞧，我们的出租车司机们出发了：列瓦·巴拉诺夫、佩尔左维奇、叶谢列夫斯基。他们都是敦厚结实、闷闷不乐、决绝果断的人。

……

正走过来的是照相馆老板叶甫盖尼·鲁宾奇克。十年前，他买下来一个公司。到现在还在还债。剩下的钱用来购买现代化设备。

……

这个匆匆忙忙地去送早报的人，就是事业刚刚起步的出版商菲玛·德鲁克尔。

……

正在搬货的是"第聂伯河"商店的老板贾玛·皮沃瓦罗夫。苏联时期，贾玛是名律师。初来到美国时，他在工地上当搬运工。后来在水果摊干杂活。一年后，他把这个水果摊买了下来。①

长镜头的跟拍效果体现了叙述人讲述的客观姿态与实时性。同时，作为一种语言艺术，它充满了生动性与画面感。但无论如何，文学与电影仍是两种截然不同的艺术门类，并且各自都拥有自己独特的、无法替代的艺术表现手法与形式。以下，我们重点探讨文学作品中伪纪实主义叙事的主要特点。

第三节 伪纪实主义叙事的特点

多甫拉托夫的伪纪实主义叙事在本质上是一种叙事活动，是作家独特的艺术叙事手法及叙事伦理的综合。它表现为借用纪实文学的部分写作手法来讲述虚构或具有一定事实根据的半虚构故事，以使该作品具有纪实性并充满真实感，与此同时寄予所书写故事特定的伦理诉求。多甫拉托夫以伪纪实叙事解构现实生活中的事实，消弭真实与虚构之间的绝对界限，并拆除生活与文学之间不可跨越的藩篱，把日常生活以戏谑化、错乱化、荒诞化、主观化等手法予以重新塑造。由此，作家创作出以其主体视角出发所构建的具有"心理真实"

---

① Довлатов С. Д. Собрание сочинений (т.3), С. 217-221. 本书中所有对多甫拉托夫小说文本的引用均选择作家作品集四卷本。以下我们以卷次和页码的方式简要标注。此外，本书中所有涉及作家作品引文的翻译均为笔者自译，不再另注。

与"印象真实"之特性的世界。而它无疑也是充满了作家主体性审美倾向的、"真"与"幻"交织杂糅的艺术时空。

多甫拉托夫的伪纪实主义叙事就其性质而言,具有悖论性特征。一方面,作家试图呈现自己所讲述故事的纪实性;另一方面,他又会以或明或暗的手法揭露其所讲述内容的虚构本质。

关于多甫拉托夫伪纪实主义小说纪实性方面的特征,我们可以归纳出其在内容层面的特点:(1)事实要素的存在(既有实质意义上的,也有形式意义上的);(2)叙述话语的客观性;(3)故事情节的自传性;(4)叙事情境的逼真性。

(1)"事实要素"是指小说叙述中所出现的真人、真名、真实的地名、时间刻度等。多甫拉托夫小说中的主人公大多具有现实生活中的原型,这也是作家伪纪实主义叙事的首要特征。但这些人物在多大程度上接近原型本人,或者小说中的时间、地点是否准确等,则已属于艺术创作的范畴,对于伪纪实主义叙事来说,必要的事实要素的"在场"是保证小说可靠叙述的第一步。

(2)叙述话语的客观性建立在作者外视角观察世界的基础之上,即作者的外位性。多甫拉托夫多采用第一人称回顾性视角来进行小说叙述,这有利于叙述者保持缓和、冷静的叙述语调,他也可以自由地把握叙述时间(选择概括还是停顿等)。如实时报道一般,作者以旁观者的眼光去回顾过去,仿佛没有(也不能够)介入或干涉事件的发展。

(3)统观多甫拉托夫的八部小说的开端,我们会发现,多甫拉托夫经常在小说一开篇便介绍自己——这位叙述者的生平、经历、性格、优缺点等。正如文艺评论家列伊杰尔曼和利波维茨基所言:"与阅读多甫拉托夫的传记相比,任何读者都可以在他的小说中得到更多的有关他生平经历的信息。"[①]

(4)戈尔什科夫认为,第一人称叙事使作者有机会"从内部"来展现文学现实,虽然叙述者失去了一揽全局的视野(他只能讲述自己能够看见或听见的事件),但这样的叙事行为在一定程度上却赢得了真实性。[②]多甫拉托夫的小说多以第一人称叙述展开,且以自己的传记材料为事实基础,加之以事实要素的存在和客观、中立的叙事视角,有效地营造出小说叙事情境的逼真效果。

需要指出的是,多甫拉托夫即便刻意制造着小说的纪实性,我们也不能将

---

① Лейдерман Н. Л., Липовецкий М. Н. Русская литература XX века (т. 2). М.: Академия, 2010. С. 598.

② Горшков А. И. Русская стилистика. Стилистика текста и функциональная стилистика. М.: Астрель, 2006. С. 195.

此视为惯常逻辑下的真实,而应该将此视为他"做伪"的间接结果。因为,那些看上去真实可信的言论内容及言说方式都是作家蓄意而为之、试图让读者信服的手法,它们本质上是作者的虚构。所以,从这个意义上说,无论是作家撰写的"真实"还是明显的虚构,都是伪纪实之伪装后的结果。如扬格所说:"纪实性——是解决美学任务的产物。结果他(多甫拉托夫,笔者注)制造出双重效果:纪实的可信度与艺术效果的叠加。"①

多甫拉托夫伪纪实之中的"做伪"可谓其小说创作中的重头戏。除了上述间接的、以伪造真实性为目的而完成的创作活动外,多甫拉托夫还从人物变形、事实错误和情节"变奏"等三方面来直接戏仿现实生活中的人物或事件。

人物变形主要指作家给予其笔下的小说人物以某种共性的审美特征,如人物的"醉态化"及"幽默化",以此来解构现实生活中人物原型的真实面貌和性格,使他们具有类型化、诗意化的艺术特点。同时,也因此使他们的人物形像变得更加鲜活、生动与有趣。有关这一部分内容,我们将在本书的第三章进行详细论述。

事实错误曾被多甫拉托夫誉为自己"诗学的一部分"②,而在这一范畴内又包括作家在小说中对人物原型姓名的改写、对事件发生的时间、地点的篡改等。例如,在小说《分支》中,多甫拉托夫以全景式写法描述了几十位前去参加"新俄罗斯"国际研讨会的人员。他介绍了与会者的姓名、身份、活动等。但根据与会者的回忆录以及当时的文献记载,我们可以发现,多甫拉托夫十分自由地更改了人物原型的姓名。例如,维·涅克拉索夫被更名为"帕纳耶夫";持不同政见者米·米哈伊洛夫变身"列昂·玛捷伊卡";诗人纳·科尔查文被取名为"杰卢维姆·科弗里津"等。此外,多甫拉托夫也会更改原型人物的其他方面的信息,像是给读者蓄意设下的迷局:

> 帕纳耶夫是苏联文学的经典作家。1946年,他创作了长篇小说《胜利》。他在这本小说中丝毫没有提及斯大林的名字。大元帅太过吃惊,以至于给帕纳耶夫颁发了一枚勋章。(4,24)

如我们上文所指出,这里帕纳耶夫的生活原型即维·涅克拉索夫。1947年,他凭借作品《在斯大林格勒的战壕里》获得斯大林奖。而勋章则是因其在

---

① Екатерина Янг. Эстонский цикл // Сергей Довлатов: время, словесность, эпоха. СПб.: Звезда, 2012. С. 222.

② Вайль П., Генис А. Пророк в отечестве // Независимая газета. 1992, 14 мая, С. 7.

前线的赫赫战功而颁发。多甫拉托夫对好友涅克拉索夫的戏谑描写在此可见一斑。他打乱事实秩序,把人名、事件、作品名都调了个个,再重新组合。此类例文不胜枚举。在苏西赫教授所编写的多甫拉托夫作品注释读本中有详细的解说①,我们在此不再赘言,仅指出一个有趣的现象。多甫拉托夫对人物姓名的更改并非完全随意,在很多时候,作家有自己独特的思量。为了实现某一叙事效果,他可以选择更改原型的姓名或者使他们以真实姓名出现。例如,在小说《分支》中保守的乡土派代表马克西莫夫变成了"鲍里沙科夫",而自由的亲西方派成员西尼亚夫斯基被作家改名为"别利亚科夫"。但在不同情节下,他们时而以自己的"伪名"出现,时而以本名出现。也就是说,通常,一个人物原型会分裂为两个或更多个小说人物:

我们被安置在希尔顿酒店,一个人一个房间。小说家别利亚科夫是个例外,无论走到哪里,他的妻子都会陪伴左右。

我记得,别利亚科夫说:"这衣服是化纤料子的,我浑身都痒。"

达利亚·弗拉基米罗夫娜(别利亚科夫的妻子,笔者注)立刻拿出小记事本。(4,22-23)

在我的录音资料库里甚至还有亲吻的录音。这是一个历史性的,准确地说是史前性的亲吻。你们猜,这是谁人的吻?——马克西莫夫和西尼亚夫斯基。录音产生于1976年。在乡土派作家和自由派作家历史性地决裂之前。

大会上,双方都派出了相同数量的代表者。第一天,他们是绝对对立的状态。

而且,他们在外表上就明确地区分了彼此。乡土派者身穿考究的双排扣西装,系着化纤领结,穿着胶漆皮鞋。而大多数自由派者穿着牛仔裤、高领套衫、鹿皮外套。(4,32)

午饭时,爆发了争吵。月刊杂志《赞美》的主编鲍里沙科夫惹恼了犹

---

① Сухих И. Н. Лишний. Впервые с комментариями. СПб.: Азбука, 2011.
Сухих И. Н. Уроки чтения. Впервые с комментариями. СПб.: Азбука, 2011.
Сухих И. Н. Рассказы из чемодана. СПб.: Азбука, 2012.
Сухих И. Н. Иная жизнь. СПб.: Азбука, 2012.

太复国主义者古尔芬克利。争吵当然是由有关新俄罗斯的话题而引发的。准确地说,是关于加速还是改革的问题。(4,35)

上述三段引文展现出多甫拉托夫在不同场景下对人物姓名的设计与安排。当作家以调侃的语气,甚至略有揶揄自己朋友之意时,为了不伤及友人的尊严,他往往会选择使用给他们精心设计的假名。从马克西莫夫到鲍里沙科夫,便是考虑到俄语中"максимальный"和"большой"两词语义上的相近;而之所以把西尼亚夫斯基化身为别利亚科夫,则是因为在俄语中"беляк"的意思为"白葡萄酒、白酒",给朋友取此名无疑会产生幽默、滑稽的效果。① 而当多甫拉托夫的话题转移到乡土派和自由派的纷争时,多甫拉托夫不得不使用两派代表人物各自的真实姓名。乡土派与自由派作家之间的论争已成为俄罗斯文学进程中人尽皆知的历史事件,在此种情形下,人物原型真实姓名的使用便于读者直接联想现实生活中的具体情景,即产生小说与生活相互对照、互文的双向理解模式。而如果作家在这时依然使用他们的假名,那么不仅小说的纪实感大打折扣,其艺术表达效果也会逊色不少。

此外,故事情节的"变奏"也是多甫拉托夫惯用的写作手法,也正因为此,即便读者不追踪历史、事实资料,仅根据作家若干小说文本中相似情节的对比就会发现作家在何处做了虚构处理。例如,在《记事簿》中有这样一则关于作家朋友奈曼的小笑话:

我们来到新建区。窗户、混凝土、一模一样的房子。我对奈曼说:"相信,普希金不会同意住在这样的死气沉沉的小区。"

奈曼回答:"普希金不会同意生活在……这样的时代!"(4,188)

而对比《记事簿》的第一版②,这则笑话的内容稍有改变:"丘特切夫不会同意生活在这样……的时代。"我们发现,两个版本中省略号的位置有点不同,第二个省略号显然并非代指一种意外,而是省略了一些不好的、骂人的词语。在《看不见的书》中,这一对话再次出现,只不过,这次,不愿意生活在这个

---

① 关于多甫拉托夫在小说中给主人公所取的假名,有学者认为它们中的大多数具有特别的寓意。详见 Доброзракова Г. А. Говорящие фамилии персонажей Сергея Довлатова // Русская речь. 2012. № 3. С. 39-46.
② Довлатов С. Д. Соло на ундервуде (записные книги). New York: New England Publishing Co, 1983. С. 10.

小区或时代的主人公既不是普希金,也不是丘特切夫,而是托尔斯泰。(3,24)

在多甫拉托夫的小说中,同样的一段话在不同的小说中可能由不同主人公说出。例如,同样是在《记事簿》中有这样一则带有历史性质的小笑话:

> 一次弗拉基米尔·马克西莫夫受恰夫恰瓦德泽公爵的邀请参加晚宴。受邀宾客中还有阿利卢耶娃。马克西莫夫说:"我们坐在那儿,喝喝酒,聊聊天。左边是阿利卢耶娃。右边是伟大的公爵。她是斯大林的女儿。而他是君主的后代。他们中间是我。也就是人民。正是那个他们无法分割的人民。"(4,239)

在小说《分支》里,该故事里的马克西莫夫变成了自传性主人公多尔马托夫。而这个小故事的基本内容则还是受邀、赴宴,但多甫拉托夫把地点选在了纽约。这一次,最重要的人物的历史组合变得更加复杂:

> 这里的播音员个个都非常优秀。有克连斯基的侄孙,他有一个令人意外的姓——布赫曼。有帝王君主的远房后代——弗拉基米尔·康斯坦丁诺维奇·塔季舍夫。
>
> 一次,我们那儿举办斯大林女儿的庆生酒会。我正好坐在了布赫曼和塔季舍夫中间。同时在阿利卢耶娃正对面。
>
> 我心里清楚,右边是克连斯基的亲戚。左边——君主的后代。正对面是斯大林的女儿。而他们中间是我。人民的代表。也就是他们谁都无法独占的人民。(4,12)

在故事情节的"变奏"中,二元对立的"斯大林之女与君主的后代"变成了"我"与他们二者之间的三角关系。而对于"人民"来说,结果依然未变,他们的"处境"是可笑、无奈且无望的。在多甫拉托夫的小说中此类关系变换时常发生。普希金变成了托尔斯泰,马克西莫夫变成了多尔马托夫,甚至男人变成了女人……似乎到底哪种说法为真、哪种为假已经不重要了,或者说这并不影响读者对文本的理解与接受。也许只有历史学家知晓,何时发生了这次聚会,又是谁和斯大林的女儿、君王的后代坐在了一起。问题的根本在于,参加此次聚会的"某人"感受到他在人民中间,他是人民的一分子,并且人民是不可被分割或独享的。

多甫拉托夫小说情节的"变奏"或者说重复曾引起学者的批评。弗·索洛维约夫和伊·克连皮科娃表示:"作者难以找到合适的情节。所以把片段与笑话连接在一起,并且是可以随时移动的——从一部小说到另一部小说。"①而马·利波维茨基等认为:"重复是多甫拉托夫经典的叙事修辞手法。重复性表现出作者将事件当作规律来接受的态度,而这种规律则持续地发挥着自己的威力。"②我们认为,情节"变奏"或重复是多甫拉托夫有意而为之的,他向读者直观地展示出文学创作中无限可能性、可塑性与文本的张力。对于作家来说,对事实的尊重并不意味着一定要照搬现实材料,照相式地反映它,而应该在叙述中融入自我真实的感受、认知与态度。应当说,多甫拉托夫追求的是印象式真实,如同他曾把自己小说称为"印象主义小说"③(импрессионистские рассказы)。又如苏西赫教授所言:"多甫拉托夫很准确地理解并不断地丰富日常笑话的诗学。情境要比人物重要得多。在笑话的情节里主人公是无穷变化的变量。他是面具、符号,是老实人、天才、睿智者、文学失败者等形象的典型,依据情节的需要而被放置在某个地方、某种生活关系当中。"④

亚·格尼斯指出:"他所创作的文学既不是艺术性的,也不是纪实性的。谢尔盖艰难地探寻着第三条、自己的道路。"⑤我们或许可以换一种表达:多甫拉托夫的文学是介于纪实与虚构之间的伪纪实主义文学。伪纪实主义的创作手法不仅在艺术形式上具有实验性、革新性,它也蕴含作家对包括自己在内的、对周遭环境及人的戏谑刻画,真实与虚构游戏般地打乱、重组,对官方主流意识形态所宣称的"真实"、政治神话以及价值评价体系的解构。此外,还折射出多甫拉托夫作为创作者之主体性的光芒与自由。

---

① Соловьев В., Клепикова Е. Довлатов вверх ногами. М.: Коллекция совершенно секретно, 2001. С. 92.
② Лейдерман Н. Л., Липовецкий М.Н. Русская литература XX века (т. 2), М.: Академия, 2010. С. 604.
③ Генис А. А. Довлатов и окрестности. М.: Вагриус, 2004. С. 137.
④ Сухих И. Н. Сергей Довлатов: время, место, судьба. СПб.: Азбука, 2010. С. 67.
⑤ Генис А. А. Довлатов и окрестности. М.: Вагриус, 2004. С. 130.

第二章 多甫拉托夫的伪纪实主义叙事话语

叙事人称（视角）、面具（叙述者形象）、话语层三位一体，共同建构了多甫拉托夫伪纪实主义叙事话语的具体内涵。伪纪实主义小说的叙事话语不同于一般的小说话语，就多甫拉托夫的小说文本而言，它的语言重在叙述者"讲故事"的风格和对日常用语的模仿与艺术性再创造。在多甫拉托夫的小说中，我们首先听到的是来自叙述者"我"的声音，其次还包括处于另一时空的人物话语的转述，但叙述者话语是主导。作者、叙述者与主人公之间通过视角的切换、面具的切换、不同话语层的展现来区别彼此的审美层级和叙事特权。本章，我们着重探讨作家叙事话语的伪纪实主义特性，以及伪纪实主义叙事的话语特性，即问题的核心在于叙事话语对于建构伪纪实性的话语形态的意义。

第一节 叙事人称

叙事人称是作家在创作伊始便要考虑的重要问题，它决定着小说文本中声音的来源，即"谁在说"。相比较而言，小说中最常使用的叙事人称为第一人称和第三人称。而论及二者的区别，学者罗刚在《叙事学导论》中指出："第一人称叙述者是小说世界的一个活生生的人物，而与之相比，第三人称叙述者并不是小说世界的一个真实存在。两种叙述者与小说世界距离的差异直接导致了叙述动机的不同，第一人称叙述者的叙事动机根植于'我'的现实经验和情感需要，是切身的、强烈的，而第三人称叙述者的叙事动机更多的是出于一种审美的考虑。"[①] 从

---

① 罗刚：《叙事学导论》，云南人民出版社1994年版，第170页。

叙事人称来说，多甫拉托夫的小说总体以第一人称叙事为主，其包括第一人称回顾性视角和经验自我视角两种叙事模式。此外，为了服从特殊叙述任务的要求，多甫拉托夫还会适当地使用第三人称全知视角的叙事模式。

一、第一人称叙述及其功能

相较于一般的叙事虚构作品，多甫拉托夫伪纪实主义小说中的第一人称叙述具有自身的特殊性。作家在与记者格兰德的谈话中曾明确指出，创造小说的纪实性、真实感是多甫拉托夫写作的重要内容之一。但作家显然又不满足于纪实文学（包括自传）的写作方式。于是，他选择了介于二者之间的、亦此亦彼的第三条道路——伪纪实。为了实现伪纪实主义叙事之纪实的艺术效果，他做出了一个至关重要的决定——故事由貌似作家本人的"多甫拉托夫"来亲自讲述，而这一选择便注定了讲述者与作家本人千丝万缕的复杂联系。当读者发现讲述者同样名为"多甫拉托夫"或是与作家名字非常接近的"多尔马托夫"，抑或是其人生经历与作家本人有着太多的相似之处时，如果读者并不了解作家的伪纪实主义手法或缺乏一定的阅读经验，那么他会很容易相信，这位讲述者就是作家本人。①由此可见，第一人称叙述为多甫拉托夫塑造与自我联系密切的叙述者形象具有关键性意义，而这一形象的产生则直接对读者接受和理解文本产生迷惑作用。换言之，第一人称叙述在多甫拉托夫的小说里更主要地表现为同貌人叙述，这是多甫拉托夫用以混淆视听、促使读者误将叙述者当成作家本人从而认同小说叙事之自传性的重要手段之一。

但第一人称叙述具有自身的局限性。与很多作家一样，多甫拉托夫无法做到在一部小说叙事中只用统一的第一人称限知视角来讲述。他也会在叙事视角中融合各种超出第一人称视域范围和能力的观察与讲述视角，如全知视角、摄像机式外视角（有限全知视角）等。但与其他作家不同的是，多甫拉托夫对于视角的选择不仅为了满足叙事进程的需要，更在于实现自己的审美意图。例如，一以贯之的第一人称回顾性视角有利于小说自传性的彰显；而体验视角、摄像机式外视角以及全知视角的融入，将会直接暴露出叙述者限知视角向

---

① 试举一例读者对多甫拉托夫小说的评价："昨天借了美籍俄罗斯作家谢尔盖·多甫拉托夫的《手提箱》来读，一百来页的小说，从九、十点读到零点。笑了N次。疑惑了N次。……没想到五十年代的苏联人竟走私袜子，其利润竟是百分之一千五百。开会时，市长把鞋子脱了小憩，有人竟用脚将皮鞋勾走，顺到自己的大包里。而这个人就是作者！"参见 http://blog.sina.com.cn/s/blog_485242a40100d1f1.html.

作家全知视角的过渡。这也从侧面反映出，叙述者与作家时而分离、时而合体的伪纪实主义叙事特征。事实上，这种视角权利的转移大量地存在于多甫拉托夫的小说叙事中，在一般的第一人称叙述的小说中则难以见到。我们当然不应当将此视为多甫拉托夫思维的混乱或失败，因为从另一个角度看，叙述视角由限知向全知的转移在本质上体现出多甫拉托夫叙事由形式上的"纪实"向伪纪实的转移，而作家在小说中并没有刻意规避或隐藏此手法，恰恰表现出多甫拉托夫建构了小说的纪实性，却又亲手解构了它的矛盾写作法。而这一点也无疑是多甫拉托夫伪纪实主义小说悖论性特征在叙事视角上的具体体现。因此它也构成了多甫拉托夫伪纪实主义小说第一人称叙述话语的一大特征。

下文，我们主要通过第一人称叙述的功能及作家突破其局限的途径两个方面，来详细论述多甫拉托夫伪纪实主义作品中第一人称叙述的主要功能。

1.创造真实感

第一人称叙述以"我"为人称，小说中"我"的使用首先会诱导读者去联想，作品中的"我"与现实中的作家之间的关系。有时，二者因截然不同的身份或性别特征而被自然地区分。但也有这样一种情况，即在伪纪实主义小说中叙述者的身份、经历与作家十分接近，甚至同名同姓，这时我们既不能简单地将二者混为一谈，也不能粗暴地将二者完全割裂。试比较，假如《罪与罚》的主人公不叫拉斯科利尼科夫，而改名为"陀思妥耶夫斯基"，那么，学界对这部小说解读的方向将发生质的改变。也就是说，在伪纪实主义小说中，多甫拉托夫对第一人称叙述的选择并非偶然，它具有明确的美学功能和审美意义，对于整个小说文本之中"真"与"伪"事件的创作与平衡起到重要作用。

"第一人称'我'叙述最大的益处首先在于真实感强烈。尤其是当叙述内容中夹杂有某些具体可考的历史事件与明确的时空背景时。"[①] 如上文所述，多甫拉托夫在其小说加入了大量的自传信息及生平描写，使小说中的叙述者兼主人公"我"成为作者自传化的人物形象。虽然无论从修辞学还是从事实判断的角度，二者都存在无法逾越的距离，但我们仍不能因为二者的距离而忽视二者之间亲近的联系，更重要的是，伪纪实主义小说中纪实感的重要来源就是小说中与作者如此"相像"的同貌人——叙述者"我"。因此可以说，第一人称叙述的选择于多甫拉托夫的伪纪实主义叙事来说至关重要，其首要功能便是表现出叙事活动的真实性。如在《手艺活》中，多甫拉托夫详细讲述了自己从

---

① 徐岱：《小说叙事学》，商务印书馆2014年版，第306页。

事文学写作的历程,这其中涉及作家大量的生平经历介绍:

"我的父亲是剧院导演。母亲曾是这家剧院的演员。战争都未能使他们分开。但当一切都好起来时,他们却离婚了……

我在大撤退时出生,10月4日。"(3,11)

"我不得不透露一些我生平经历中的细节。否则很多地方将是令人费解的。我将简要地概括一下,要点式罗列。

又胖又害羞的男孩……贫穷……经过深刻反省,母亲放弃了戏剧,当起了校对员……中学……和阿廖莎·拉弗连季耶夫交好,他身后总是跟着一群'炮台'……阿廖莎调皮的时候,我总被派去教育他……我成了小家庭教师……我比较聪明,也知道如何讨好大人……

……

1952年。我给《列宁格勒的星火》杂志寄去四首诗歌。一首,当然了,是关于斯大林的。另外三首——关于动物的……

早期的小说。它们发表在儿童杂志《篝火》上。类似于中级专家的败兴之作……"(3,12)

我们看到多甫拉托夫对自己生平的介绍详细到出生日期(虽然这一日期系虚构,其真实的出生日期为1941年9月3日),但细节对于真实感的营造具有很大的说服力,同时,要点式的事实列举也可以凸显作者坦言、直率的讲述风格。而伪纪实主义小说真实感的产生不仅仅依靠事实因素的罗列,事实因素的存在只构成了小说文本形式上的纪实模式,更为重要的是,多甫拉托夫为捕获读者心理上的认同与信任感创造了令人信服的叙事情境。

我们注意到,多甫拉托夫在对自己生平事件的选择上有一定的筛选性,几乎所有被列举的要点中,除了幼年时代的个别事例以外,大多数的事件特征均是不成功、晦涩甚至有些丢脸的。而多甫拉托夫毫不忌讳地与读者"大方分享",这无疑对叙事真实感的加强起到促进作用。此外,叙述中夹杂着的调侃、幽默的小笑话使他展示出"低于"读者的话语姿态,塑造出一个外在平庸,但内美、坦诚、幽默的叙述者"我"之形象。文艺评论家亚·格尼斯把多甫拉托夫的叙事语态与中国道教联系起来,把它比喻为河与海的关系。他说:"中国道教说,海之所以能容纳百川,正是因为它比其他河流的地势低"[①],这不仅对于多

---

① Генис А. А. Дао Довлатова // http://www.novayagazeta.ru/arts/65194.html.

甫拉托夫表现其小说文本的真实感具有重要意义，同时，还使多甫拉托夫避免了因过多的自述而招致的"自我中心主义"之嫌。应当说，小说中第一人称叙述者"我"的语调既非自负也非自卑，而是自我调侃、解构与批判的。

此外，多甫拉托夫以"叙事需要"为托词，漫不经心、要点式地讲述了自己的人生经历，满篇的省略号给读者的阅读视觉带来非连贯的、非正式的漫谈之感。而这只是作家"欲擒故纵"的叙事策略。习惯了说教的、政治性的、正式的官方文学的话语，多甫拉托夫无目的的交流方式让读者感到轻松、亲近。布罗茨基曾对此评价说："他似乎毫不要求你的注意，也不将他的结论或者他对人性的发现强加于你，也不会把读者生拉硬拽地束缚在自己身旁。我可以连续三四个小时读他的小说：恰恰是这种非压迫性的语调让你无法抽身。"①"非压迫性的语调"不仅吸引了读者的目光，同时也缩短了作者与读者之间的距离，使作者直接言说的可靠性在读者心中得以增强。

2. 营造抒情氛围

众所周知，多甫拉托夫的文学道路是坎坷的，被封杀、被恐吓、书稿被销毁等一系列经历给多甫拉托夫的身心带来严重的创伤，与此同时，生活上的拮据也迫使多甫拉托夫与现实妥协。"贫穷""寻找出版机会""与书刊检查制度抗争"等方面的书写可以说是多甫拉托夫作品里常见的主题，如小说《手艺活》《妥协》《保护区》等。即便多甫拉托夫从苏联移民至"他所以为的"更加自由的美国，也未能缓解多甫拉托夫的忧郁心境，因为他发现"我们所改变的不是社会制度。不是地理或气候。不是经济、文化或语言。甚至不是——自己的秉性。人们不过拿一种忧伤取代另一种忧伤，这就是全部。"（3，114-115）忧郁犹如原罪，始终影响着多甫拉托夫的精神状态。因此，多甫拉托夫迫切需要一个出口可以把内心压抑已久的情绪抒发出来。最终，文学成为支撑多甫拉托夫活下去的动力源泉。不仅如此，第一人称叙述的方式也给予多甫拉托夫直抒胸臆，畅快淋漓地表达自己情感及思想的机会。这也符合他心目中文学所应该具备的最基本的功能——"公开、自由、无所畏惧地自我表达的能力"。（4，422）

与许多作家所不同的是，多甫拉托夫把自己的生活导入虚构的小说之中，试图消解小说与自传的界限，并践行着将二者合为一体的文学实验。在多甫拉托夫的小说中，作为主人公的"我"、叙述者"我"与作者之"我"同处一个空间，三者密切相连，这使得现实与虚构的世界也得以整合、补充、对话。而正是

---

① Довлатов С. Д. Последняя книга，С. 299-300.

第一人称叙述的特殊属性,才使得现实世界与文本世界之间的壁垒被打破,大大增加了文本反映生活的容量与可能性。

多甫拉托夫借助第一人称的主体叙述视角,把自己的人生经历及回忆放置在小说文本之内,使小说中的叙述者成为镜像的自己,二者之间产生审美距离,作家审视着"镜中"的自己,与"我"对话,并展现出真实的、私密的内心冲突与对生命的思考。《保护区》中,主人公阿利汉诺夫从事了二十年的写作,却始终没有获得出版的机会,然而他却酗酒成性,意志消沉。此外,来自家庭的压力也使他透不过气来,妻子变得越来越没有耐心,对他的谴责也愈发加重。阿利汉诺夫为了逃离现实的困境,来到普希金文化遗产保护区,并在那里谋得了暑期导游的工作。小说中,虽然主人公名为阿利汉诺夫,但他的经历与多甫拉托夫非常相似。1972年至1973年间,多甫拉托夫的确曾在列宁格勒周边"Березёво"村庄兼任导游,小说中多甫拉托夫把这个村庄改名为"Сосново"。此两个词的词根来看,把"白桦树"换成"松树"看上去带有随意的游戏色彩,但就是这一点小改动就拉开了纪实文学与小说之间最本质的差距。虽然多甫拉托夫反复利用一些细枝末节的事实错误来强调,小说里的"多甫拉托夫"只是一个文学形象。但在作家抒发情感或表达观点时,其真挚程度已经超越了小说虚构的界限:

"我决定平静地想一想。尝试着消减灾难感和绝境之感。

生命在一望无际的田野里苟延残喘。我站在它们中间。应该把这块田地分成几段,一段一段地弄清楚。撕破戏剧情节的链条。分析失败感的来由。研究每一个单独部分的因素。

一个写了二十年小说的人。他确信自己有理由从事这项活动。他所信任的那些人已经做好准备见证这一切。

然而没有人愿意出版你的小说,发表它们。不接受你加入他们的组织。加入到他们的强盗团伙。难道这是你的梦想吗?

你能获得公平吗?放心吧,这里不结这种果实。一些闪闪发光的真理可以让世界变得更好,而事实上又怎样了呢?

你有十几个读者。上帝啊,怎么不让他们更少些呢……

学会用诚实的手段挣钱,不要虚情假意。去干搬运工,夜晚写作。曼德尔施塔姆说过,人将守住一切他所需要的东西。就坚持写吧……

你有这方面的才能——或许吧。写吧,创造出杰作。去撼动读者的心灵。撼动唯一的一个活着的人……这是一生的任务。

……

> 已经无法活下去了。要么活着,要么写作。要么语言,要么事业。但你的事业——语言。"(2,211-212)

多甫拉托夫的自述从第一人称与读者对话转向第二人称与自己对话,第一人称直抒胸臆的特征在此得到全面展现。这段内心对话表现出多甫拉托夫在现实生活中所遭遇的精神危机与人生困境。实现精神上的追求与维持生理生存之间如同水与火难以共存,他需要做出选择,但他无奈地发现,自己已别无选择。因为于他而言,存在的意义在于写作,文学承载了作家对生命全部的希望。

由此可见,对于多甫拉托夫来说第一人称叙述除了真实感强以外,还具有强烈的主体抒发性特点,展现个人心路历程、精神挣扎的功能。在"我"的内心独白中,我们可以体会到话语表层的自我揶揄和话语深层对于人生困境的控诉以及对自由的主体性的呼唤。多甫拉托夫通过叙述者"我"的自述来梳理和探究自己忧郁情绪的来源,缓解心中积压的悲剧之感,获得生的力量与勇气。

二、第一人称叙述视角的局限性及其突破策略

虽然第一人称叙述集真实性、抒情性等叙述功能于一身,但第一人称叙述的劣势也非常明显,那就是叙述视角的局限。戈尔什科夫指出:"第一人称叙述的结构框架是很紧凑的,作者经常不得不使用各种各样的办法扩大自己的权利。比如说,'听说了'、'偷听到了'等。此外,比较高级的办法就是,让叙述者形象与作者形象接近,以使第三人称叙述的视角与第一人称叙述视角的功能接近。"[1]在多甫拉托夫的伪纪实主义叙事中,第一人称主体叙述同样面临着扩大主观视域的需求,而多甫拉托夫应对此叙述困境的策略正是"使叙述者形象与作者形象变得接近"。在伪纪实主义小说中,叙述者与作者之间的"接近"不仅体现在二者姓名、经历、气质等方面,同时更体现在他们在小说叙事修辞功能上的相互补充,甚至是重合。多甫拉托夫主要通过回顾性视角中插入体验视角、摄像机式外视角叙述以及全知视角叙述来突破第一人称叙述的局限。以下我们分别来论述它们的艺术功能及表现效果。

---

[1] Горшков А. И. Русская стилистика. Стилистика текста и функциональная стилистика. М.: Астрель, 2006. С. 196.

1.体验视角融入回顾性视角

根据叙事学的相关理论,第一人称叙述中的体验视角是第一人称回顾性叙述中的一种修辞技巧,它指的是"叙述者放弃目前的观察角度,转而采用当初正在体验事件时的眼光来聚焦。"① 多甫拉托夫的大多数小说,如《手提箱》《我们一家人》《妥协》《营区》《分支》等,都是基于作家的回忆性材料而构建的文学文本,可以说,它们主要以叙述者第一人称回顾性视角展开。但与此同时,作者并不是以老成的、过来人的经验自我视角俯瞰着曾经的一切,而是把自己的叙事视角不断倒回过去的时空,以当时经历者的身份,即体验视角来描述"我"的经历与感受。在故事的讲述过程中,多甫拉托夫时常在回顾性视角中融入体验视角,以使读者更真切地感受主人公的情感:

> 这个故事发生在**十八年前**。那时,我还是列宁格勒大学的一名学生。
> ……
> 世界上存在着精确的科学和不精确的科学。而在不精确的科学里排名第一位的就是语文学。所以我成了语文系的一名学生。
> **一周以后**,一个穿着进口凉鞋的女孩爱上了我。她的名字叫阿夏。
> 阿夏把我介绍给她的朋友。他们都比我们大,有工程师、记者、电影工作者。有一个人还是商店老板。
> 这些人穿得很好。喜欢去餐厅、旅游。一些人已经有了自己的汽车。
> 在我们眼里,他们是神秘的、有实力的、吸引人的。我也想成为他们中的一员。
> **后来**,他们中的很多人移民了。**现在**,他们已是普通的中年犹太人。
> (3,351)

"故事发生在十八年前"这一叙述交代告知读者,作者选择了当下的时间节点及回顾性叙述视角。但叙述话语"一周以后"则暴露出,作者的叙述视点已经转回到十八年前的历史时空。"我"又回到故事刚刚发生时"懵懂无知"的状态下,读者可以与"我"一起经历事件的每一处转折、悬念,以与叙述者平起平坐的姿态观察事件进展。而很快,叙述者的视角又回到现在,告知读者他们已经移民,而且变成了"普通的中年犹太人"。叙述者的视角在过去与现在的

---

① 申丹、王丽亚:《西方叙事学:经典与后经典》,北京大学出版社2013年版,第97页。

时空之间来回穿梭,他把十八年的时光浓缩在短短几行文字之中,则在有限的空间内展现出小说人物的命运所发生的巨大变化,增强读者对于人物的历史与当下之间的强烈对比。

2.摄像机式外视角与第一人称叙事视角的交融

一般而言,摄像式外视角的特点是"具有较强的逼真性和客观性,并能引起很强的悬念。"①伪纪实主义叙事也同样力求实现真实、逼真的效果,多甫拉托夫之所以在创作中引入大量的真实人名及事件,也是为了"让人们感到它们是真实存在的。"而叙事手法上,对摄像机式外视角的使用,则能够大大增强小说话语实时报道的特性,展示出叙述者极为客观的旁观者视角,凸显小说文本的"纪实性"。小说《外国女人》是多甫拉托夫唯一一部女性题材的小说,它讲述了移民美国的苏联女性玛鲁夏在纽约求职、生存与寻求爱情的经历。虽然在该小说的结尾,多甫拉托夫公开表明,玛鲁夏只是自己虚构的主人公,解构了小说的真实性,但该小说中大量使用的摄像机式外视角却营造出逼真的镜头感,仿佛作者找到了一个利于拍摄的位置,为读者实时记录了事件的发展过程:

> 三点整她准时来到列克辛格同餐厅。餐厅里已有两个人在等候。一个——相对年轻,穿着运动服。而另一个——戴着领带,年龄大约比第一个人大十岁。他介绍了一下,叫巴里耶夫。年轻人伸出手说,他叫热拉。(3,316)

处于外部的作者本没有权力得知与玛鲁夏会面的两人的姓名,但作者在这里扩大了自己的视域范围,使得叙述者"我"与作者"我"的叙述权力基本相当。他通过"镜头语言"告知读者餐厅里所发生的事件,而他则仿佛位于餐厅的一角,悄悄地观察着一切。又如:

> 中午,市中心。喧闹的行行色色的人群。商店和咖啡馆门前的漩涡。刺耳的喇叭声。小商贩一声接一声地吆喝和招揽。火盆的烟。焦糖的气味……
>
> 三十五和七号大街的转角。一家小宾馆的自助咖啡馆的大敞着的窗

---

① 申丹、王丽亚:《西方叙事学:经典与后经典》,北京大学出版社2013年版,第109页。

子。餐巾纸差点被风吹散。

  桌前——坐着一个五十多岁的男人。熨得笔挺的裤子。香烟盒子上印着克里姆林宫的图案。绣着玻璃彩珠的衬衫。低低的、发白的长鬓角。

  他正在点咖啡。迟疑地向菜单的方向挪了挪。要换外汇了。

  他的烟是苏联的。(3,330)

在这段描写中作者只使用了两个动词:"吹散"和"点咖啡"。大量的名词性短语所构成的称名句使这段描述呈现出强烈的画面感,但这不是一幅静止的、平面的图画,而是一组动态的、有声音、有气味、有颜色的蒙太奇镜头。摄像式的外视角本身是全知视角的一种,作家以文本外的姿态统揽全局。但与全知视角不同的是,摄像式外视角很少涉及人物的心理层面,也就是说,它所捕捉到的只能是透过摄像机所能拍摄到的范围。虽然作家没有深入到该男子的内心世界,但他通过拼接的图像展示出男主人公的年龄、外貌及性格。"笔挺的裤子"和"带彩珠的衬衫"体现出他穿着的特殊个性。而作家还给他的香烟一个"特写镜头",告知读者,它们是苏联的,说明了他苏联人的身份。如此客观的叙述方式不仅给小说情节设置下悬念,同时也给读者身临其境的真实感。作家所使用的描述话语虽是有限的,但留给读者的想象空间却是无限的。

3. 全知视角的使用

多甫拉托夫为了扩大自己的叙述视野,在第一人称叙述中大胆使用全知视角,此时的叙述者已犹如形同虚设,或者说,他已经和作者融为一体了。作者在作品中虽未出场,是缺席的状态,但实际上,他已经将自己的叙述权威上升至最高级别,以"只闻其声,不见其人"的隐身者姿态统摄小说叙述的整个局面。此种叙事视角突出表现在作品《营区》中。据我们的统计,除信件以外,该部作品的十四篇短篇小说中共有八篇的叙事是全知视角,有五篇为第一人称有限视角叙事,另有一篇故事是两种叙事视角的混合。由此可见,全知视角在整部小说叙事过程中占据主导地位。多甫拉托夫用全知的视角揭示人物的内心世界和内心活动:

  换班的人留下来执勤。很快,他就会梦到家乡。布罗纽塔·戈罗巴塔维丘斯穿着绿色的短上衣……他将看见在太阳下闪烁的河水。自己的货车在尘土飞扬的路上行驶。小树林上空盘旋的苍鹰、小船、无声地翻滚着的草浪。(2,127-128)

从医院里走出来,叶戈罗夫把脸转向墙角,他哭了。他回想起卡佳的脸庞,孩子般的、凶恶的。回想起指甲咬坏了的手指。回想起了所发生的一切……(2,105)

叙事视角由限知向全知的切换,更加突出小说文本的虚构本质及其艺术特性。但多甫拉托夫在该小说伊始的一段说明便给予全知视角以存在的合法性。他说:"我清楚地记得,这是怎么发生的。我的意识从惯常的躯壳里走出来。我开始以第三人称来思考自己。"(2,26)也就是说,多甫拉托夫提前向读者解释了会以第三人称的全知视角来观察和描述世界的原因,因为自己的"精神分裂"之疾。虽然我们相信这只是作家的一个托辞,但就小说的艺术逻辑而言,这一解释又是合理的。他像是直接邀请读者与其一道,见证他分裂后的人格是如何以第三人称的视角来看待周围世界的。

应当说,多甫拉托夫的小说因为融入了多重视角的叙事而呈现出了多层次的叙事话语,它们丰富了小说文本的可创作空间与叙事容量,同时也给读者带来更为戏剧化、生动、逼真的艺术感受。但当第一人称"我"形象渐渐模糊,取而代之的是无形的"摄像镜头"或"全知全能的视角"之后,小说整体上的叙述者形象消失,留在文本中的只有叙述声音,并且愈渐清晰。可以说,真正对多甫拉托夫小说文本的各部分情节起到统摄作用的并不是叙述者"我"的形象,而是从始至终都存在于文本间的叙述者的声音。

苏西赫教授曾说:"作者可以理解为'符号、体系的象征'。就像文化学的概念,它集中、完整地反映着艺术家的个性特点,以及他在美学等级中的地位。作者在这一层面上不指向具体的人,他不是主人公,不是叙述者,也不是人物。而是一种声音,它能够被听见,透过所描写的艺术现实。这是一种立场,经由它作者得以与文本以及透过文本与读者进行联系。"① 又如叶利谢耶夫所说:"在《手提箱》中,多甫拉托夫已经完全从'文学性'、从描述中解放出来。剩下的只是人的声音,讲故事的声音。再也没有其他了……但是只要尝试复述一遍任何一个多甫拉托夫的故事,你会立刻明白这有多么困难,简单的、私密的、撕去面具的语言是多么具有欺骗性。"②

综上所述,多甫拉托夫的小说以第一人称叙述为主,但其中也融合了多种

---

① Сухих И. Н. Сергей Довлатов: время, место, судьба. СПб.: Азбука, 2010. С. 31.
② Вайль П., Сергей Довлатов—центральный персонаж книг Сергея Довлатова // http://www.svoboda.org/content/transcript/24204522.html.

客观化的叙事视角。它们最终超越等级的界限与视域的层面而化身为统一的、贯穿始终的叙述声音,多甫拉托夫用其统一的叙述声音把每一个小故事串联起来,构成了一个完整的、统一的艺术世界。

第二节 叙事面具

一般而言,叙事作品中的叙述者不同于作者,在文本中,作者掌握着充分的话语权,并通过不同的叙事技巧达到左右叙述接受者的目的,从而在叙述过程中,形成独特的叙述风格。然而,在伪纪实主义叙事作品中,作者与具有自传性质的第一人称叙述者"我"之间的关系异常复杂。作者利用各种叙述面具来操控与叙述者之间的现实及审美距离,当读者在遇到名为"多甫拉托夫"或与作者本人非常相似的第一人称叙述者时,往往会情不自禁地问:"我"是否是作者?读者的问题并不能很快得到解答,但他们可以第一时间得知"我"的身份、形象、性格、经历等多方面信息。因为,在多甫拉托夫的小说中,他通常会在小说的开篇之处或序言里就表明自己的身份。《手艺活》的序言里,叙述者"我"做了这样的自述:

> 我怀着惶恐的心情拿起了笔。有谁会对一个文学失败者的陈述感兴趣呢?从他的自白里能学到点儿什么呢?
> 诚然,我的生活并不是一个悲剧。我完全健康。我有非常疼爱的亲人。总会有现成的工作摆在我面前,它至少可以维持我正常的生理生存。
> 此外,我还有一些特长。我可以毫不费力就使别人对我产生好感。我干过十几件坏事,理应受到刑事处罚却侥幸逃脱。
> 我结过两次婚。每一次都很幸福。
> 最后,我还有一只狗。这已经是富足的象征了。(3,7)

在《营区》的第二封信中,叙述者说道:

> 我有一双非常敬爱的父母。的确,他们没过多久就离婚了。但离婚并没有使他们和我之间的关系恶化。……
> 我有一些普通的、正常的能力。一般的外表还带着一点奇奇怪怪的、

虚伪的那不勒斯人的感觉。普普通通的前途。所有这些都预示着一个普通的苏联人的生平经历。

我属于可爱的少数民族。曾经非常健壮。从小就没有什么病态的怪癖。

我不集邮。不会拿蚯蚓做实验。不会制作航空模型。此外,我甚至**不太喜欢读书**。我喜欢电影和无所事事的状态。(2,16-17)

同样是在《分支》的一开篇,叙述者便介绍说:

我——广播记者。更准确地说——播音员,主持人。我们的对象是俄罗斯的听众。广播电台《第三浪潮》。节目《事件与人们》。我们的总部位于曼哈顿的市中心。(4,7)

综合以上三处引文,我们可以看出,叙述者的叙述语调并非完全一致,每一段对自我的介绍也都有各自突出的重点和从中所反映出的叙述者的性格特质。《手艺活》中,叙述者显然与作者身份十分接近,他们都是文学创作者,纵然认为二者都是"文学失败者"似乎也并不过分,众所周知,多甫拉托夫在苏联时期的文学并未得到官方认可。此外,叙述者将此段叙述定性为"自白",有效地拉近与读者的心理距离,仿佛这一番"推心置腹"的独白是多甫拉托夫本人直接说与读者听的。但是,我们也可以看到,叙述者"多甫拉托夫"对自己的介绍并非传统自传的客观、严肃的言说方式,而是略带调侃,有时甚至说出反话,如"特长"(преимущество)与"侥幸逃脱"等。

《营区》里,叙述者"我"是"普普通通"的苏联人。他一反《手艺活》里对"优势"的重点介绍,转而谈起自己"普通的、正常的能力"。但在谈及自己的外表和民族时,他使用了"奇奇怪怪的""虚伪的""那不勒斯人的""可爱的"等词,这些词语带有明显的感情色彩及评价立场,一个人在自我评价中使用这类词语难免有反常规。应当说,叙述者"我"在介绍自己的身份时参照或顾及到了"他者"的眼光,换言之,叙述者"我"的主观视角里同时融入了"他者"的评价视角,而这样的自述显然也影射出作者之"我"与人物之"我"之间的间隙的存在。叙述者之"我"与作者之"我"在本质上是分裂的,尽管叙述者在叙述语气上是真实、坦诚的(他不惜揭穿自己的缺点),也无论他和作者本人之间在生平经历上有多少相似之处,通过文本细读,我们都可以在他叙事话语的字里行间发现作者无所不在的操纵痕迹。应当说,作者的评价视角与叙述者的评价视角并不在同一个层面,叙述者是小说中一个角色,他的自述显然是主观的,但作者位于文本之外,俯瞰整个事件,他的评价态度则凸显出了客观的色彩。可见,多甫拉托夫的伪纪实主义小说中不仅有"真"与"伪"的二元对立与杂糅,同时也兼具叙事立场的主观与客观的分野与辨证。

《分支》中对"我"的介绍简洁、凝练,作者似乎惜字如金,用几乎纯信息罗列的方式描述了自己的身份,"曼哈顿的中心"一词还流露出叙述者的丝丝得意。而在现实生活中,多甫拉托夫曾在美国纽约的"自由"广播电台工作,可见,作者在小说中对事实进行了改编。乍看上去,这一些看似不重要的信息作者本无需隐瞒,但正是因为它不重要,非实质性,作者才利用它们的虚化来凸显对"自我"概念的重新建构。

伪纪实主义在多甫拉托夫的作品中,首先表现为多甫拉托夫对"自我"概念的解构与重构。维·索斯诺拉指出:"多甫拉托夫是俄罗斯文学中独一无二的现象,他用所有的作品创造了一个统一的形象。"[①]苏西赫教授对此结论做出补充,他认为应该是"发展着的形象"[②]。他认为,多甫拉托夫在每一部作品中都以形式上的"自白"来塑造"自我"成长和经历的各个阶段:青年时的他(《分支》),服兵役的他(《营区》),在塔林谋职的他(《妥协》),移民至美国的他(《外国女人》《分支》等)以及他和他的四代家人(《我们一家人》)。他既以客观的外位于文本的视角审视、反思、重新理解那个镜中的自己,同时又在叙述中扮演自己。因此,每一部小说的叙述者都是多甫拉托夫,又都不是他。苏西赫称该形象为"自我心理形象"(автопсихологический образ)。也就是说,虽然作家的确对某些显而易见的个人信息进行了虚构,以区别生活中的作者与小说中的主人公,但我们依旧很难认同,多甫拉托夫在小说中对诸多问题上的态度、思考、评论也同样是出自一个虚构的叙述者兼主人公"多甫拉托夫",而不是作家本人。

根据戈尔什科夫的修辞学理论,叙事作品(小说类或抒情类)中的"我"指涉的只是叙述者形象。任何个性上的、或生平经历上的相符都不能改变这一规律。因此,纵使作者与叙述者形象无限接近,无限趋同,也不可能完全合一。即便在自传体小说中,作家本人与叙述者"我"也需要严格区分。[③]叙述者之"我"与作者之"我"在艺术审美层面的距离是无法逾越的,作者拥有优于叙述

[①] Соснора В. Сергей // Звезда, 1994. № 3. C. 138.

[②] Сухих И. Н. Сергей Довлатов: время, место, судьба. СПб.: Азбука, 2010. C. 56.

[③] Горшков А. И. Русская стилистика. Стилистика текста и функциональная стилистика. М.: Астрель, 2006. C. 190.

者太多的特权；就事实与虚构的伦理层面，叙述者之"我"与作者之"我"的距离是存在、但具有迷惑性的，也就是说经不起我们对事实的考证，二者只是看上去很接近；但就心理层面而言，二者的距离又是接近的。多甫拉托夫亲自参与了这场带有游戏性质的文学的"假面舞会"。因此，面具后面的多甫拉托夫自然也不必为他故事的真实与否负责。

维诺格拉托夫指出，艺术家总是被赋予重新组合或改变事实的广泛权利。在文学的"假面舞会"上，作家能够自由地在一部作品中改变修辞形象、特征之面孔及面具。①如果将多甫拉托夫的八部主要小说作品作为一部大的长篇小说来看，他的确在"这部作品"②中不断地更换自己的叙述面具，以实现不同的修辞效果及叙事任务。从"狱警、失败的文学创作者——阿利汉诺夫"到"塔林记者、新移民美国的苏联人——多甫拉托夫"再到"侨民作家——多尔马托夫"，多甫拉托夫不仅频频更换叙述面具，同时，还展现出叙述者（同时也是主人公之一）不同的叙述方式、心理表征、处世观等。

狱警阿利汉诺夫是"我"的精神分裂症的产物，他是勇敢的知识分子，也是不合群的异类，认为世界是荒诞的，狱警比犯人还应该坐牢；塔林记者多甫拉托夫是一个不断退让的妥协分子，是官方政治统治的喉舌，他酗酒、贿赂，对报社上上下下弄虚作假的行为冷眼旁观；而侨民作家多尔马托夫虽然已功成名就，但长期的怀乡病和抑郁情绪使他对突如其来的成功也提不起兴趣，"第三次浪潮"的侨民的命运成为他关注的中心。这些叙述者"我"不仅是多甫拉托夫的叙事作品中叙述行为的承担者，同时，也是作家创造出的人物形象。这一人物形象之所以会让读者时而觉得接近作家本人形象，时而又觉得二者之间有一段距离，原因就在于伪纪实主义的叙事策略使叙述者"我"与作家保持若即若离的关系。

作者与叙述者之间的距离本身由远及近可以分为无数个节点，但对我们论题研究来说，最重要的即两种极端情况：一，无论叙述者叫什么，他的身份、气质、性格以及经历等都与作家本人十分接近。我们所认为的"接近"指的是事实上的接近，而非审美修辞意义上的接近。在这种情况下，小说故事的讲述仿佛就是作者本人的本真叙述，其叙述面具很难被读者发现。

---

① Виноградов М. М. О теории художественной речи. М., 1959. С. 128.
② 苏西赫认为，多甫拉托夫的小说作品是系列化的，他的小说之间具有强烈的互文、对话关系，并且在艺术结构及审美思想方面能够成为一个整体，即多甫拉托夫的全部创作经历及每一本小说都是在为一部完整的大作品而准备。该观点详见 Сухих И. Н. Довлатов и Ерофеев: соседи по алфавиту. Последняя книга. СПб.: Азбука, 2009. С. 547.

第二种情况,作者与叙述者形象在叙述过程中就体现出明显差异。例如,多甫拉托夫在小说叙事中,有时会刻意交代错误的事实,将小说中的自己区别于生活中自己,如《营区》中,叙述者称自己非常不爱读书,喜欢无所事事,这本身与事实情况不符;有时,他直接表明,他将找一位假托的叙述者,代自己完成叙事任务,而这个人就是《营区》里的阿利汉诺夫。这是多甫拉托夫小说中的叙述者与作者关系之间的一个重要表现类型。在此种情形下,作者不仅将与叙述者形象之间的距离扩大,甚至有意与其撇清关系。我们简要地论述此种情况下,叙述者与作者的严格分裂所传达的审美意蕴。

《营区》的第三封信里,多甫拉托夫向叶菲莫夫说道,当遭遇极端情况时,他的人格会自动分裂,他会脱身于自己的肉体,变成一个与自己无关的旁观者。这时,"我"变成了"他","生活变为情节。"例如,当**自己**被毒打的时,意识里会出现这样的话语:"**他**被很多双靴子踩着。**他**趴在地上。**他**努力地忍着,怕惹来众人的暴怒。"(2,26)而在随后的小说里,一个名叫阿利汉诺夫的人物出现了,他也有一个超常的能力——在危险的时刻失去自我意识。正是这一特长,在很多时刻救了他。而通过上文信件中多甫拉托夫的交代我们可以推断,阿利汉诺夫就是作家的同貌人,一个在小说中被人物化了的"多甫拉托夫"。那么,多甫拉托夫为什么要从自己身上分裂出这样一个"代叙述者"呢?让阿利汉诺夫出面叙述与自己亲自露面蕴含着怎样的修辞差别?

扬格认为,"阿利汉诺夫变成第一人称叙述人,他内在忏悔的语调在第一人称叙述话语中展现出与读者之间隐秘关系的虚构性,多甫拉托夫利用叙事视角的交替来传达一种摇摆不定的情感状态。"[①]的确,多甫拉托夫借助"精神分裂症"的托辞,推出一位自己的同貌人,让他进入小说的叙事话语层面,充当自己的叙述面具,而这些都是为了能够站在旁观者的角度审视一切包括他自己。巴赫金曾指出,"在我这个范畴上,我的外貌不可能作为包容和完成我的形象的一种价值被体验,它只能在**他人**这个范畴上这样被体验,所以需要把自己本身放到这个范畴下面,才会看到自己,看到作为统一性外在世界的一个因素的自己。"[②]换言之,一个人只有通过位于外在的"他人"的视角才能获得视域的剩余,才能真正地、全面地认识自己。

多甫拉托夫在《营区》中积极创造一个有着别样姓名、身份、性格的人物阿

---

① Jekaterina Young. *Sergei Dovlatov and His Narrative Mask*. Evanston: Northwestern University Press, 2009, p. 63.

② 巴赫金著,佟景韩译:《巴赫金文论选》,中国社会科学出版社1996年版,第374页。

利汉诺夫,使叙述者"我"变得客体化,具有他者性。而阿利汉诺夫的叙事之所以具有忏悔的精神向度,也是源于作家对讲述者身份从自我身上的剥离与叙事话语权的让渡。这一叙事策略,体现出多甫拉托夫的现实自我与"意识自我"之间的平等对话,通过具有他者眼光的"意识自我"来重温当时的情境,更加突显客观、冷静,充满批判的审美之维。

第三节 叙事语言

伪纪实主义小说的语言不同于一般的小说语言,就多甫拉托夫的小说文本而言,它的语言重在叙述者"讲故事"的风格和对日常用语的模仿与艺术性再创造。同时,为了制造虚实相生的伪纪实主义叙事效果,多甫拉托夫在词法、句法以及对事实材料的改编等方面都非常重视,认识伪纪实主义小说叙事话语的特性对于我们掌握作家的叙事规律十分必要。

一、词语特征

犹如左琴科"用大街上的人所使用的语言写作",它们是具有高度概括力、代表性以及生动鲜活的"人民的语言"。多甫拉托夫既要保证创作语言与生活语言紧密关联,又要观照小说语言本身的审美功能(而非仅仅具有日常用语的交际功能,或信息功能)。于是,他对生活中的语言进行艺术化改造与升华,创作出既非机械复制,又不失艺术性的伪纪实主义小说中的叙事话语。简单来说,多甫拉托夫小说叙事话语的艺术特点是**简洁、准确以及富有韵律感**。

布罗茨基曾对多甫拉托夫评价说:"他在创作时,追求简洁、诗性的语言:表述的极限容量。"[①]伊·柴可夫斯卡娅认为:"多甫拉托夫是一位大师。他神奇地组织文本,以至于你找不到任何一个多余的句子,任何一个多余的词。"[②]多甫拉托夫的小说里最长的句子也只有十四个单词,最短的句子则是由一个单独的单词构成的称名句。但是,他在有限的语言单位内却表达出丰

---

① Бродский И. О Сереже Довлатове // Последняя книга. СПб.: Азбука, 2012. С. 298.
② Чайковская И. Беседа Ирины Чайковской с Соломоном Волковым. К 70-летию Сергея Довлатова // Звезда, 2011. № 9.

富的语义信息。

在小说《手提箱》和《分支》中,多甫拉托夫都曾回忆起自己大学时代的初恋经历。所不同的是,《手提箱》中这位初恋女友名叫阿夏,而在后一部小说中,她变成了塔夏。值得注意的是,多甫拉托夫对这位女主人公的描写非常相似:

《手提箱》:

Через неделю меня полюбила стройная девушка в импорных туфлях.（3,351）

一周后,一个身材匀称、穿着进口凉鞋的女生爱上了我。

《分支》:

Она высокая, стройная. Голубая импортная кофточка открывает шею. Тени лежат возле хрупких ключиц.（4,43）

她高高的,身材匀称。深蓝色的进口上衣只露出脖子。影子落在瘦瘦的锁骨上。

"从本质上来说,文学的对立物不是沉默,而是不必要的词语。"[①]作者在两部小说中对女主人公的描写都惜字如金,但从上述例子中,我们可以看出,简短的几个词语,多甫拉托夫就从外貌和心理两方面把女主人公的特点勾勒出来。文中反复被强调的两个词分别是:"身材匀称的"和"进口的"。其中,"进口的"一词在不同的搭配中出现,一次是"进口的凉鞋",一次是"进口的上衣"。可见,"进口的"这一形容词对于作家来说,是在描述和概括女主人公特点时的关键词,其潜在的语义是丰富与重要的。众所周知,彼时的苏联人民深受物资匮乏之苦,对这一典型的"苏联现象",多甫拉托夫曾在《手提箱》中有过详细的描写。"импортный"一词在文中发挥重要作用。首先,它透露出女主人公的经济状况,这为此后多尔马托夫因经济上的拮据与女友频频争吵埋下伏笔。其次,暗示女主人公的性格。她是一个追求时髦,爱结交朋友的外向、开朗型女性。再次,展示出女主人公的思想倾向。她们都曾对西方资本主义国家充满幻想,她们对物质、自由的追求促使她们最终移民西方。多甫拉托夫在人物描写过程中,往往从他们身上最突出、最典型的特征入手,他并非连篇累牍地罗列人物的性格、外貌、职业等方面,而是"告诉他的读者他们所必须要知道的

---

① Генис А. А. Довлатов и окрестности. М.: Вагриус, 2011. С. 156.

东西"①。

　　高度凝练的语言也突显出多甫拉托夫用词的准确性（точность）。格尼斯曾说："准确性是多甫拉托夫追求的最高标准。他认为'准确是我最喜欢的，但却被遗忘的现代俄罗斯文学所缺乏的东西。塔尼尔·哈尔姆斯说过，'准确是天才的首要标志'"。②诚然，在言语交际过程中，准确的语言表达是实现表情达意最基本的保证。一般而言，语言的准确性包括两个方面，一是事实准确，二是意义准确。③事实准确对于伪纪实主义小说而言，表现为对细节与事实的关注。在多甫拉托夫的小说中，我们不止一次地读到类似的句子：

　　　　"快六点时拉法回来了。……六点三十分时，他已经到了洗车场。"（3，336）
　　　　半小时以后，我给每个人都倒上了伏特加。季阿娜做了她拿手的沙拉。里面有：蘑菇、黄瓜、李子干、四季萝卜，但主要是通心粉。（3，154）

　　多甫拉托夫对时间、地点等事实要素的描写凸显小说的纪实特征，增强读者对事件的信任感。同时，作者敏锐、深邃的洞察力表现在他对细节的把握上。细节描写不仅将场景的描写细致到一丝一毫，也把叙述的节奏放慢，让读者与叙述者的视角一起深入观察事件的进展。

　　语言的准确性同时体现在多甫拉托夫用精准的语言传达富有哲理的思想方面。事物的表象往往被复杂性与晦涩性包裹，人们如雾里看花一般，不得其实。然而一旦参透了它的本质，认识到了真理，就能用最为简单的语言来描绘它们。在多甫拉托夫的小说中，既简洁而又充满哲理的话语因此呈现出格言的品性。如"爱的反义词甚至不是冷漠，也不是仇恨，而是喋喋不休的谎言。""天堂的实质就是我们所没有的东西。""酒精中毒可以治好，酒瘾——无药可救。""天才就是普通人的永生版。""上帝不会给了你酒，又给你肉。""两个人大于'你和我'。两个人——这是'我们'……"这些"名言警句"之所以呈现出哲理性，首先是因为语言本身内在的逻辑。我们可以发现，"酒精"和"酒瘾"是一对近义词，"你和我"与"我们"也在语义上相近；"普通人"与"天才"是

---

① Генис А. А. Довлатов и окрестности. М.: Вагриус, 2011. С. 155.
② Там же.
③ Иванова Л.Ю., Сковородникова А. П., Ширяева Е. Н. Культура русской речи. Энциклопедический словарь-справочник. Издательство «флинта», «Наука», 2007. С. 717.

对反义词等。多甫拉托夫以解构的眼光重新审视这些近义词与反义词之间的关系,巧妙地运用它们之间天然的联系与矛盾来揭示出令人耳目一新、有别于常规的真理。如"爱"与"恨"虽是一段世人公认的反义词,而多甫拉托夫以其与众不同、带有独特个人见解的审美眼光来告诉读者,那些早已习以为常,甚至被认为是"老生常谈"的道理并不一定过时。他并没有推翻或一味地否定传统的观点,而是重在引导读者思考,发现真理的另一种可能。

除了语言上的极简主义和准确性之外,多甫拉托夫还有一个著名的创作原则——每一句话中所有单词的首字母不能重复。而这一做法实现了小说语言在音韵上的丰富多变,使它们充满了诗歌一般的韵律感。布罗茨基对此评价说:"俄语的特殊表达方式使得它总是对修辞有更高的要求。我们——多音节和多重音的民族;我们是受制于从句和形容词一致性原则的人。说话简洁的人,甚至是书写简洁的人,好像是对我们丰富的语词体系的羞辱与责难。"[①]纵然如此,多甫拉托夫还是给自己的创作过程背负上了语言的"镣铐",在给朋友的信中,多甫拉托夫详细解释此举的初衷:

> 是这样,我有一个理论。我认为每一个小说家都应该带上某一种创作镣铐,在自己的写作中遵守某种纪律。诗歌里,这类镣铐就是韵脚与韵律。正是这一纪律因素使诗人避免词语的冗赘与空泛。而小说里这样的框架是没有的。我认为,应该人为地加进去。尤其是对于不具备天生的严格筛选机制的人来说,而左琴科就有。众所周知,著名的法国作家乔治·佩雷克坚持十年不在自己的小说里使用"e"这个字母,而这是法语里最常见的字母。至于我,我已经坚持这样写了六年,就是每一个句子里单词的首字母都不一样。甚至包括前置词在内。即便是在引文中,我都尽量避开同一个句子里有两个相同首字母的单词。例如,在《保护区》中,我引用了普希金的话:"К нему не зарастет народная тропа…"我对"нему"和"народная"不是很满意。于是,我决定这样改:"К нему не зарастет священная тропа…"然后加上脚注:"这是一个错误的引用。普希金的原文是:народная тропа."至于"не"这个词,我只好妥协了,实在没有办法。
>
> 简言之,这已经成了我的精神病症。你随便翻看一下我最近的三四

[①] Бродский И. О Сереже Довлатове // Последняя книга. СПб: Азбука, 2012. С. 298.

本书，就会相信了。①

多甫拉托夫的确践行了这一写作原则，在此我们不再单独举例来证明。在本书中所使用到的其小说中的任意俄文引文都足以证明这一点。多甫拉托夫把文学书写当作一个文人的现实"修行"，似乎只有经历苦难与折磨才能成就非同凡响的艺术作品。在与叶菲莫夫的私人信件里，他如此欣喜若狂地表达了自己因此感受到的喜悦：

"我战战兢兢地打开手稿。无论如何，这还是非同一般的修辞标准：让每一个单词都有不同的首字母。但很快，我就高兴地确信——它奏效了！句子变得更紧实、有力，刺耳的音符消失无踪，我还记得在十五年前的阅读中那些刺耳音符。"②

我们认为，多甫拉托夫如此在意小说语言的音响效果，与他曾经在"地下文学"领域或称为苏联的"第二文化"领域活动的经历息息相关。苏联时期，很多作家的小说因为政治等各种原因一直未能公开地在官方文学的平台上发表，而这些爱好文学的、彼时尚未成为作家的文学工作者们为了让自己的小说得以与读者见面，定期举行文学小组的讨论。多甫拉托夫就是其中的一员，他经常参加这样的文学聚会，并且很乐意把自己的小说作品与其他人分享。"就像话痨一样，我无数次地重复讲述自己的小说，在讲述的过程中，我删去那些多余的部分，剔除不必要的细节。所以，我写得很慢。"③也就是说，多甫拉托夫的写作过程是建立在"口语表述"的基础之上的，他的小说在某种意义上来说是"口头讲述"的书面表现形式。

在多甫拉托夫小说中占到一半以上篇幅的人物对话在很大程度上加强了其小说口语化的特征。多甫拉托夫不仅乐于写对话，同时还善于写对话，他使用口语、俚语、黑话等不同的语言层面来表现不同身份、职业的人物的语言风貌。多甫拉托夫的小说语言也区别于大多数苏联官方主流文学之社会主义现实主义文学作品的语言。他把语言视为艺术、美学的非目的性现象。换言之，艺术的语言本身是自足的存在，而不应该带有某种功利目的的存在。

---

① Довлатов С. Д. Жизнь и мнения. Избранная переписка, СПб.: Звезда, 2011. С. 241.
② Довлатов С. Д. Ефимов И. Эпистолярный роман. М.: Захоров, 2001. С. 179.
③ Глэнд Д. Беседы в изгании. М.: Книжная палата, 1991. С. 92.

多甫拉托夫的小说中运用了大量日常口语,它们简洁、朴实,接近生活的原貌。在讲述过程中,他注意观察每一位听众的反应,根据当时读者的接受情况随时调整自己讲述的内容,去除多余的部分,只保留最精华的部分,最终得到简练到极致的小说话语,以及最接近于生活话语的文学话语,这也不失为多甫拉托夫伪纪实主义对日常生活语言艺术化的一种表现。

二、句法特征

如我们上文所提到的,多甫拉托夫的伪纪实主义小说具有"讲故事"的口头文学的显著特征。这不仅体现在词法方面,句法上大量的简单句的使用也是重要原因之一。在句法方面,多甫拉托夫惯用短句子,以简单句为主。根据俄罗斯副博士安·多布蕾切娃对多甫拉托夫小说句法研究的结果①,"在所有被分析的句法单位中,简单句占到89%,其中使用最多的结构为双部句"②。如:

> Короче, учился я плохо. Дружил со школьным отребьем. Более того, курил и даже немного выпивал.
>
> В университете я тоже занимался плохо. Зато постоянно угрожал матери женитьбой. Причем бог знает на ком…
>
> Потом меня забрали в армию.
>
> Служил я тоже плохо. Я был лишен молодцеватости. Так и прослужил до конца с нечищенной бляхой.
>
> Затем меня демобилизовали.(2,378)

简言之,我成绩不好。和一些中学生厮混在一起。此外,吸烟,有时还喝些小酒。

大学时我成绩也不好。而且还经常拿结婚来吓唬母亲。况且连跟谁结都不知道呢……

然后,我应召入伍。

---

① 该研究是以《我们一家人》《手提箱》《保护区》《营区》《孤独者进行曲》等五部作家作品为对象而得出的相关数据结论。
② Добрычева А. А. Особенности синтаксической организации прозы Сергея Довлатова. Вестник Череповецкого государственного университета, 2011. № 4. С. 58.

我也不好好当兵。我整天无精打采。就这样带着脏兮兮的号牌服役到最后。

然后我就复员了。

由上文例子可以看出，多甫拉托夫不仅大量使用简单句，他还经常将一个句子列为一个段落。这样的布局使得其小说文本易读、清晰。每一处停顿又给读者留下大量的想象空间。此外，多甫拉托夫使用同等成分、副动词、形动词、插入结构等独立成分来使简单句繁化，在简单句句法形式的基础之上扩展句子丰富的语义内涵，如：

Говорил о родине, о Боге, о преимуществах высокого социального давления, о языковой и колористической гамме. (4，433)
他谈论祖国、上帝，谈论巨大的社会压力所产生的有利的一面，谈论语言和基调的梯度变化。

Из окна был виден странный город, напоминающий Ялту. (4，151)
窗外的城市有点奇怪，与雅尔塔有几分相似。

Собираясь утром в редакцию, я натянул уродливую лыжную шапочку, забытую кем-то из гостей. (3，449)
早晨，我随手拿了一顶不起眼的滑雪帽就去了编辑部，那是一个客人落在我家里的。

当然，多甫拉托夫的小说文本并非只有简单句一种句法形式，复合句也存在于其中，但复合句的数量远远少于简单句，并且，复合句的构成也基本由最低限度数量（至少两个）的谓语成分构成，如：

Думаю, пьянством здесь трудно было кого-нибудь удивить. (2，309)
我想，酗酒在这里并不会使任何人感到奇怪。

Мой дядя хотел застрелить собаку, но жена его отговорила. (2，320)
我的叔叔想把狗一枪毙了，但他的妻子劝住了他。

与托尔斯泰小说中具有"分析性倾向"①的长句或超句子统一体相比，多甫拉托夫的小说文本则具有明显的叙述性特征。简单句的大量使用使得叙事节奏变得明快、紧凑，并且反映了生动的口头文学的表现手段，加之叙述者回忆录式的轻松语调，对于读者来说，阅读多甫拉托夫的小说文本总体上的情绪与氛围是松弛、无压力的。

多甫拉托夫把自己定位为"Story-taller"（讲故事的人），因为"讲故事的人（рассказчик）在声音和听力上做文章。小说家（прозаик）——在心灵、智慧、精神层面。作家（писатель）——在宇宙层面。讲故事的人诉说人们怎样生活。小说家——关于人们应该如何生活。作家——关于人们为什么活着。"(4，233)"不要以为我在客套，事实上，我不确定自己是一个作家。我更愿意认为自己是讲故事的人。"②因此，多甫拉托夫以客观地记录和反映生活的过程为己任，并尽量保持克制的情绪，零度写作的姿态。在他的小说中，句子的使命不是心理分析，也不是描述事件，它们的首要功能是叙述，"讲述人们怎样生活"。因此，他的小说中有很多叙述启句（И что же дальше? Об этом человеке стоит подробно говорить.）和时间启句（Шли годы. Прошли несколько времени.）。

除了大量使用简单句以外，在篇章组织层面，多甫拉托夫使用一系列句法交际手段，包括提位复指结构（сегментированные конструкции）、排比结构（параллелизм）、分割加强法（парцелляция）等。

提位复指结构是句法学中的修辞手法，它由两个被切分的部分组成，第一部分为语义，即要被阐释的概念、意义等，而第二部分是基础部分，即对语义的阐发。③如：

> Все кругом состояло из непростительных ошибок. **Ошибок-мелких**, крупных, пунктуационных, стилистических, гражданских, нравственных, военных, административных…（Ремесло, 3, 100）
>
> 我浑身上下都是难以饶恕的错误。错误也各种各样：小的、大的、标点符号的、修辞的、公民的、道德的、军事的、行政的……

---

① 胡谷明：《篇章修辞与小说翻译》，上海译文出版社2004年版，第116页。
② Глэнд Д. Беседы в изгании. М.: Книжная палата, 1991. С. 90.
③ Иванова Л. Ю. Сковородникова А. П., Ширяева Е. Н, Культура русской речи. Энциклопедический словарь-справочник,.Издательство «флинта», «Наука», 2007. С. 612.

提位复指结构把冗长的修饰部分单独列为一句,使得整个叙事话语变得简洁明了。与此同时,难以饶恕的、数不胜数的各式错误如上文罗列出时,也制造出了幽默调侃的艺术效果。

排比结构是由若干语法和语义上对称的句子组成的句群,因其不断重复的句式和整齐的对仗而构成一组连续的动作或者画面。如:

> В союзе Лемкус был профессиональным затейником. Организовывал масовые гулянья. Оглашал торжественные здравицы в ходе первомайских демонстраций. Писал юбилейные речи, кантаты, стихотворные инструкции для автолюбителей. Подрабатывал в качестве тамады на молодежных свадьбах. Сочинял цирковые репризы. (Иностранка, 3, 225)
>
> 在苏联时,列姆库斯是专业的文娱活动主办者。他组织过大众游行。朗诵过隆重的五一节庆的祝酒词。撰写过纪念日发言稿、赞美词、给非职业驾驶员的诗体操作指南。担当过新人婚礼的司仪。编写过杂技小节目。

与一般的排比结构的使用意图不同,多甫拉托夫并非要制造庞大宏伟的叙事气势或加强叙述语气。他的着力点仍然在于"讲故事"。排比句的结构不仅突出口头讲述易罗列事实的特点,同时,具体而多方面的事实介绍又能够凸显出人物形象的纪实特征。

但多甫拉托夫的小说中最重要、最普遍的句法修辞手法是分割加强法(парцелляция)。所谓分割加强法是指,把一个句法结构单位——句子,切分成语调、意义的单位——语句(句段)。切分后,在结构上发挥统领作用的部分叫作"基础部分"(базовая часть),而处于从属地位的部分称为"分割项"(парцеллят)。它主要使用句号、问号、感叹号等标点符号来实现句子的分割。① 在多甫拉托夫的小说文本中,分割加强法可以用来分割简单句中各个句子成分,例如:

---

① Иванова Л.Ю.Сковородникова А.П.,Ширяева Е.Н., Культура русской речи. Энциклопедический словарь-справочник,.Издательство «флинта», «Наука», 2007. С. 455-456.

第二章 多甫拉托夫的伪纪实主义叙事话语

А я тем временем нашел себе литературного переводчика. **Вернее, переводчицу.**（Ремесло, 3, 152）

而在这段时间我也给自己找到了文学翻译。准确地说,是女翻译。

Прослужил в ней три года. Понял, что идеологическая работа не для меня.

Мне захотелось чего-то более непосредственного.

Далекого от нравственных сомнений.（Чемодан, 3, 376）

我在那里工作了三年。然后明白了,意识形态工作并不适合我。

我想干一些更加直接的工作。

在道德方面不会产生质疑的工作。

Затем он щедро наделил самогоном всех участников поездки. **В том числе** и слегка протрезвевшего шофера.（Наши, 2, 404）

然后他大方地给所有同行的人倒上烈酒。其中也包括刚刚醒酒的司机。

Однажды Луиза Генриховна надевала мне короткие штаны. **И засунула** мои ноги в одну штанину.（Чемодан, 3, 433）

一天,卢伊扎·根丽霍夫娜给我穿短裤。竟然把我的两条腿穿进了一个裤腿里。

一般而言,分割项置于基础部分之后,所以会被述题化。分割加强法的修辞功能主要为"使述题实义化,并突出单一主体性的特征"①,也就是说利用与主句分割的形式,来强调和突出新的、补充的意义中心,产生新的述题。从上述两例来看:在语义上,分割项强调一种意外的结果,从而制造出幽默效果;在语调上,被独立出来的分割项以其视觉上带给读者的变化,转化为听觉符号,似乎暗示了叙述者在此处将会加重语气,以强调多甫拉托夫的小说是被"说"出来的,而非"写"出来的,读者并非在阅读文字,而是在"听"一个讲故事的人讲述各种奇闻轶事。

此外,简单句中对名词成分的分割加强还会呈现出视觉上生动的画面感,如下一段叙述:

---

① Добрычева А. А., Особенности синтаксической организации прозы Сергея Довлатова. Вестник Череповецкого государственного университета 2011. № 4. т. 1. С. 59.

После этого было многое. Операция с плащами «болонья». Перепродажа шести немецких стереоустановок. Драка в гостинице «Космос» из-за ящика американских сигарет. Бегство от милицейского наряда с грузом японского фотооборудования. И многое другое. (Чемодан, 3, 364)

此后还发生了很多事情。买卖"锦纶"雨衣。倒卖六个德国的立体音响。为了一盒美国香烟在"宇宙"宾馆里和人打架。带着日本照相机躲避警察的搜查。还有很多很多。

上文被分割的部分是由动名词组成的词组,动词变为动名词以后,其本身的动作性含义减少,取而代之的是具有描写意义的概念、事件。而当这些事件被分割为独立的句子以后,它们随即具有了称名意义,即是说,此例句中的分割项作为每一个事件的涵盖意义出现,事件的原委、经过并不重要,作者甚至认为没有必要描述细节。所以,以凝练、概括的笔法写出事件的"名称"。而事件的具体内容,读者则可以根据自己的经验和审美去体会与想象。多甫拉托夫此处的修辞处理再一次体现出他"讲故事的人"的角色地位。

分割加强法同样可以在复合句中使用,用以实现主句与从句的语义分割:

Книги? Но в основном, у меня были запрещенные книги. **Которые** не пропускает таможня. Пришлось раздать их знакомым вместе с так называемым архивом. (Чемодан, 3, 348)

书?我的书主要是禁书。海关是不会放过它们的。只好将它们以所谓档案资料的名义托付给自己的熟人。

与简单句相比,分割加强法在复合句中的表现效果并不是非常突出。我们认为,对复合句的分割加强更多是为了使长句变短,以实现短句为主要的句法表现形式的目的。当然,也不尽然,以第一个例句为例,从句被突出,体现出叙述者的讽刺意图。海关的业务范围之广,以至于连"禁书"也会遭到检查。况且,多甫拉托夫并非对每一个定语从句都使用分割加强法来加以修饰。此外,还应指出,上文我们提到的多甫拉托夫创作的"镣铐"。复合句的句子之长将阻碍多甫拉托夫"每一个句子所有单词的首字母不同"的目标的实现,因此,将长句截短也不乏此方面的考虑(最后一个例子即是如此)。

分割加强法句法的修辞使用缩短了多甫拉托夫小说语言的语流,使它们简洁、节奏快，充分体现口语表述的特点。同时，分割加强法在简单句中的使用也使得句子的独立成分增多，它们在增强讲述语气的同时，也凸显了语义的画面感，使伪纪实主义叙事的客观性大大加强。

三、修辞性改写

通过上文的论述我们知道，伪纪实主义小说故事情节的产生具有两种途径。一为在小说叙述过程中使用真实的事实材料，另一个方法为使用伪纪实的手法来创造类似事实的虚构故事。下文我们将探讨的是多甫拉托夫是如何利用伪纪实的手法来将现实生活中的素材进行改写，使之具有文学性，成为小说文本。

小说《妥协》的每一个短篇故事前都有一个序言，它们由与作家同名的主人公"多甫拉托夫"于1973至1976年间在塔林当记者时，发表在《苏维埃爱沙尼亚报》上的新闻报道改编组成。多甫拉托夫给每篇报道都注明刊发日期，并且用斜体使之与正文区分。一方面，依据多甫拉托夫的生平，他的确曾经为了出版自己的小说而在塔林生活过，并且供职于《苏维埃爱沙尼亚报》；另一方面，这些新闻报道有明确的日期、刊登的报纸、报道名称等真实新闻的标记。而且据我们考证，小说中的主要人物多为现实生活中的真人，多甫拉托夫在小说中也让他们以自己的真名直接出场①。

利用这些事实因素以及容易获取信任感的第一人称叙述，多甫拉托夫创造了一个令人信服、可靠的叙事情境。加之，对于大多数读者来说（除了多甫拉托夫的亲人和朋友），没有能力或机会去考究作家叙述的真实性，他们会不自觉地相信，这些报道都是作家从报纸上原封不动、照抄过来的。但实际上，通过与真实的报纸比对我们发现，这十二篇报道当中，只有四篇取材于真实的新闻报道，而且它们都取自《苏维埃爱沙尼亚报》。②分别是《生命降临》③、《火星人的盛装》④、

---

① 例如，《苏维埃爱沙尼亚报》的主编图拉诺克（Туронок），摄影师日班科夫（Жбанков），同事布什（Буш）。我们可以在分别该报1973年7月10日第236期和1975年1月10日第8期上看到日班科夫拍摄的照片以及布什的文稿。
② 参见书后附录。
③ 原新闻报道名称为：《你好，第40万个！》，记者：伊·加基。参见《苏维埃爱沙尼亚报》，1973年10月25日第251期。
④ 参见《苏维埃爱沙尼亚报》，1973年10月18日第245期，同名文章，多甫拉托夫亲笔撰写。小说当中，多甫拉托夫为遵守"每一句话里的单词首字母不得相同"的写作规则，替换个别词语。除此以外，基本与原文一致。

《莫斯科、克里姆林宫、致勃列日涅夫的电报》①、《最难跨越的距离》②。多甫拉托夫并没有全文照搬，而是对其进行了一定的删减和改写，但依然保留它们的主体内容。其余八篇以我们目前所掌握的材料来看，并不能确定它们的来源。所以，暂时不纳入本节的研究范围。

多甫拉托夫将现实与虚构的情节混为一炉，制造貌似真实的新闻，让人难辨真假。同时，每一则新闻都是正文小说的一个"引子"，它们构成正文故事情节的一个开端或者结尾，使小说在情节逻辑上更加完整、缜密。而在这四篇有依据来源的新闻报道中，只有两篇是经过较大幅度改动的，而其余两篇除了作家为服从"每一句单词的首字母不同"之原则而对个别单词做出改动，以及篇幅上的缩减外，基本保留了原貌。我们将对小说中的新闻报道与报刊上的原文进行仔细对比与细读，试图发现多甫拉托夫通过怎样的修辞手法来对真实的新闻文稿进行改写，以使之脱胎于"冷冰冰"的报刊语体而成为具有情感修辞功能、意蕴丰富的文学性话语。

该小说的《第八次妥协》中有这样一篇新闻报道，它由两份电报组成，分别是爱沙尼亚先进挤奶工琳达写给时任苏维埃最高领导人勃列日涅夫的喜讯，以及随后勃列日涅夫的回复：

（《苏维埃爱沙尼亚报》1976年6月）
《莫斯科　克里姆林宫　致列·伊·勃列日涅夫　电报③
亲爱的、最最尊敬的列奥尼德·伊里奇！我想跟您分享一件令人激动的事情。在过去的一年里，我成功地创下前所未有的劳动成绩。我在一头奶牛身上的挤奶量创下新的纪录。

我的生活里还有一件喜事发生。在我们农舍共产党员的一致推选下，我成为了他们当中的一员！

列奥尼德·伊里奇，我向您保证，在今后的劳动中，我一定再创新高！

琳达·佩伊普斯
苏维埃爱沙尼亚共和国　帕伊杰斯基区　致琳达·佩伊普斯　电报
亲爱的琳达·佩伊普斯！我和我的同志为你所创下的成绩表示衷心

---

① 同名报道为编辑部特稿，刊登在《苏维埃爱沙尼亚报》第一版面，1975年2月5日第30期。
② 同名报道刊登在《苏维埃爱沙尼亚报》，1973年6月14日第138期。多甫拉托夫以笔名谢·阿杰尔发表。
③ 原文为俄语大写字母，本文以黑体字代替。下同。

的感谢。勇于自我奉献的劳动精神将鼓舞更多的人参与到实现共产主义理想的斗争中。

请允许我再次向你那令人难以忘记的事件——加入共产党,表示祝贺。因为,党组织是苏维埃社会的先锋,是它光荣、先进的队伍。

列奥尼德·勃列日涅夫》

（1,328-329）

这两封电报的真实刊载信息为《苏维埃爱沙尼亚报》,1975年2月5日,第一版面。我们通过对比报刊原稿件,首先得到的直观印象便是,多甫拉托夫大大缩减电报的篇幅,省略了大段复杂的数据罗列,简明扼要地表述了电报的主要信息。此外,从选词的角度,我们发现以下修辞要点：

1.原稿中,主人公的姓名为列伊达（Лейда）,而非琳达（Линда）。众所周知,Линда（Linda）是一个常见的西方女性人名,而Лейда则是一个典型的爱沙尼亚女性人名（它是爱沙尼亚民间故事的女主人公的名字）。多甫拉托夫将挤奶工的姓名有意更改,则使这个"混合性"的、四不像的名字产生了荒诞、滑稽的修辞色彩。而事实上,这位挤奶工与众不同的姓名与其离奇的经历也产生相互映衬的效果；

2.多甫拉托夫对部分表达做了改动,使原本严肃的公文语体变为日常交际的口语语体,甚至表达出交流中亲昵的关系。如：

原新闻稿："Уважаемая Лейда Аугустовна!"

小说新闻稿："Дорогая Линда Пейпс!"

原新闻稿："Сердечно поздравляю Вас, Лейда Аугустовна, коллекстив совхоза… с большими достижениямив труде."

小说新闻稿："Я и мои товарищи со всего сердца благодарят Вас за достигнутые успехи."

多甫拉托夫在修辞语体上的处理,将地位高高在上的领导人勃列日涅夫塑造成一位亲民、和蔼的"朋友"。在小说叙述中,勃列日涅夫的语言是朴实、平常的,他并没有使用高雅的政论语体,也没有用繁琐的复合句。勃列日涅夫在该部小说中被去神圣化、高尚化,他就是一位可以和普通的挤奶工对话的官员。而为了突出女工文化程度不高这一特点,多甫拉托夫特意在她的表述中设置了显而易见的语法错误（如应该为от всего сердца,而女工写成了со всего сердца）。这样的安排体现出作者"原封不动地"把电报内容呈现出来,他似乎更加遵守记者捍卫新闻真实性的职责。而在原版的报刊当中,女工的电报中显然是没有任何语法错误的。由此可见，多甫拉托夫在自己的小说文本中以他自己的方式还原了事件更为符合逻辑的样子——农舍妇女第一次给领导人写信，以她的文化水平或她激动的心情，犯些语法错误无疑是正常的，并且更显真实。多甫拉托夫以此暗讽，官方记者一定对挤奶女工的信件做了不少"润色"。此外，我们的另一处发现也证实了多甫拉托夫利用这段新闻文本来实现政治讽刺的目的。

原报刊上，勃列日涅夫的电报位于挤奶工列伊达的电报的上方，并且，电头用黑体加注。而在多甫拉托夫的小说里，先陈述的是列伊达的电报，随后才是勃列日涅夫的。这一安排虽然更符合了电报来往的真实逻辑、时间顺序，但另一方面，也体现出多甫拉托夫在文学创作中有意识地去除了意识形态作用过的痕迹，扳正事情发展原有的、正常的逻辑关联。或许在多甫拉托夫的艺术世界里，人与人之间是绝对平等与民主的。在这里我们可以看到多甫拉托夫对政治权利世界里等级地位的轻视态度。勃列日涅夫与挤奶工列伊达除去各自生活中的政治和社会角色以外，在多甫拉托夫的小说中，他们只是文学作品中的人物形象，他们之间更是无所谓高低贵贱、平等的关系。

如上文所提到的，《第五次妥协》也是多甫拉托夫根据报刊新闻真实的报道经过改编而成的故事。根据我们的对比，故事的事件梗概大致与新闻报道一致，但多甫拉托夫在具体细节处做了自己的创作改写，并且增加了大量的想象情节。因为与原文对比，改动较大，限于篇幅，以下我们将免去与原文的参照对比，以小说文本为主来着重分析这些富有言外之意的用词和表述。

《第五次妥协》里讲述了这样的故事。塔林城市独立日①渐渐临近，主编派多甫拉托夫去往塔林一家妇产医院，等待这座城市的"第四十万个成员"降生。他被要求提前准备好新闻稿和照片，在纪念日前夕刊发出来，以烘托节日气氛。多甫拉托夫以为，任何一个在纪念日前出生的孩子都可以入选，但是，他错了。主编对这个新生儿的身份做出明确的定义："他为幸福而生、必须是完好无损的，没有任何污点、非剖腹产的……男孩。""为什么一定要是男孩？"多甫拉托夫不解，"因为男孩更具有象征性……"主编回答。（1，218-219）

与往常一样，多甫拉托夫的这次采访任务完成得非常坎坷。友好的埃塞俄比亚兄弟的孩子未能通过审核，因为他是"黑人"（尽管多甫拉托夫认为那是"巧克力色"）；罗马尼亚人列娜和来自南斯拉夫的诗人什捷因的孩子也被否定了，

---

① 塔林独立日为每年9月22日，为纪念塔林战胜德国法西斯侵略而设立。而这篇新闻报道发表的时间是11月份，可见，这是多甫拉托夫一个明显的"事实错误"。

因为他有"犹太血统";最后,古津的孩子荣誉当选,因为他的条件最符合要求:父亲古津是俄罗斯族人,苏联共产党党员,造船厂车工;母亲——爱沙尼亚人,自动搬运车司机;孩子健康状况也基本满足条件。但是,主编还有一个令人意想不到的要求——让这个孩子取名叫列姆比特①(Лембит),哪怕只是"暂时的"。为了孩子的父亲能够同意,他甚至怂恿多甫拉托夫对其进行一些贿赂。但其实,多甫拉托夫把古津带到酒馆狂饮一番后,事情就办妥了。多甫拉托夫对自己所做的一切感到无奈,但为了交差,他还是写出了"合乎规范的"新闻报道:

> 一年一度的节日——独立日在共和国上上下下庆祝着。……在这样的日子里,我们又创造了一个不平凡的纪录。爱沙尼亚首都的人口数达到四十万了。在塔林第四医院,马伊伊和格里高利·古津期盼已久的第一个孩子出生了。他注定成为这座城市第四十万个居民。……
> 幸福的父亲羞怯地搓着粗糙的双手。
> "我给儿子取名为列姆比特,"他说,"让他成为一个勇士吧!……"
> 塔林著名诗人鲍里斯·什捷因为幸福的父母特别创作了一首诗。(1,278-279)

新闻报道里的内容是一片和谐与美好,而多甫拉托夫所讲述的"背后的故事"却让人心生荒诞之感。在两种文本的对比之下,一些看似平常的词语顿时产生出反讽、隐喻的修辞效果。例如,新闻报道里的"期盼已久"用来反衬多甫拉托夫的几次波折经历最合适不过;而"注定"一词则是对上级强制命令后果的反讽;父亲说话时"羞怯的"表情在这里也一语双关,表面上看,父亲为这个过时的、民族色彩浓郁的名字而感到尴尬,但实际上,它也暗示着古津"被贿赂"、儿子"被取名"的难言之隐;而什捷因的"赠诗"就更会让读者啼笑皆非了,这首诗本是为他自己的儿子而写,但因其政治身份不符合规定,他的名额最终被取消了。但什捷因的这首诗歌并没有白白浪费,它被体面地"转赠"给了古津的儿子。

可见,每一位在现实事件中参与和出场的人物在新闻报道里都被如实地保留原貌,但他们曾经所说过的话、真实态度及事件的真实逻辑早已被"多甫拉托夫记者"进行了高超的修辞改写与艺术创造。换言之,人物、话语都没有

---

① Лембит又叫Лембиту,爱沙尼亚早期封建社会时期的领袖,1211年他率军抵抗德国骑兵,骁勇善战,被视为爱沙尼亚民族英雄。

失真,失真的是记者将它们错位地组合在了一起。

在研究过程中我们发现,多甫拉托夫不仅善于把新闻报道改编成故事放置在自己的小说之中。同时,他也经常把从朋友口中听说的故事经过自己艺术思维的二度塑造,使它们以更加文学化、更具可读性及趣味性的面貌出现。以下我们试图透过小说《分支》中一个情节片段来探究多甫拉托夫使日常事件文学化的过程。

根据小说情节的叙述,多甫拉托夫来到社会政治分会场,当时正在发言的是《我们的岁月》的编辑阿尔卡基·福格尔松。他的发言并没有什么特别,但意外发生的事件使得福格尔松受到了所有与会者的关注。原来,福格尔松曾不止一次地收到一位苏联工人通讯员的投稿,但因为种种原因,他都予以了拒绝。不曾想,这位通讯员竟然在过去的数十年里多次给编辑写信抱怨,表达自己的不满:

  突然,大厅里传来清晰、响亮的喊声:"阿尔卡沙,老家伙,认出我来了吗?"

  只见从后排向演讲台走来一位身材魁梧、带着疯狂眼神的人。

  福格尔松的脸上立刻流露出惊慌的神情。他悄悄地往旁边侧了下身,仿佛要逃跑。但还是站住不动了。而后,他用因恐惧而变得十分颤抖的声音大声说道:"啊,鲍里斯·彼得罗维奇!怎么会不记得呢……哎……"

  "鲍鲁赫·皮胡索维奇",他边向演讲台逼近,边纠正道:"明白吗,不是鲍里斯·彼得罗维奇·利西岑。而是鲍鲁赫·皮胡索维奇·福克斯。"

  这个人张开双臂一把抱住福格尔松。然后,对着大厅里的人们说:"三十年前,我曾是一名工人通讯员。那时福格尔松先生还在《纳雷姆的开拓者报》工作。我给他寄去了自己写的关于劳动工人的简讯。它们全都被拒绝了。我问道:'劳动人民在哪里可以发表作品?'没有得到任何回音。

  然后,福格尔松先生到地方报社《乌拉尔人》工作。我和妻子离了婚,搬到克麦罗沃生活。我定期给福格尔松先生寄送自己的简讯。福格尔松先生一如往常地拒绝了。我问道:'劳动人民在哪里可以发表作品呢?'没有任何回音。

  此后,福格尔松先生到《苏维埃工会》杂志社当编辑。我和新任妻子离婚,搬到莫斯科去住了。我,一如既往,给福格尔松先生寄去自己的简讯。正如您所料,他仍然拒绝了。我问道:'劳动人民在哪里可以发表作品呢?'依然没有回答。

后来,我得知福格尔松先生移民到了以色列。开始创办《我们的岁月》。我和第三任妻子离了婚,准备办理出国手续。一年后,我来到海法。重新给福格尔松先生寄去描写劳动者的简讯。而福格尔松先生呢,又给拒绝了。我问道:'劳动人民在哪里可以发表作品呢?'得到的是死亡一般的沉默。

现在,福格尔松先生搬到美国来了。我和第四任妻子离了婚,赶到洛杉矶。我想再次问问,劳动人民在哪里可以发表作品?在哪里?我倒是要好好问问您,可以发表劳动人民的作品?!"

此前,福格尔松都沉默不语。突然,他脸色煞白,一个踉跄,像做了一个优美的舞蹈动作就翩然倒下了。(4,82-84)

创作中多甫拉托夫对参与事件的人名和事件的具体细节都做了虚化处理。例如,现实生活中,这位编辑其实是维·别列利曼(1929—2003),而由他所创办的著名境外刊物并不是《我们的岁月》,而是《时代与我们》,1975至2001年间他担任该杂志的主编,多甫拉托夫也多次在此刊物上发表自己的小说。

1981年,在洛杉矶举行的国际研讨会上别列利曼回忆了关于这位执着的写作狂的故事。尼古拉·鲍里索夫是哈里科夫机械制造工厂的钳工,共产主义劳动小组的组长。他每天都给《苏维埃工会》杂志投稿,记述社会主义生产中的故事。在遭遇几次拒绝之后,他对工会主席格里申抱怨:"从什么时候开始,工会的杂志上已经不能发表劳动人民的作品了?"随后,别列利曼移民以色列,他依然能够收到这位鲍里索夫寄来的信件,而这时他已经改名为利弗希茨。20世纪三十年代,他因加入托洛茨基派遭遇牢狱之灾,出狱后他在工厂里干体力活。"但是,他的托洛茨基本性迟早会表露出来,我们的这位工人通讯员在第一次移民机会到来时就抓住了它,一移民他就恢复了自己原来的名字利弗希茨。这次,他没有寄不起眼的《革新者札记》,而是重量是上次两倍的、达一公斤的《原托洛茨基分子札记》。"①

此后,别列利曼在自己回忆录中再次提起这一事件,他对一些细节进行了补充。据他回忆,无论自己搬到哪里——从莫斯科、耶路撒冷到纽约,他都能

---

① Olga Matich, Michael Henry Heim, eds. *The Third Wave: Russian Literature in Emigration*. Ann Arbor: Ardis, 1984. pp. 171-172.

够收到鲍里索夫的抱怨信。并且每一封信里,他都会提到那永恒的质问:"这算怎么一回事?难道说,纽约也没有地方可以刊登劳动人民的作品了吗!"现实生活中别列利曼尝试解决这一难题:"突然,我想到了一个好主意,推荐他成为《时代与我们》订阅部的全权代理。然而,对于第四个版本的《原托洛茨基分子杂记》该如何处理,仍然束手无策。"①

对比多甫拉托夫的小说文本和别列利曼的回忆录我们可以发现,多甫拉托夫在创作中保留了朋友所经历的事件的梗概,但在很多方面进行了改写。例如,现实生活中投稿者追问了编辑三次,而小说中数量上升至四次;现实生活中投稿者与编辑的交流主要以信件的形式,而在小说中,多甫拉托夫安排他们针锋相对地当面对质,甚至造成了编辑直接晕厥这一戏剧化结果;小说中,多甫拉托夫还增添了不少虚构的细节,如,投稿者对编辑"锲而不舍"地追随与其乔迁的变化几乎同步,这种巧合令人啼笑皆非。此外,投稿者对编辑的追问甚至以自己一次次的离婚为代价,这更加凸显了故事的荒诞性。我们也注意到,多甫拉托夫有意规避了现实事件中所涉及的政治因素,而把着力点放在事件的荒诞逻辑本身。在小说中,这位主人公并不是托洛茨基分子,而是一名勤劳、诚恳的工人通讯员。由此可见,多甫拉托夫从现实生活中选取有趣的片段,并通过用夸张的修辞手法使它们变成文学文本。而如此得到的伪纪实主义文本不仅具有现实的根基,同时又蕴含怪诞、夸张、幽默等审美特性。

本章我们首先分析了伪纪实主义叙事过程中的一个核心问题——叙述声音的来源,即"谁在说"的问题。从叙事人称来说,多甫拉托夫的小说总体以第一人称叙述为主,其又包括第一人称回顾性视角和经验自我视角两种叙事模式。此外,为了服从特殊叙述任务的要求,多甫拉托夫还会适当地使用第三人称全知视角的叙事模式。在伪纪实主义小说中,多甫拉托夫对第一人称叙事的选择并非偶然,它具有明确的美学功能和审美意义,对于整个小说文本之中"真"与"伪"事件的创作与平衡起到重要作用。第一人称"我"叙述的优势首先在于真实感强,对于伪纪实主义小说的叙事而言,它能够满足作家创作纪实的叙事氛围的目的;此外,第一人称叙事直抒胸臆的特征也为多甫拉托夫伪纪实主义叙事所需要,在作家抒发情感或表达观点时,其真挚程度已经超越了小说虚构的界限。这样一来,伪纪实主义小说中真实与虚构的界限被成功地模糊化,丰富了其作为虚构小说或纯纪实文学的审美价值。

---

① Перельман В. Театр абсурда. Комедийно-философское повествование о моих двух эмиграциях. Опыт антимемуаров. Нью-Йорк; Иерусалим; Париж, 1984. С. 77.

本章第三节延续上节"谁在说"的问题，进一步探讨作为声音来源的三个主体，即作者、叙述者与主人公之间的审美关系。从"狱警、失败的文学创作者——阿利汉诺夫"到"塔林记者、新移民美国的苏联人——多甫拉托夫"再到"侨民作家——多尔马托夫"，多甫拉托夫不仅频频更换叙述面具，同时，还展现出叙述者（同时也是主人公之一）不同的叙述方式、心理表征、处世观等。这一叙事策略，体现出多甫拉托夫的现实自我与"意识自我"之间的平等对话，通过具有他者眼光的"意识自我"来重温当时的情境，更加客观、冷静，充满批判精神。作为主人公的"我"、叙述者"我"与作者本人同处一个空间，三者密切相连，这使得现实与虚构的世界也得以整合，相互补充、对话。

在最后一节中，我们主要从词法、句法、篇章三个层面来论述伪纪实主义小说话语的特点。伪纪实主义小说的语言不同于一般的小说语言，就多甫拉托夫的小说文本而言，它的语言重在叙述者"讲故事"的风格和对日常用语的模仿与艺术性再创造。他对生活中的语言进行艺术化改造与升华，它们是既非机械复制，又不失艺术性的伪纪实主义小说中的语言。这就是多甫拉托夫的小说语言"伪纪实"的体现。

总之，多甫拉托夫的伪纪实主义作品在叙述话语方面与一般的虚构小说不同，它们既要保留纪实文学的客观视角与语言风格，又要兼顾虚构小说的艺术性。由此，我们可以窥探到伪纪实主义作品在叙述话语层面悖论的艺术特性。

第三章 多甫拉托夫伪纪实主义叙事的结构及其功能

小说是内容与形式的双重艺术。多甫拉托夫的伪纪实主义小说不仅在内容上融合了真实与虚构的悖论。同时,在艺术形式上也体现出悖论的结构特征。

为了体现文本的纪实性,多甫拉托夫在其作品中往往加入纪实文体,如书信、手记、日记、新闻、笑话、文献等。而当一个文本中包含两种或两种以上的文体(如《营区》《手艺活》《妥协》等)时,我们将很难定义它的体裁。因此,多甫拉托夫小说的体裁问题在学界引发过不小的争论。苏西赫教授把多甫拉托夫的小说体裁称为"短篇小说体长篇小说"(роман в рассказах)①。娜·格里高利夫娜认为,多甫拉托夫因其个人命运遭受到了危机而表现出"体裁的危机感",进而创作出纪实体裁与小说体裁的悖论性组合②。伊·斯米尔诺夫指出,把多甫拉托夫的一个个文本单独来看时,它们是传统的短篇小说性质(новеллистичны),但当把它们聚集起来时,它们就失去了体裁的明晰性。③也有学者把他的小说称为长篇小说笑话化的短篇小说(анекдотизированная новеллистика романом)④、诗歌构造的散文⑤、

---

① Сухих И. Н. Сергей Довлатов: время, место, судьба. СПб.: Азбука, 2010. С. 93.
② Григорьева Н. Кризиз жанра как текстообразующий прнцип в прозе Довлатова // Арьев А. Ю. Сергей Довлатов: лицо, словесность, эпоха — итоги второй международной конференции довлатовские чтения. СПб.: Звезда, 2012. С. 176-188
③ Смирнов И. П. Довлатов как рассказчик // Сергей Довлатов: творчество, личность, судьба / Сост.Арьев А.Ю. СПб., 1999. С. 199.
④ Курганов Е. Сергей Довлатов и линия анекдота в русской прозе // Сергей Довлатов: творчество, личность, судьба / Сост. А.Ю. Арьев. СПб., 1999. С. 208-223.
⑤ Куллэ В. Бессмерный вариант простого человека // Сергей Довлатов: творчество, личность, судьба / Сост. А.Ю. Арьев. СПб., 1999. С. 242.

具有音乐性的即兴发挥之作①等。那么究竟多甫拉托夫的小说作品是长篇小说还是短篇小说集？是无章可循的随笔？抑或是根本无法与体裁概念搭边的某种文本的组合而已？这些问题是多甫拉托夫诗学研究的难点。

重要的是，多甫拉托夫在文本中多次流露出对形式的满不在乎。如在《营区》中，作者把这部作品归类为"手稿"，"它是一种日记，混乱的札记，一套未经组织的材料。"(2,8)《手艺活》中，《营区》被称为"押送看守的回忆录，监狱体裁的小说系列。"(3,19)而在《手艺活》的一开篇，作者便表示："我不会让自己为结构所累。我尝试语无伦次地、长篇累牍地、漫不经心地说一说自己的'创作'历程。这是我的手稿所遭遇的意想不到的事情。熟人的画像。文书……"紧接着作者补充道："我应该把这一切称作什么呢？——"专案文件"？"一个文学工作者的手稿"？"自由主题书写"？难道这重要吗？一本看不见的书……"(3,9)《手提箱》中，作者也同样进行了类似的自我嘲解："这些回忆应该被称为《从马克思到布罗茨基》。或者就叫《我的家当》。或者干脆就叫《手提箱》吧。"(3,350)多甫拉托夫尝试用各种语言来模糊其叙事内容的体裁概念，他没有设定讲述任务、目标，而是给文本营造一个随性的自白空间。"多甫拉托夫所谓'坦白地公开'其实是他经过深思熟虑的艺术手法。……他经常使用'自我诬蔑'，或者自我戏仿的手法。作家这样做不仅保护了自己，同时也好像故意检查了一遍自己的作品，假装把它放置在'弱势的位置'。"②众所周知，多甫拉托夫是厌恶混乱而追求秩序的作家，他对每一个词语的选择都非常在意，又怎么会允许"一堆未经组织的材料，混乱的手稿"出现在读者面前呢？

本章中，我们以结构主义理论为基础，尝试探究多甫拉托夫的伪纪实主义小说文本的结构规律。我们的目的并非去发现某一个别小说的结构特征，而是要将八部多甫拉托夫的小说作为一个整体体系，去发现其中富有规律性的原则与小说文本的"语法"。换言之，我们致力于以结构主义的视角出发揭示伪纪实主义小说文本具有怎样的结构特征。

---

① Арьев А.Ю. Наша маленькая жизнь Довлатов С. Собрание прозы: В 3т. т.1. СПб., 1993. С. 22.
② Миркурбанов М. Н. К вопросу о жанровой специфике повести С.Довлатова «Зона» // Филология. 2009. № 8. С. 84.

第一节 短篇小说环型叙事

短篇小说环（short story cycle）①是多甫拉托夫伪纪实主义叙事的主要结构形态。如《妥协》由十二个短篇小说组成，每一个短篇小说都被冠以《第一次妥协》《第二次妥协》等名称；《营区》由十五封信件和信件所附带的"手稿"组成；《我们一家人》包含十三个章节，每一章都讲述多甫拉托夫的一个家人，最终形成"家庭相册"（семейный альбом）的叙事结构；《手提箱》共有八个短篇小说，每一个短篇小说以手提箱中的一个物件命名，如《芬兰绉纱短袜》《大官的皮鞋》等；《手艺活》分为两个部分，第一部分叫作《看不见的书》，第二部分为《看不见的报纸》，两部分在结构上也明显具有承接、对照的特征。

一、短篇小说环的结构

短篇小说环作为一种特殊的文学体裁具有很长的发展历史。《牛津文学术语词典》对它的定义为："通常指一组作品，或共有一个主题，或以系列相连。作为一种古老的形式，前者可以追溯到《特洛伊战争》《查理曼大帝》《圆桌骑士》；后者则有史诗、家世传奇、浪漫传奇以及法国中世纪史诗英雄业绩歌谣集，还有中世纪的神秘剧，在一些特殊场合，它以系列的形式呈现于舞台，被称为《约克王朝集》《切斯特集》等。cycle过去主要指叙事诗，现在也常用于一系列的长篇小说和短篇小说。"②而在近代，欧美著名的短篇小说系列代表作品有《坎特伯雷故事集》《一千零一夜》《十日谈》等，以及乔伊斯的《都柏林人》和舍伍德·安德森的《俄亥俄州的温斯堡》（又名《小畸形人》）等。

---

① 关于short story cycle，学界有着不同的翻译。在我国学者肖遥、陈依所译的《短篇小说》一书中，它被译为"成套故事"（详见伊恩里德著，昆仑出版社1993年版，第71页）；缪春旗沿用这一译法（详见《短篇小说成套故事——一种独特的文学样式》，《盐城师范学院学报》2004年第1期）；马轶伦在其硕士论文《多甫拉托夫的小说〈手提箱〉叙事系统的建构研究》（2014）中则选择了"短篇小说故事环"的译法。本书中，我们本着简洁、准确的原则，将其译为"短篇小说环"。在这里"cycle"一词不仅从形态上表示一种环状结构，同时还指出文本的体裁特征——系列化，即体裁结构的重复、循环性。

② Baldick Chris：《牛津文学术语词典》（英文版），上海外语教育出版社2000年版，第49页。

直到20世纪七十年代,短篇小说系列才开始作为一门独立的体裁样式被欧美研究者所关注。1971年,由福利斯特·L.英格拉姆所著的《二十世纪代表性的短篇小说系列》一书出版,它被视为该领域的开山之作。[①]英格拉姆在该书中依据形成方式对短篇小说环做如下分类:一为最初就以系列化故事来创作的小说;二是事后为形成序列而收集整理的小说;三是在已有的形式基础上添加作品后完成的小说。他同时认为"短篇小说集"(short story collection)这一名称本身具有误导性,因为"集"含有"集合在一起"的意思,但它却容易流于形式表面而无法传达短篇小说内部的有机统一。[②]英格拉姆认为,短篇小说系列具有两大主要特征:首先,每个部分都是独立片段;第二,各部分以某种方式统一起来,具有各个独立片段之外的结构和主题发展。俄罗斯学者米·达尔文提出了类似的观点。他认为,系列化作品的整体性是第二性的,因为它的产生建立在此作品各个组成部分(即短篇小说环中各个短篇小说)的整体性的基础之上,"系列化文艺作品的整体性的获得并非通过其组成部分整体性的亏损,而是以它们整体性的保留为前提条件。因此,系列化作品具有独特的二维性:相对独立性与整一性。"[③]

由此可见,短篇小说环在本质上是一种悖论性结构:作为构成成分的各个短篇小说既是完整、独立的,又同时与其他短篇小说存在联系。而小说的主旨也不能单靠某一篇或几篇短篇小说来诠释,而是需要各个短篇小说构成有机的统一体来共同呈现。多甫拉托夫在叙述中一方面表明自己对结构的毫不在意,然而另一方面却对小说结构极为用心地构建。

二、环形叙事结构的复调性

在多甫拉托夫的短篇小说系列中,不少短篇小说曾在杂志上单独发表。《营区》于1982年在美国首次出版(艾尔米塔什出版社),但在此之前,该小说里的部分内容已在境外杂志上得到发表。例如,《直接》发表在1977年《大陆》杂志的第11期,《声音》和《您哪不舒服》发表在《时代与我们》杂志1977年第

---

① 缪春旗:《短篇小说成套故事——一种独特的文学样式》,《盐城师范学院学报》,2004年第1期,第81页。
② Forrest L. Ingram. *Representative Short Story Cycles of the Twentieth Century*. The Hague: Mouton. p. 170.
③ Дарвин М. Н., Цикл. Введение в литературоведение. Под редакцией.Чернец Л. В. М., Москва, 2000. С. 486.

14期等。《我们一家人》中的五部短篇小说——《哥哥》《上校说——我喜欢》《姨妈的丈夫——阿龙》《列奥波利特叔叔》《父亲》于1980至1989年间陆续刊登在《纽约客》杂志上。《妥协》中的个别短篇,如《找人》《上山去》《过纪念日的男孩》《高个子男人》《白纸黑字》《谁的死亡,他人的担忧》①等,也于1978年至1980年间在《时代与我们》《大陆》《第三浪潮》等境外刊物上发表。这些短篇小说之所以能够以独立的形式发表,因为它们在情节内容上既不存在逻辑上的因果联系,也不存在时间概念上的前后联系,简言之,它们是结构完整、情节自足的短篇小说作品。

从多甫拉托夫所处的时代背景我们可以推断,作家之所以先将部分短篇小说单独发表,其主要原因在于苏联国内无法获得出版整部作品的机会。但是,创作系列化却是多甫拉托夫有意识的行为。到达美国后,他便开始积极筹备把曾经分散发表的短篇小说组合成完整的作品。为了使作品更为完善,多甫拉托夫也多次在旧手稿的基础上进行删减,或者增加部分短篇小说。于是就有了评论家阿利耶夫的评语:"最好的作品,往往最后才创作出来。"(1,481)这里"最好的作品"指的是《营区》中的《表演》和《妥协》中的《多余人》等短篇小说。

把独立的短篇小说重组为结构紧实的系列化中篇小说并非易事,但多甫拉托夫可谓深谙此道。他常用的手法有两个:1.加边框。《手提箱》之题目本身正是一个"无形的"边框象征,手提箱内部的每一件衣物便自然而然地成为每一个短篇小说的引子;《我们一家人》中,血缘关系也可视为边框来限定小说中所描写人物之间的范围。关于这一点我们将在本章第二节中具体展开。2.加入"嵌入式文本"(вставки)。使用此类手法的小说主要为《妥协》《营区》以及《手艺活》,因为"嵌入式文本"的加入,每一个短篇小说构成一个混合文体的叙事序列,如书信+短篇小说、新闻剪报+短篇小说、笑话+短篇小说等结构。这些"嵌入式文本"往往具有纪实性,因此也是反映多甫拉托夫伪纪实主义叙事策略的重要方面,关于这一点我们将在本章第三节详细讨论。

学界专家曼恩在书中指出,"短篇小说环的一端是结构紧凑的长篇小说,另一端是结构松散的故事集。它是介于两者之间的一种特殊文学样式:它包

---

① 分别参见杂志《Время и мы》,Глв. Ред.:Виктор Перельман,1978(36):83-100。同上,1979(38):5-36。《Континент》,Глв. Ред.:Владимир Максимов,1979(19):49-70。《Третья волна》,Глв. Ред.:Александр Глезер,1979(7-8):8-21。《Время и мы》,Глв. Ред.:Виктор Перельман,1979(40):58-86。《Часть речи》,Глв. Ред.:Петр Вайль,1980(1):140-159。

括了不断重复和发展的诸如人物、主题、思想、意象、神话、背景、情节或时间顺序以及叙事视角等连接要素。"①因此,正如我们上文中所谈到的,从结构上看,多甫拉托夫用各种手段使各个短篇小说具有外在形式上的统一,从而组合成短篇小说环。但从内容上,使得短篇小说环之各个组成部分连接为统一整体的最为核心的一个因素便是"主题"。如乔伊斯的《都柏林人》所体现的"瘫痪主题",舍伍德安德森作品《俄亥俄州的温斯堡》中的"畸形人"主题,多甫拉托夫大多数作品所反映的主题则为"荒诞"。

利波维茨基认为:"在荒诞土壤里生长起来的荒诞性叙事是多甫拉托夫修辞风格的突出特点。"②而多甫拉托夫曾在《营区》中坦言:"我认为,在这混乱无序中延伸着统一的艺术情节。那里有同一个抒情主人公。保持着某种时间与地点的统一性。全文贯穿着唯一的、老生常谈的理念:这个世界是荒诞的……"(3,8)较之于长篇小说,短篇小说具有不可避免的局限性,如无法表现复杂的人物性格及其成长历程,不利于描绘宏大的历史全景等。但对于荒诞主题的叙述,短篇小说,尤其是短篇小说系列之结构则具有先天优势。

众所周知,荒诞的本质是非理性、逻辑缺失的。而在短篇小说系列框架内,作为构成部分的每一个短篇小说有效地切断了日常事件之间的内部联系,以碎片化的方式呈现出日常生活之中荒诞的普遍性及其规律性。如小说《营区》就其主题而言应当归属于荒诞故事系列。当狱警叶戈罗夫的女友抱怨营区简陋的生活环境以及警犬的吠声时,叶戈罗夫将警犬活埋;新年前夜,狱警们不顾上级的警告,酗酒无度,甚至强奸了误入营区的邻村女人;爱沙尼亚人帕哈皮利只愿意生活在自己封闭的小圈子里,跟警犬说话时,他只说爱沙尼亚语。他常常深夜抱着酒瓶坐在山岗的坟堆边怀念家乡,而这一举动被营区上级误认为"守护爱国英雄的遗骨",授予他勋章……一个荒诞事件的描述只能体现出该事件的偶发性,但当一件又一件荒诞事件接连地被讲述出来时,偶然便转化为必然,必然又会呈现出事物发展内在的规律。于是,整部小说勾勒出一个充斥着浓厚荒诞因素的艺术世界。换言之,也只有当一幅幅荒诞的社会图景如马赛克般被拼接在一起时,才能更好地诠释"世界是荒诞的"这一主题思想。

多甫拉托夫在小说中把荒诞视作自然现象或自然规律来描写,它的存在

---

① Mann Susan Garland. *The Short Story Sequence*: *An Open Book in Short Story Theory at a Crossroads*. Louisiana State university Press, 1989. 转引自缪春旗:《短篇小说成套故事——一种独特的文学样式》,载《盐城师范学院学报》,2004年第1期,第84页。

② Лейдерман Н., Липовецкий М., Русская литература XX века (т. 2), Москва: Академия, 2010. С. 603.

是自然而然,没有缘由的。亲身经历并记录、讲述了这个世界中的荒诞现象的叙述者多甫拉托夫以碎片化的书写来表现世界的荒诞性,他曾说:"我所有工作的基础——出于对于秩序的爱。对于秩序的狂热。换言之,对于混乱的厌恶。"(4,249)多甫拉托夫用艺术的手法,把事件编排成一个个序列,由它们联合、统一地按秩序地循序渐进地揭示出小说的主题思想。表面上看,多甫拉托夫的小说叙述是碎片化、断裂性的,但实际上,它们被同一个主题有机地统一在一起,有序地排列着。

以《营区》为例,每一个短篇小说都在以离散,或称离心的趋向完成故事的讲述,但当整部小说的故事被讲述完成时,离散故事的意义开始向中心靠拢。因此,每一个故事里都会重复出现相同的主题、人物、时代背景等要素,而每一次重复都是对主题的再现。每一个故事都从不同的侧面反映生活的荒诞本质,最后形成合力,使荒诞的中心主题得以深化。

但应当指出一个有趣的现象,多甫拉托夫短篇小说环结构中的每一个短篇小说,作为一个结构之环,它们所发挥的作用力并非均匀,而是如一段音乐中强音与弱音的交错搭配,才"演奏"出了富有动感、韵律与节奏的"乐章"。多甫拉托夫曾在1989年计划出版一本选集以纪念自己的五十岁生日。为此,他从已出版的所有作品中,挑选了十五个短篇小说,它们无疑是多甫拉托夫心目中最优秀、最富代表性的作品。与此同时,我们还发现,这十五个短篇小说均在成为中篇小说前就已单独发表过,这说明它们在结构和主题上的绝对完整与自足性。它们中间有三篇选自小说《我们一家人》,六篇选自《营区》,还有五篇选自《妥协》,另外一篇名为《去新家的路》是单独的一篇小说。

为了考察这些作家眼里的"重要短篇小说"在各自作品的整体结构中占据的地位,我们仔细观察重要的短篇小说在文本中分布的位置。我们发现,它们基本以一定的距离间隔分布,这一态势演绎出小说环在整体的叙事过程中重心的分布。如长篇小说中的高潮,重点短篇小说就是整个短篇小说系列(环)中的"高潮"。此外,具有代表意义的短篇小说大多位于整体结构偏后的位置,这一分布表明,多甫拉托夫在整体结构的布局上所做出的精心构思。多甫拉托夫的叙述往往有一个由浅入深,慢慢将读者带入叙事情景的过程。并且,对主题的揭示也遵循"先铺垫,后彰显"的原则,层层推进。集中处于后半段的短篇小说也像一段音乐末尾的加重音,起到加强效果的作用,它们将作用给读者更深刻的印象及审美刺激。就荒诞主题的演绎而言,在小说的末尾处,小说文本所带给读者的荒诞感将达到峰值。无怪乎,《营区》中最为著名的短篇小说,即被称为"反勃列日涅夫时期荒谬概念的最有代表性的情节"①被作家放置在整个小说环中倒数第二篇的位置上。"倒数第二"的位置以中国的文化视角来看具有"压轴"之意,因犯扮演革命先进分子的闹剧所产生的荒诞效果并没有戛然而止,它的余温在最后一篇小说中得以延续,读者将带着前一篇小说所营造的氛围的影响下进入下一个短篇小说,他的内心感受在不断升温,直至小说的结尾。

由此可见,多甫拉托夫所谓的"一堆札记、混乱的材料"实属"障眼法",或者是在"欲擒故纵"。他的小说结构简单而不浅薄,蕴藏了深厚的构思及艺术性。伪纪实主义小说不仅在情节上具有"真"与"伪"的悖论对立,在结构上也同样存在着作家"所言"与"所行"之间的悖论对立。由此,我们便进一步深化了对伪纪实主义小说悖论、解构与游戏性特质的认识与理解。

第二节　边框叙事

每一部小说都有自己的叙事"边框"(рама, рамка),短篇小说因受篇幅及内容的局限,边框作用更是明显。"边框给予作品完成性,加强了它内部的统一。在一些具有复杂结构的作品之中,例如作品里包含了不同修辞特色的成分(插入的别样体裁),边框构成成分的组织作用是非常明显的。"② 如我们上文所指出,多甫拉托夫为了增强小说的纪实性,经常在小说文本中加入书信、新闻报道、日记等文体而使其小说表现为混合文体的文本,在这个过程中,小说文本的边框在对各文体及文本形式的组织和聚合方面发挥着重要的作用。此外,短篇小说环为多甫拉托夫伪纪实主义小说的主要结构形态。把一系列单独的短篇小说连接为一个整体,多甫拉托夫所依靠的不仅是短篇小说内部之间的共同因素,同时还要依靠其外部边框的聚合功能。因此对边框叙事的研究为分析多甫拉托夫的伪纪实主义叙事结构提供良好的视角。

文艺理论家乌斯宾斯基在其著作《结构诗学》中,以"边框"为切入点详细论述了不同类型的文学作品的组织原则。他认为:"'边框'问题,即艺术作品的界限问题其现实性非常之明显。……由现实世界向被描绘世界过渡的过程,

---

① 程殿梅:《多甫拉托夫的〈监狱〉和俄罗斯的集中营文学》,《山东外语教学》2008年第6期,第83页。
② Под редакцией Чернец Л.В., Введение в литературоведение. М.: Академия, 2000. С. 94.

亦即艺术描绘'边框'特别组织的问题,具有特别的重要性。"① 艺术作品的"边框"是美学的重要问题,正是它划分出现实世界与艺术世界的边界。就什么是文学作品的边框问题,安·拉姆济娜指出:"在现代文学中文本的开头和结尾(或者它的组成部分)通常代表了术语'边框'的含义,或称之为小边框。文本的开头(用字体区别出来的)包括作者名(笔名)、题目、副标题、致辞、卷首语、前言(序言、导语,有时还包括引子)等。文本的主体部分可能会附带作者的注释,有时在文章页面的下方,有时在文末。文本的结尾则包括作者的后记(跋)、目录和注解等。"②

多甫拉托夫小说中边框主要有两种表现形式:一为小说开头与结尾充当的边框;二是小说标题的边框形式。由此,内部吸引力与外部推动力的双效作用下,多甫拉托夫的小说结构变得紧实而严密。

一、以小说开头与结尾为形式的边框

如乌斯宾斯基所说:"民间文学中传统的引子和尾声可以作为文学作品自然边框明显的实例。"③ 更为重要的是,"文本的开端对于确立读者与作品的关系发挥重要作用,它决定了读者对作品接受的方向。"④ 因此,要研究多甫拉托夫小说的边框,我们需要首先从小说的开头和结尾入手。而对于伪纪实主义小说的叙事结构来说,开端或结尾往往成为建构或解构小说话语真实性的关键地方,它也是读者最终将如何理解、接受文本的重要依据。

据我们统计,在列入本书研究范围的八部小说中,有五部小说的开端都有前言或引子。并且从内容来看,它们都会涉及以下几个方面的话题:1.写作动机;2.叙述者"我"的身份与精神状态;3.叙事纪实性提醒。我们根据这三项内容在小说前言或引子中的体现制作出如下表格:

---

① 鲍·安·乌斯宾斯基著,彭甄译:《结构诗学》,中国青年出版社2004年版,第120-121页。
② Под редакцией Чернец Л. В., Введение в литературоведение. М.: Академия, 2000. С.94.
③ 鲍·安·乌斯宾斯基著,彭甄译:《结构诗学》,中国青年出版社2004年版,第124页。
④ Чернец Л. В. Как слово наше отзовется…, судьбы литературных произведений. М., 1995. С. 12-16.

表 1　写作动机、叙述者身份与精神状态、叙事纪实性提醒在
《妥协》《营区》《手提箱》《手艺活》《分支》中的体现

话题 作品名	写作动机	"我"的身份与精神状态	叙事纪实性提醒
1.《妥协》	"到家后,我翻开自己的那些剪报。我把它们又重读了一遍。一些人的故事浮现在眼前,某些对话、感受、事实……不是在这些纸页之中,而是在眼前……"(1,258)	"我就这样失业了。"(1,257)	"就从这些值几戈比的报纸信息开始吧。"(1,258)
2.《营区》	"况且我们的书是差异迥然的。索尔仁尼琴描述的是政治犯集中营。我——刑事犯集中营。索尔仁尼琴曾是被关押者。我——狱警。索尔仁尼琴认为,集中营——是地狱。我却认为,地狱——就是我们自己……"(2,8)	"1982年2月4日,纽约""现在明白了,要找到一家出版社是非常困难的。我,比如说吧,就被拒绝了两次。我并不想对此有所隐瞒。"(2,7)	"亲爱的伊戈尔·马尔科维奇!为出版这套营区体裁的书我已经准备了三年。整整三个年头——我已经在尽快了。此外,正是这本《营区》应当最先出版。要知道,正是从它以后,我那命途多舛的写作生涯才称得上真正开始了。"(2,7)
3.《手提箱》	"我打开箱子……突然,正如人们常说,回忆涌现出来。或许它们就藏在这些衣物的褶皱里。"(3,350)	"我已经三十六岁了。其中十八年我都在工作。挣了点钱,买了点东西。我以为,我还是有点家当的。结果——一个手提箱。"(3,347)	"5月16日我抵达意大利。住在罗马的一家名叫'基纳'的宾馆里。……3个月后辗转来到美国。纽约。一开始住在'里约'旅馆。然后住在弗朗申科的一个朋友那儿。最后在一个不错的小区租了一套房子。……三年后,我们全家终于团聚了。"(3,348-349)

续表

话题 作品名	写作动机	"我"的身份与精神状态	叙事纪实性提醒
4.《手艺活》	"为什么我那平庸的、诚恳的、唯一的天赋要遭到这伟大国家无数的机构、人、制度的扼杀呢？我需要搞清楚这一点。"(3,8)	"有谁会对一个文学失败者的陈述感兴趣呢？" "为什么我会觉得，自己身处灾难的边缘的呢？那毫无希望的、被生活抛弃的感觉又是从何而来呢？我的忧愁原因何在？"(3,7)	"我不会让自己为结构所累。我尝试语无伦次、长篇累牍、漫不经心地说一说自己的'创作'历程。这是我的手稿所遭遇的意想不到的事情。熟人的画像。文书……"(3,8)
5.《分支》		"现在一切都变了。已经二十年了，我带着一副令人恶心的、邋遢的样子醒来。"(4,7)	"我的母亲说，当我醒来的时候，脸上还带着微笑。我想这一幕应该发生在1943年吧。想想看：周围全是战争、轰炸机、疏散的人群，而我躺在那儿笑……"(4,7)

多甫拉托夫在小说的开端向读者交代了叙述者"我"的身份，他有意使叙述者的形象与作家的形象接近，试图暗示读者，"这是带有自传性质的叙事。"此外，叙述中具体的时间、地点细节的描写凸显了小说的纪实性，它将给予读者非常重要的第一印象，那就是信息的可靠性与真实感。最后，多甫拉托夫会与读者娓娓道来他所要进行讲述的原因，即写作动机，这使得小说文本不仅具有自传特点，同时还体现出自白的倾向。对于伪纪实主义小说叙事来说，在小说的开篇便设定下真实、自传、自白的话语性质是至关重要的。但需要注意的是，伪纪实主义小说的"真"与"伪"占有同等重要的地位。多甫拉托夫在营造真实性叙述话境的同时，并没有否定或刻意规避其中的虚构存在。例如，小说《营区》中作者的一段卷首语引起我们的格外注意：

姓名、时间、日期——这里的一切都是真实的。我只是杜撰了一些非实质性的细节。

因此，书中主人公与活生生的人之间的各种相似都是蓄意的。而各种艺术虚构都是非预见性与偶然的。(2,7)

在这段叙述中，与小说或影视剧中常见的"如有雷同，纯属巧合"不同，多甫拉托夫认为,"如有雷同,便是故意而为"。他主动揭穿自己对现实人物的戏仿、变形,拉开小说中的人物与现实生活中的原型之间的距离,不仅是审美距离,更有事实上的差距。读者由此也将以游戏的心态去接受多甫拉托夫的小说文本。英语小说中也存在类似的写作方式。如美国作家基斯·阿伯特在《犀牛利兹》(*Rhino Ritz*,1979)中也一改传统的表述方式,在卷首语中写道:

"Any resemblance to real people is entirely intentional. Any resemblance to truth is intentionally misleading。"

"任何与真人的相似都是完全故意的。任何与真相的类似都是蓄意误导。"

在该部小说中,作家以多位著名的历史人物如海明威、舍伍德·安德森、菲茨杰拉德、格特鲁德·斯泰因①等为小说的主人公,讲述了一个带有幽默、讽刺修辞色彩的虚构故事。学者娜奥米·雅各布斯(Naomi Jacobs)将此小说归类为伪历史主义小说,并认为"如果尝试根据历史背景来评价这类小说,那么对它们的接受将变得复杂,因为它们已经受到了谎言的影响。但这样的批判忽视了作者对其所讲述'历史'的小说性质的提前预示。"②伪历史主义小说是以历史人物为小说主人公来完成的小说,而伪纪实主义小说中主人公不仅是实实在在的历史人物,有时还是当下生活中现实的人,也包括作家自己。但两种体裁的小说作者在对待小说虚构性上都坚持了坦率的态度,他们在小说开篇便公开实验写作的手法,向读者公然宣告一场人物原型与人物之间"狂欢"的开始。

当然,多甫拉托夫也会在小说的结尾处告知读者,以上所有讲述都是虚构。他利用"尾声"的边框作用来实现自己叙事视角由艺术世界向现实世界的转移。《外国女人》中,多甫拉托夫以"作者给主人公玛鲁夏的信"作为尾声结束了小说全文。多甫拉托夫在信中说:

"我是作者,你们是我的主人公,现实生活当中的你们都没能让我如

---

① 格特鲁德·斯泰因(Gertrude Stein,1874—1946),旅居法国的美国女作家、艺术品收藏家、犹太人,对20世纪西方文学产生过重要的影响。
② Naomi Jacobs. *The Character of Truth*:*Historical Figures in Contemporary Fiction*. Carbondale:Southern Illinois University Press,1990. p.18.

此热爱。相信吗，我有时几乎大叫出来：'噢，上帝！这是怎样的荣幸！这是多么承受不起的仁慈：我通晓俄语字母！'简言之，我们两清了。愿上帝让你成功！等等。而如果上帝不存在，穆夏，你就要自己努力了。就在此处画下句号吧。句号。"（3，344）

玛鲁夏是一位苏联移民，单亲母亲。在美国艰难生活的她遇到了同为移民的拉丁美洲籍男子拉法。两个人的相处并不和谐，生活中经常吵架甚至对彼此大打出手。但作为一名移民女性，玛鲁夏的生活依赖并需要拉法，他们最终结为夫妻。多甫拉托夫曾在给友人的信中提及，"拉法象征着西方，而玛鲁夏是俄罗斯的象征。"①二人蹩脚的联姻背后隐藏着苏联侨民在异国的不易以及对生活的妥协。小说结尾处的信件是作者与主人公玛鲁夏的对话。从对话中，我们看到，多甫拉托夫已经全然把玛鲁夏当成现实生活中的，甚至比现实生活中的人物更为真实的存在。他热爱自己笔下的人物，鼓励他们并祝福他们。而这些让多甫拉托夫不胜感激的作者的权利正是文学创作所赋予的。

因此，我们可以理解为，《外国女人》的信件尾声不仅是多甫拉托夫故意揭露叙事的虚构性，更是为了体现出作家对小说虚构人物的态度，以及对于伪纪实主义的态度。多甫拉托夫在信件之前，就已为玛鲁夏的故事安排了一个结尾，名为"大团圆结局"（happy ending）。多甫拉托夫已经在这一部分尝试着将叙述者身份向作者身份，即从小说中的人物身份向现实身份转移：

音乐演奏了很久。所有人都在等待着谁。我，坦白说，已经猜到了他们在等的人。活生生的作者。

这时，我、妻子和女儿出现了。玛鲁夏突然哭了。用袖口擦了很久眼泪……

我立刻不再说话。因为我几乎没有能力去说些好听的话。因为我们只能发现周围全是可笑的、低俗的、愚蠢的、可怜的事物。只会诅咒和骂人。这是罪。（3，43）

一般读者很难想象，作者描述了一段这样的场景：所有他的主人公围坐在桌边，等待着作者出现。当作者本人出现时，主人公忍不住热泪……这看似

---

① Довлатов С. Д., Сквозь джунгли без умной жизни. Письма к родным и друзьям. СПб.: Звезда, 2003. С. 290.

荒诞,但事实上,在多甫拉托夫的伪纪实主义世界中,现实与虚构,现实生活中的人与虚构的小说人物本身就是相互交融的,它们可以在两个不同的世界中自由穿越。伪纪实主义的主人公与作者充满戏剧化的相互凝视诠释出伪纪实主义小说艺术世界与现实世界互相补充、互为渗透的关系。

二、以小说标题为形式的边框

小说的标题是边框的另一种表现形式。从多甫拉托夫的小说题目《手提箱》《营区》《保护区》《分支》《我们一家人》等来看,它们都象征着一个封闭的空间,代表一个特殊的"小世界",其中聚集了具有相关性、相似性的各类人物形象,如囚犯与狱警,游客与导游,苏联侨民与其他移民,"我"的家人等。多甫拉托夫通过对小的、封闭空间的描写,来隐喻和观照整个外部开放的世界图景。

"手提箱"是一个相对封闭的空间隐喻,多甫拉托夫将时间概念"空间化",把自己三十六年来所有的人生经历浓缩在一个"尺寸不大的"手提箱中(3,348)。"它的底部放着卡尔·马克思的照片。箱盖内部——布罗茨基的照片。而在它们之间——永不复返的、毫无价值的、绝无仅有的生活。"(3,350)

《营区》中,多甫拉托夫也多次对封闭的、与世隔绝的营区环境做过描写:

> 第六营区位于铁路的一侧。所以要想到达这个晦涩的地方还真不容易。
> 要先等很久路过的木材车。然后坐进铁皮车厢里,在坑洼的路上摇摇晃晃。紧接着沿着狭长的、消失在树丛里的小路步行两小时。简而言之,你就只管走着就行了,就像尽头有惊喜等着你一样。(2,28)
> 在走出木材厂之前,需要穿过一个著名的奥索金斯基沼泽。然后翻过铁路线上的土丘。再下山,从一座有点阴暗的电站楼下穿过去。只有那时,你才能看到切比尤小村。(2,54)

同时,多甫拉托夫把营区比喻成苏联国家的模型,以营区日常生活的描写为缩影来隐射整个苏联的现实状态。

> 营区是一个非常精准的国家模型。而且是苏维埃国家。营区里有无产阶级专政(也就是制度)、人民(犯人)、警察(看守)。那有政党机构、文化、产业。有对于国家来说所必备的一切。
> 苏联政权早就不是可以改变的统治形式了。苏联政权是我们国家的

生活方式。

营区里也是如此。从这一角度来看,营区看守是典型的苏联机关。(2,47)

1975年前后,从塔林回到列宁格勒的多甫拉托夫陷入手稿被克格勃销毁的阴影之中。加之,妻子和身边朋友的陆续移民,面对经济和精神上的压力,多甫拉托夫"逃往"普斯科夫的普希金文化遗产保护区,做一名临时导游。在保护区内,多甫拉托夫目睹了众多游客身上的盲目性与盲从心理,他们多是"慕名而来",或者受到"派遣",其实对普希金知之甚少。游客们荒诞可笑的问题比比皆是。如"普希金和莱蒙托夫的决斗是因为什么?""普希金儿子的父称是什么?"等。(2,234)多甫拉托夫也同样把充满虚伪、谎言和形式主义的普希金文化遗产保护区视为苏联国家的一个缩影。①

此外,《分支》以1981年在美国洛杉矶召开的"俄罗斯侨民文学:第三次浪潮"大会的真实事件为原型创作而成。在该部小说中,多甫拉托夫将此次国际大会改名为"新俄罗斯",主要讨论的议题为:俄罗斯的昨天、今天与明天。根据小说的讲述,参加此次大会的人员大多是苏联移民,虽然在很多问题的讨论过程中出现过分歧,但也出现过令人吃惊的"一致意见":

"所有人都一致认为,西方注定要灭亡,因为它摒弃了传统基督教宝贵的东西。

所有人都一致同意,俄罗斯——属于未来的国家,因为她的过去是恐怖的,现在也是不明朗的。

最后,所有人都一致认定,移民——是她理所当然的分支。"(4,138)

他们认为,作为俄罗斯在世界上的分支,就像各个俄罗斯所属共和国或州等行政单位一样,在美国的苏联侨民也应当有自己的主席、总理,甚至反对派。于是,大会的最后一项议程就是,在苏联移民中评选出担任上述职务的最佳人选。"这三个人要组成统一民族政府。并且,上议院取代了国家杜马。联邦议会变成了人民经济联合会。……本来应该选出三个人。结果候选人就有近四十个。看得出,国事活动家在移民者里非常充沛。"(4,143)多甫拉托夫以荒诞嘲讽的语调描写了此次大会。但是,俄罗斯在世界上的这一"分支"在多

---

① Сухих И. Н. Уроки чтения. Впервые с комментариями. СПб.: Азбука, 2011.

甫拉托夫看来是值得关注的特殊人群,不仅因为多甫拉托夫也是其中的一员,而是因为,他们充满忧郁与时代感的侨民文化与双重身份下"间隙"中的生存状态。美国在多甫拉托夫眼中是一艘"船","在这里没有方位感。有的只是在船上的感觉,上面载满了上百万的乘客。这座城市是如此多样,以至于你会感到——没有一个角落是属于你自己的。"(3,131)身处移民国的多甫拉托夫缺乏安全感与归属感。因此,他以"分支"比喻一个脱离母体的漂泊异乡的苏联知识分子群体,其中包含着他们的怀乡病、永恒的失落感与永远无法弥补的身份缺失。

《我们一家人》的框架并不像"手提箱"那样具体可感,但毫无疑问的是,血缘关系就是最直接的联系,它把每一个家庭成员连接成一个整体。但在这部小说中,多甫拉托夫并没有对此大做文章。在多甫拉托夫看来,使他们真正成为一家人,共同出现在这个"家庭相册"中的更重要的原因是他们"如此相像"。在讲述爷爷伊萨克时,多甫拉托夫说道:"当我的孙子翻看相册时,会把我们俩混淆的……"(2,322)又如"无论我做什么,妻子总会说:'天呐,你和你父亲多像啊!'"(2,390)多甫拉托夫在一家四代人的故事的讲述中,突出了每个人经历当中荒诞的、神秘的色彩,使家庭相册变成一个充满传奇激情的故事合集。

处于封闭空间内的叙述者"多甫拉托夫"没有把自己与环境割裂开来,但却与它保持适当的距离,他经常会在小说中以"外人"的形象出现,更准确地说是"旁观者"的角色。《营区》里,多甫拉托夫的同貌人阿利汉诺夫"对所有人来说都是个外人。"(2,29)然而,这样的身份却给了阿利汉诺夫以冷峻、客观的视角来审视和讲述营区日常生活的可能性与审美权利。旁观者与周围的荒诞场景似乎是格格不入的,他也难免会在极端的情境下遭遇精神危机,陷入无休止的自我诘问之中:

"上帝啊,我到了什么地方?"(2,35)

"这一切意味着什么?我是谁?我从哪里来?我为什么来到这里?"(3,146)

"我一直在想——为什么?我要去哪儿,为什么去?什么在等待着我?"(1,379)

多甫拉托夫的主人公犹如身处封闭空间与开阔世界的边缘(门槛),他把自己设置在一个危险的、边缘化的,同时类似"绝境"的地域,去思考关乎生命终极意义的永恒问题。

"封闭空间"的意象在多甫拉托夫的小说中屡见不鲜,他的小说往往在有边界的空间内展开,但在那个空间之内,时间的意义被无限弱化。换言之,他所讲述的是发生在某一个年代或任何一个年代的故事。因为在多甫拉托夫看来,荒诞是世界永恒的状态。多甫拉托夫的小说以碎片化的形式割裂了事件和人生的历时发展脉络,而是通过小切口、小视角来观照他所理解的整个宇宙世界。多甫拉托夫与很多后现代主义作家一样,在现代科学的背景下,放弃了对历史、社会、人生全景式、全方位的统摄特权,以及全知的视角与能力。作家所能够做到的就是把自己所感知的、经历的个体化经验描述出来,并且对世界报以客观和尊重的态度。封闭、绝境的意象毫无疑问,也是多甫拉托夫本体心理的纪实性写照。我们用下图来展示多甫拉托夫的整个世界图景与作品中小环境之间的关系:

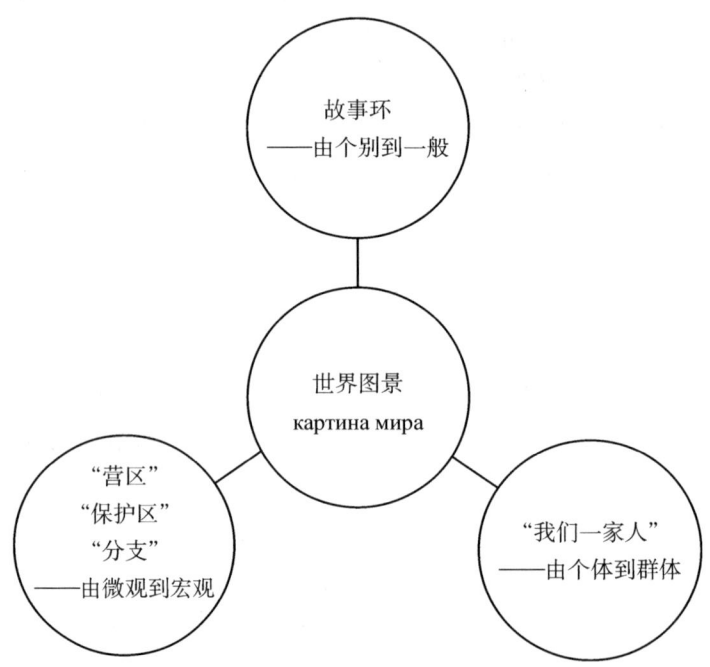

图1　多甫拉托夫的世界图景与作品小环境之间的关系

如我们上文所论述,多甫拉托夫的短篇小说环中的每一个环都在讲述一个有关于荒诞的故事,当把它们连接为一个共同体时,便描绘出了"荒诞世界"的图景。而营区、保护区、分支这些封闭的小时空所代表的是整个苏联国家、俄罗斯的文学缩影,由此多甫拉托夫对小空间的审视实现了对大世界的间接观照,这其中包含了作家重要的个性化认知和世界观、处世观等。"我们一家人"之间的相像隐射了世界上人与人之间的相像,而此种相似的基础更是来源于是人之本质——"在任何一个情境下,都需要一点荒诞的因素。"(4,30)人构成了世界,人与世界的关系是水乳交融、无法剥离的。世界的本质是荒诞,人的本质之中必然也包含了荒诞的因子。这正是为什么多甫拉托夫会说:"我感到恶心,于是我走了。更准确地说,我留了下来。"(1,434)因为无论多甫拉托夫逃离何处,(多甫拉托夫一生有三次逃离,分别为塔林、普希金山、纽约)周遭都是一样的情景,世界的本质不曾改变。与其说"逃离",不如说"还是留在了这里。""要知道,我们所改变的不是社会制度。不是地理或气候。不是经济、文化或语言。甚至不是——自己的秉性。人们不过拿一种忧伤取代另一种忧伤,这就是全部。"(3,144-145)

第三节 超文体叙事

伪纪实主义叙事结构除了环形叙事和边框叙事以外,还包括以双文体和多文体为代表的"超文体"叙事,本节我们以《妥协》《营区》《手艺活》三部小说为例,论述双文体及超文体混合为表征、纪实文体与小说文本杂糅为本质的叙事结构的特征。

一、《营区》:书信+短篇小说的双文体叙事结构

小说《营区》的创作历程长达二十年之久,是多甫拉托夫伪纪实主义创作技法的经典之作。该小说由十五篇作家写给出版商叶菲莫夫的信件和十四篇由信件所附的短篇小说组成,书信和日记两种混合的文体共同构成了该小说的叙事手段和结构格局,"在形式上具有实验性。"[1]作家以一个狱警的视角客观地记录了营区内各种反常、残忍、血腥、混乱、荒诞的生活图景。

日记、书信和某种程度上的自传、回忆录是纪实文学的三大组成部分。[2]

---

[1] 程殿梅:《对苏联集中营的另一种阐释——析多甫拉托夫的小说〈营区〉》,《山东外语教学》2009年第4期,第118页。
[2] Тесля А. Документальная проза: проблема и история жанров // Ученые заметки ТОГУ, 2012. №1. С. 9.

而多甫拉托夫的小说《营区》不仅在形式上带有日记、书信的特征,小说情节也颇具自传性。因此,初读这部小说,读者会感受到它实足的纪实特征。1962年至1965年间,多甫拉托夫曾在俄罗斯北部城市科米共和国的刑事劳改营服兵役。据布罗茨基回忆:"他(多甫拉托夫)从大街上消失了,因为要去军队服役。回来时,他像托尔斯泰从克里木回来一样,带着一卷小说和有点惊恐的目光。"①这里的"一卷小说"就是指《营区》。多甫拉托夫认为,它应该早于任何一部小说公布于世,因为正是在营区服役的经历使他踏上文学之路。(2,7)书信中,多甫拉托夫的叙述语言极为坦诚:被出版社拒绝的经历、对作品的构思、私人生活的片段等他都与读者大方分享。作家还在卷首语中声称,将最大限度地保留小说的真实性:"姓名、事件、日期——这里的一切都是真实的(подлинное)。我仅仅虚构了一些非实质性的细节。"(2,7)

如我们在上文中所提到的,《营区》中的不少短篇小说在作品出版前就已在杂志上单独发表。通过对比杂志上发表的短篇小说和1982年第一版的小说集《营区》,我们发现,早期单独发表的短篇小说前均没有书信,可以推测,后期多甫拉托夫欲将这十余篇小说汇合成相同主题的小说集时,才选择了一个十分"投机"的方式——在每一个短篇小说之前加一封写给出版商叶菲莫夫的信,使它们具有统一的结构形式。这十五封信件以斜体字的形式呈现,看似随意、边缘的文字在整部小说的结构构建上却发挥着至关重要的作用。

信件的往来发生于1982年的美国,而信件后所附的小说故事的时空背景却是20世纪六十年代的苏联科米共和国。多甫拉托夫将两个完全对立的时空平行放置于同一个文本之下,极大地拉伸了小说叙事时间的跨度,也增强了文本的情节张力。英国学者叶·扬格认为,信件作为作家叙事结构的一部分,扮演"叙述面具"(narrative mask)的角色,它帮助作家实现文本的"体裁游戏"。②也就是说,因为信件的加入,小说文本的文体发生含混,变成一个混合文体的文本。一方面,多甫拉托夫可以借助"叙事面具"来创造一个完全虚构的文书(信件),增强小说的纪实性;另一方面,小说文体的含混性也将作家与读者之间所进行的文学游戏烘托得淋漓尽致,读者阅读的意识始终在两个时空之间、两种文体之间、甚至是亦真亦幻之间撕扯。此外,读者还需独立地将这些"混乱的书信、随笔"进行拼贴与组合。毫无疑问,小说中的双文体结构对读者的

---

① Довлатов С. Д. Последняя книга, СПб: Азбука, 2012. С. 297.

② 参见Jekaterina Young. *Sergei Dovlatov and His Narrative Mask*. Evanston: Northwestern University Press, 2009. p. 60.

主动性提出要求，因此也彰显读者的主体性。但从信件的内容来看，它的存在也为小说的情节逻辑埋下伏笔。

以《营区》中的第三封信件为例，多甫拉托夫首先向叶菲莫夫18日的来信致谢，随后就叶菲莫夫在上一封信中的疑问做出回应。他对几个集中营里的俚、俗语进行了一番解释。可见，与其说"出版商叶菲莫夫"是多甫拉托夫的一个好友，不如说他是一个"泛读者"的隐喻。多甫拉托夫的信件写给谁其实并不重要，重要的是，作家在这里需要一位受述对象，他需要借书信这一隐秘、独白型的纪实文体来增强文本的可信度与真实感，同时推动小说情节的发展。但多甫拉托夫为什么偏偏选择叶菲莫夫呢？

原来，在现实生活中的1978年至1989年间，即多甫拉托夫移民美国以后，他的确与仍在苏联的好友叶菲莫夫保持着书信往来。二人的书信集于2001年公布于众。① 《营区》里的通信时间段为1982年2月4日至1982年6月21日，包含在真实信件发生的时间区间里。但我们发现，小说里的书信内容与二人书信集里这一阶段的通信内容大相径庭。首先，书信集里，这段时间，二人仅有七封信件（161-184页），而且通信内容主要为商讨小说的出版格式、稿酬及一些生活琐事。而小说当中的书信内容以多甫拉托夫交代《营区》的创作背景、生平注解、阐发哲理观点为主。事实上，多甫拉托夫真正开始与出版商叶菲莫夫商讨小说《营区》的结构问题只集中在1981年5月的一封信中。② 也就是说，多甫拉托夫在小说里伪纪实地保留了信件之形式，但几乎完全杜撰了通信的全部内容。他之所以选择叶菲莫夫，正是为了丰盈其小说文本"纪实"之元素，使艺术文本与现实生活之间发生联系。

多甫拉托夫在信中坦言，在一个长篇小说和史诗大行其道的时代，他的这本短篇小说集不一定会受到读者的认可。但是，他认为，这部小说与传统的苦役文学或索尔仁尼琴笔下的集中营文学不同。他是作为一名刑事劳改犯监狱狱警的身份来讲述故事的，他关注的是人性，而非囚犯；他关注的是生活，而非劳改营制度。他还做出经典论断：狱警与囚犯是何其相似，他们甚至可以互换角色，任何一个囚犯都以狱警的工作为荣，而任何一个狱警的暴行都足以蹲监狱。由此，他也看到了集中营与自由世界之间惊人的相似性。（2, 52-54）多甫拉托夫的这些观点毫无疑问地颠覆了人们传统观念上对监狱与自由，对囚犯与狱警之间绝对对立的等级观念。这也成为他极力向编辑推荐该小说的主要

---

① 详见Сергей Довлатов, Игорь Ефимов. Эпистолярный роман. М.: Захоров, 2001.
② 参见Сергей Довлатов, Игорь Ефимов. С. 132.

理由。

与此同时,多甫拉托夫以信件为媒介为该小说的片段性特征做了合理的"解释"。1978,多甫拉托夫为寻找更为自由的创作空间移民美国纽约。出国前,为确保《营区》手稿的安全,他把它们用微缩胶卷保存起来,委托给几个"勇敢的"法国人带出国,等多甫拉托夫顺利到达美国以后,再让他们陆续寄给自己。因此,多甫拉托夫也只能一点点地把收到的微缩胶卷恢复、整理后再寄给叶菲莫夫。每一封给出版商的信后,多甫拉托夫都"附上"已经恢复好了的《营区》手稿。因为部分微缩胶卷损坏,无法恢复,造成部分手稿永久性遗失。但多甫拉托夫不愿再去重新补写它们,因为时过境迁,日记是无法恢复的。故而只能寄给编辑残缺不全的文稿。多甫拉托夫的这一理由堪称绝妙。首先,正如上文所说,他给小说呈现出的碎片化特征找到完全合理的存在理由;其次,读者非但不会因故事完整性的残缺而怪罪于作家,他们反而同情他,甚至从中获得一种"得之不易"的阅读激情。

二、《妥协》:新闻报道+短篇小说的双文体叙事结构

1981年1月,小说《妥协》在美国纽约的"白银时代"出版社首次出版,这一版本共收录了十一篇小说,它们讲述了主人公"我"在塔林当记者时所遭遇的十一次荒诞、无奈的妥协。直到1991年2月,也就是作家去世以后,这部小说才首次与苏联读者见面。而这时,《妥协》里共有十二个短篇小说。与第一版相比,再版的《妥协》中新添加了短篇小说——《多余人》,它记录了"我"在编辑部的好友布什的荒诞遭遇。多甫拉托夫的小说始终(在作家生前)处于"未完成"的、发展着的状态。"他一直记得他之前所创作的东西,不断地完善它们或者在新的作品当中再次利用它们。"(1,459)一方面,这是作家对艺术完美的不懈追求使然;而另一方面,多甫拉托夫小说独特的"串肠"① (сосиски)结构也为它实现提供了可能,它创造了一个文本间自由、灵活的互动空间。(1,345)

如我们上文中所指出,《妥协》是新闻加短篇小说的双文体叙事模式。每一则新闻都是正文小说的一个"引子",它们构成正文故事情节的一个开端或者结尾,不仅使小说在情节逻辑上更加完整、缜密,也极大地增强叙事情境的纪实氛围。例如,"第一次妥协"里有这样一篇新闻:

---

① 1989年,多甫拉托夫在与好友阿·阿利耶夫的信中,谈到自己小说的"串肠"结构,认为这一结构的优势在于,它可以各个短篇小说之间随意组合、删减或增添。

《苏维埃爱沙尼亚报》,1973年11月

"科学研讨会 八国学者来到塔林,共同参加第七届斯堪的纳维亚和芬兰研究大会。他们是分别来自苏联、波兰、匈牙利、德意志民主共和国、芬兰、瑞典、丹麦、德意志联邦共和国的专家。会议将持续到11月16日。"

(1,258)

这篇报道从形式上的确保留了纪实文本的"外部特征",它有刊发的报纸名称、刊发时间、新闻导语、正文等。但也应当注意,多甫拉托夫的"伪造"并非完全没有破绽。例如,新闻报道里出现了一个非常具体的时间"11月16日",如果这一时间作家可以确定的话,为什么具体刊发日期作家却省略了呢?细心的读者应该在此处领会作家的"心意"。多甫拉托夫似乎在暗示读者该则新闻的虚构性。故事正文随后开始,主人公"多甫拉托夫"详细讲解了这篇报道是如何产生的。起初,他按照八国首字母的排列顺序罗列学者们的国籍,但这样的报道方式被主编视为"犯了极为严重的意识形态错误"。主编要求,一定要严格区分每个国家的意识形态及其政治倾向,绝对遵照这些国家与苏联的亲疏关系来排列先后顺序。多甫拉托夫不得不一次次妥协,三次修改后,终获主编同意。故事的结尾,主人公委屈地说:"他们给了我两卢布稿酬,而我认为,我应得三卢布……"(1,260)多甫拉托夫没有赘言最后的报道是怎样的。而读者已经心领神会,他们会禁不住翻到前一页,将新闻报道再读一遍,这次读者在作家的"解密"以后恍然大悟:"原来这些国家的排列顺序背后竟有这样一段荒诞的隐情!"由此可见,新闻是小说正文故事的情节预设,而正文故事又是对新闻权威、真实性的解构。从表面上看,多甫拉托夫是在向读者讲述他一次次无端的妥协。实际上,当他对体制的权威进行解构之时,也是他与之对抗的表现。

1980年10月22日,多甫拉托夫在与叶菲莫夫的书信里谈到了把《妥协》重新整理出版的想法。"格里沙希望我可以在《妥协》的英文版面世前出版俄文版小说……我把六个短篇小说组合成了中篇小说,不得不再补写几篇,把它们全都串联起来。格里沙那里有这套小说,它们已经发表过了。现在唯一需要的就是稍作修改和补充。"[①]多甫拉托夫这里所提到的已发表的六篇短篇分别是:《找人》《上山去》《过纪念日的男孩》《高个子男人》《白纸黑字》《谁的死

---

① Сергей Довлатов, Игорь Ефимов. Эпистолярный роман. М.: Захоров, 2001. С. 111.

亡,他人的担忧》等,如我们上文所说,它们也曾在境外杂志上以短篇小说的形式独立发表过。与《营区》的情形相似,《妥协》中凡是几个短篇小说以系列形式发表时,每个短篇前都有新闻报道,而当某一个短篇小说独立发表时,新闻报道就消失了。由此可知,多甫拉托夫所说的"补写和添加"就是后来被他称为"嵌入式文本"的新闻报道。① 显然,多甫拉托夫不仅利用这些虚构或半虚构的"剪报"来满足情节需要,从另一方面来讲,他更是为了使它们成为连接每一段故事情节的粘合剂,也就是利用伪纪实主义的手法来完成小说结构的构建。当每一个短篇小说都具有同样的外部结构时,它们就会被当作小说"系列"(цикл)来看待。如此一来,多甫拉托夫就可以顺理成章地把十二个独立的短篇小说汇合成一部完整的中篇小说。

除了在整部小说中所体现出的结构功能以外,《妥协》中的伪纪实主义结构还在每一个短篇小说的文本中实现了独特的二元叙事模式。当读者阅读第一个新闻报道时,新闻所实现的是其本身最基本的"信息功能",而且读者并不知道接下来作家将要讲述的故事是对其的解构。因此,他们将以最一般的认知经验去接受它,把它视为"事实"。但第一个故事以后,读者会获得一种反常规的、逻辑倒置的审美体验和心理预设。那就是:新闻里包含了太多与事实不符的内容,而正文故事讲述的才是事实。因此,从第二个故事开始,新闻所发挥的作用便不仅仅是信息功能了,它与此后的每一个新闻报道一起,构成"假象(新闻)—事实(生活)"的叙事模式。它们贯穿于全部的十二个短篇小说当中,每阅读一篇,"假象"与"事实"之间的冲击和对立在读者脑海中就更加深了一层。

新闻报道里所叙述的每个"事实点"在正文故事里都遭到揭穿。新闻里大肆赞扬的、可以为"火星人"缝制盛装的裁缝,曾经在德国人手下当差,原来是个刽子手;爱沙尼亚劳动模范、与勃列日涅夫通信汇报喜讯的挤奶工其实一句俄语也不会说;多甫拉托夫几日的出差采访变成了事先安排好的"艳遇"与昏天暗地的宿醉,结果在交稿的最后五分钟草草交差;主编委重任于"我",因为"我"是唯一一个勇于告诉他,他的裤子开缝了的人;新闻里所报道的一年一度的共和国原法西斯集中营囚犯聚会盛大而庄严,它提醒人们勿忘耻辱,但实际情况却是,参加聚会的原囚犯们将此视为例行公事,他们最期盼是会后的酒宴,微醺之后,他们非常平静地回忆起这段往事,竟然说:"那曾是一段不错的时光。"(1,453)……

---

① Сергей Довлатов, Игорь Ефимов. Эпистолярный роман. М.: Захоров, 2001. С. 114.

随着读者阅读的深入，荒诞之感不断累积。多甫拉托夫当然是一位"好"记者，他每次所撰写的新闻报道可以被发表，本身就说明它们在意识形态上的"正确性"。但这并没能掩盖多甫拉托夫一次又一次违背良心和职业道德的妥协过后内心所受到的折磨与拷问。多次的妥协终以多甫拉托夫的辞职而结束。小说一开篇，他就告诉读者，他已经失业，而这时他便可以大方公开每一篇新闻报道背后的秘密。面对这一切，多甫拉托夫禁不住感慨："从真实走向真理的道路异常坎坷。"(1,258)在苏联社会虚伪、专制大行其道时代背景下，在作家怪诞想象中形成的、歪曲的新闻报道成为了真理。而每一位想要恪守道德底线的记者为了生活，却不得不一再妥协。

"新闻，作为一种话语，它从来不是中立地反映社会现实和经验事实，它无时不在影响着社会现实的形成。"① 一方面，多甫拉托夫虚构新闻的方式戏讽当时苏联传媒界蔚然成风的虚假报道、篡改事实，唯意识形态宣传马首是瞻的失职行为。从另一个方面，多甫拉托夫有意模糊了小说与新闻的边界，让新闻本该有的真实性原则被小说的虚构本质所取代，新闻与小说本来是一对矛盾体，在多甫拉托夫的小说中它们却被天衣无缝地编织在了一起，这种混搭的文体本身就具有一定的荒诞性，作家试图以此种形式的荒诞来传达现实生活的荒诞。荒诞存在是现实生活的一种本质特征，而表达这一特征的最佳形式就是一种貌似纪实的"伪纪实"。

如利·金兹堡所说："与一部伟大的小说相比，几行报纸上的文字则用另一种方式来打动读者。"② 有过多年记者经历的多甫拉托夫深知新闻报道对于读者的震慑力。他也同样明白，惯性思维对于读者的阅读体验所产生的影响。多甫拉托夫在该小说中利用这一规律来颠覆读者对新闻权威性的盲目崇拜，也解构了读者心中对事实与虚构的惯常认知。

《妥协》诠释了多甫拉托夫本人的真实观。他反对传统现实主义、甚至自然主义对"第一现实"的绝对崇尚与一味追求，作家从自己的美学经验出发，创造蕴含独特审美意蕴及世界观指向的"第二现实"。应当说，多甫拉托夫更倾向于反映和描绘观念中的真实。比起他人眼中大众化了的真实，他更看重自己内心对事实的接受程度。例如，在小说《手艺活》中记录了多甫拉托夫儿时和俄国作家普拉东诺夫相遇的经历。这件事情的真伪虽无从考证，但是多甫

---

① Янг Е. Эстонский цикл // Сергей Довлатов: время, словестность, эпоха. СПб.: Звезда, 2012. С. 223.

② Гинзбург Л. О психологической прозе. М.: Intrada, 1977. С. 11.

拉托夫认为,它是否是事实已经不重要了,重要的是:"我的内心需要这样一次相遇。"(3,9)

下文我们通过一个图表来直观地展现,报纸上的描述与现实生活中的实情之间荒诞的对立关系。同时,借助它我们也可以清晰地看到,多甫拉托夫是如何通过双文体叙事序列的设置来建构两大符号体系的对立关系。

表2　多甫拉托夫设置双文体叙事序列以建构两大符号体系间的对立关系

以新闻剪报为缩影的主流意识形态的叙述	正文短篇小说所叙述的新闻当事人的真实内幕
"影响了人们生活"的酒鬼布什在醒酒所闹事	布什出身贵族家庭,英俊的外表使他女人缘很好。但他具有反叛的性格,与上级多次争执。当"我"无家可归时,布什收留了"我",当"我"离开塔林时,送我墙报以作纪念
塔林赛马场历史悠久,著名骑手阿伊万诺夫被寄予厚望	赛马场污秽不堪,跑马比赛混乱无序,遭遇暗箱操作。骑手阿伊万诺夫收受贿赂,向"我"透露内幕。最后因酗酒成性,干脆在酒吧谋得一份差事
阿拉·梅列什卡是自由旅游者,喜爱塔林	爱说谎、离家出走的女人
童话故事:爱沙尼亚小朋友在森林里偶遇棕熊,与之亲切对话	童话里的棕熊说俄语,而小朋友说爱沙尼亚语,于是被主编斥责为"沙文主义的寓言"
季伊娜·卡鲁出生于和睦的家庭,成绩优异。准备攻读研究生。热爱体育,具有坚韧、耐力和严格的纪律性。对未来有明确的目标	因与丈夫感情出现了裂痕,为了挽回婚姻,季伊娜·卡鲁寻找婚外情人,提高自己的性爱能力
打破全苏挤奶记录的爱沙尼亚女工琳达·佩伊普斯写信给勃列日涅夫同志报喜。并收到领导人的回信	琳达·佩伊普斯是一个极为害羞的女人,不懂俄语,面对采访,她异常紧张甚至恐惧。有三个孩子,丈夫把他们抛弃了。记者来采访的前一天刚刚入党
被誉为"爱沙尼亚人民忠诚的儿子"和"社会主义劳动英雄"的前电视台台长胡别尔特·伊利韦斯逝世	胡别尔特·伊利韦斯与家人关系疏远,参加其葬礼的多是政界领导。因为抬棺材的人准备匆匆,将死者与另一个普通工人的棺材弄混淆,荒唐下葬

如图所示,处于表格左边的项目是苏联报刊上的官方话语的概括。它们象征的是一个等级化和明显结构化了的主导意识形态的世界。多甫拉托夫在编写每一篇新闻报道时,使用了大量具有积极、正面语意的词汇,诸如"ценный""опытный""стойчивый""высокий""талантливый""замечательный""передовой""уютный""счастливый""славный""верный""герой""прогресс""успех""мастер"等。这些词汇的共同营造出一个具有"完美""高尚""有序""规范""中

心化"的符号性特征的世界。虽然无懈可击,但多甫拉托夫认为这样的"完美"是虚构出来的,是集体造假的结果,是被自己所不能认可和接受的苏联主导意识形态政治操纵后的结果。因此,它们构成了从多甫拉托夫的视角来看可称之为"他者"符号体系。

处于表格右边的项目是由"多甫拉托夫记者"解密后的、被还原了的事件的"真相",它们显然是"缺陷""粗俗""混乱""非理性""边缘化"的。最为典型的表现就是,在这样的代表多甫拉托夫视角中真实的世界里,具有一个随处可见的重要标志物——酒。小说中酗酒的场景频繁出现,酒水的种类也层出不穷,从波尔图葡萄酒、啤酒、白兰地、杜松子酒到朗姆酒、威士忌伏特加等,每一个在现实生活中找不到出路的主人公都会不约而同地借助酒精的力量,来麻痹自我、逃离现实。但多甫拉托夫认为,这就是真实。真实的世界虽然并不完美,但它依然胜过充满了矫揉造作与谎言的世界。因此,多甫拉托夫又用"揭露内幕"的方式在短篇小说的叙述中建构了与"他者"符号体系截然对立的"自我"符号体系。

俄罗斯符号学家波切普佐夫(Г. Г. Почепцов)指出,从非官方交际空间到官方交际空间的运动过程中符号性急剧增长。[①]当在两大符号体系强烈的对照之下,读者可以明显地感受到真实与谎言之间相互作用的张力,同时,多甫拉托夫的讽刺寓意也表露无遗。新闻报道中的各个信息点在随后的短篇小说中被一一否定并逆转之后,多甫拉托夫"自我"符号体系向官方权威的"他者"符号体系发出挑战,试图瓦解它稳定的、严密的内在结构性,使之解构。至此,多甫拉托夫利用反讽的手法无情地解构了苏联官方用谎言架构的乌托邦神话世界,斥责与鞭挞了处处粉饰、伪装的陋习。但小说中的一个细节提醒了我们,使我们发现小说中更为重要的、更深层次的解构目的。

《妥协》中的12篇新闻报道的作者不是别人,正是"揭露者多甫拉托夫"。应当说,他在这部小说中扮演了一个双重角色,既是这些党报新闻的亲自撰写者,又是揭露党报新闻背后谎言的人。如果仅仅是为了解构苏联官方的神话权威,他为什么不使用其他人所写的新闻报道,以使自己获得道德胜利者的姿态,站在伦理审判台上对其他人进行批判?其实,多甫拉托夫在小说的一开始便表明:"从真实走向真理的道路异常艰难。"(1,258)做了多年党报记者的他深知事实是怎样的,如同站在戏剧舞台的侧幕,他看到了整个"演戏"的过程。但可是,看到了事实就等于看到真理吗?看到了事实就有权利去否定他

[①] Почепцев Георгий. Семиотика. М.: Рефл-бук, 2002. С. 183.

人吗？

　　显然，多甫拉托夫在此有更为深刻的考量。仔细观察表格左边与右边的各个项目，我们会发现，"自我"符号体系与"他者"符号体系如果不能说是同一的，那也必然有千丝万缕的联系，两大符号体系之间并非由表层含义所显现的绝对对立的关系。在多甫拉托夫对自我嘲讽的情节中，也暗示了"自我"与"他者"概念的诸多交集。多甫拉托夫曾经发出感慨："最近两百年来，撒谎进化地多么厉害！……甚至连有学识的人都会谎称自己有可观的收入。我自己每次也会加上个20几卢布，尽管事实上我挣得也不少……"（1，267）一次，同事向多甫拉托夫借钱，他回答说："我真没有30卢布！不管这听上去有多么奇怪，上帝啊……关键是，我没有！"随后，他略带嘲讽地说："最有意思的是，我竟然说的是实话。"（1，257）又如，一次主编打算让多甫拉托夫去参加一个领导的葬礼，问他有没有黑色西服。他回答说"没有"，但主编反问，"那你是怎么去剧院看戏的？"（1，422）他却哑口无言。因为报纸上刚刚刊登出一篇他写的关于《没嫁妆的女人》的剧评。这其实是他根据季马·舍拉观看后的几句评语发挥出来的。更具讽刺性的是，这篇剧评还获得了好评。

　　当谎言遇上谎言的时候，真理往往就浮出水面了。多甫拉托夫为此表露出难过的表情。多甫拉托夫在小说中并没有把这个自传性人物塑造成为公平、正义的法官形象。相反，他也是一个会撒谎、爱调侃、没有原则、经常妥协的普通的苏联人中的一员。也就是说，在多甫拉托夫所塑造的艺术世界中，"自我"与"他者"的关系是相互倒影，甚至是相互包含的关系。

　　我们认为，"指涉客体，而又反顾主体"才是小说《妥协》当中要体现的反讽意义。如同果戈理的在《钦差大臣》这部戏剧中安排了唯一一个正面角色，那就是"笑"。"果戈理期望其艺术的笑拥有奇特的既讽刺丑恶又净化灵魂的作用，期望观众从戏剧或辛辣尖刻或温和幽默的嘲讽"他者"的语境的欣赏中，顿悟出自身在无形之中受到的嘲讽。"[①]同理，多甫拉托夫也在《妥协》中将自己的批判矛头指向了曾经嘲讽过或正在嘲讽苏联谎言的各位读者以及多甫拉托夫本人身上。当多甫拉托夫向好友什捷因抱怨，"谎言就存在于我的记者工作和你的歌颂党的诗歌里！"时，好友回答："或许可以认为，就你一个人是诚实的。但那是谁写了关于贝加尔——阿穆尔铁路干线的整整一本书？又是谁赞美了肃反工作者季莫菲耶夫？"多甫拉托夫辩解道："我会放弃这份工作的。你看着，我会放弃的……"而好友却说："那就不要谴责别人。"（1，294）托尔斯

---

① 孙彩霞：《〈钦差大臣〉中的反讽》，《外国文学研究》2007年第3期，第183页。

泰在《安娜卡列尼娜》这部小说的开端引用了《圣经》中的一句话:"伸冤在我,我比报应。"这里的"我"指的是上帝,也就是说,是对是错,将由上帝裁定。在多甫拉托夫的这部小说里,苏联人民显然也不是上帝,他们没有权利指责苏联的谎言与虚伪,更重要的是,如果连他们自己也曾参与到了"谎言"的生产制造中呢?

多甫拉托夫用戏谑的语气说:"我们的这座城市是善良的,所有的戏剧都在雷鸣般的掌声中结束。"(1,273)以此来讽刺人们不分青红皂白、毫无原则地从众心理与庸俗心态。在多甫拉托夫看来,在苏联生活的每一位普通人都为这个国家的虚伪与谎言"贡献"过自己的一份力量。

多甫拉托夫曾在其他小说中提出过三个命题:"祖国就是我们自己。(3,195)"地狱就是我们自己。"(3,8)"苏联政权就是我们自己。(3,174)他善于透过问题的现象,直抵问题的本质,从浅层的意识形态解构游弋到深层的人性固有成见的解构,从批判社会的谎言转向批判社会谎言的生产者——人之本身。正如俄裔美国文艺评论家亚·格尼斯的所说:"多甫拉托夫把苏联政权去概念化了。"[1]20多甫拉托夫指出:"苏联政权不是鞑靼蒙古人的桎梏。她活在我们每一个人的身体里,在我们的习惯和气质里,在我们的酷爱与厌恶里,在我们的意识和我们的心中。苏联政权——就是我们自己。也就是说,我们最重要的事就是战胜自己。"(3,147)由此笔者认为,多甫拉托夫的小说无论在苏联遭到冷遇甚至封杀,以及在美国等西方世界所受到的意外而突然的追捧,毫无疑问都对其作品中对苏联社会上种种丑陋现象的描写与揭露的误读与过度渲染。这两种现象之间的在本质上都是一样的,即曾经的两大意识形态阵营在政治运动中对文学艺术的胁迫、利用与过度阐释。

如今,在倡导对话、共存的多元文化价值观的文艺批评语境之下,我们也应该努力剥离出在多甫拉托夫小说文本中被过度放大了政治色彩,更多地去关注到多甫拉托夫小说本身的艺术特色及审美价值。他在小说创作中运用了大量的文字游戏、戏仿、幽默化、荒诞化等看似文学游戏式的写作方式,但细读文本后我们会发现,每一次游戏的过程都经过作者的精心布局,都蕴含严肃、深邃的对人性的反思。多甫拉托夫在《妥协》的结尾处安排了一段与其哥哥并不愉快的对话,这对于我们正确理解多甫拉托夫的审美思想具有一定的启发:

我的哥哥是有过两次前科的人(其中一次是因为意外过失杀人),他

---

[1] Генис А. Довлатов и окрестности. М.: Вагриус, 2004. С. 20.

经常说：

"干些有益处的事情吧。你怎么能不羞愧呢？"

"你也能算是我的老师！"

"我只不过是杀了一个人，"我的哥哥说，"还尝试焚烧了他的尸体。而你呢？！"(1,458)

多甫拉托夫尝试以荒诞式的写法，以看似玩笑式的对话重申了小说的主题：所有正在妥协的人，应当把审视的目光投放在自己的身上。"而你呢？！"这一句带有情感强烈修辞色彩的诘问成为整部小说的最后一句话也并非偶然，显然，它既是对小说主人公多甫拉托夫的拷问，也是对每一个读者的拷问。

综上所述，多甫拉托夫对人性弱点本身的嘲解、讽刺在一定程度上完成了对苏联国家主义意识形态由否定到批判，由瓦解到解构的认知模式的转变。在《妥协》中，多甫拉托夫用伪纪实主义的双文体叙事结构诠释了解构美学的本质意义——怀疑、批判与反思，而非否定、瓦解与消弭。

三、《手艺活》：多文体杂糅的时空对话叙事结构

《手艺活》(1984)是多甫拉托夫"自传系列"小说创作中处于总结性地位的作品，它以"苏联移民在纽约"为主题讲述了作家对新生活的感悟和对旧生活怀念的复杂情感。从叙事空间来看，它横跨苏联的列宁格勒和美国的纽约两大地理时空，以苏联人的生存状态为着眼点来展现两大文化空间的对话关系；从文体的角度，这部小说涉及书信、新闻、海报、公文文件、笑话等众多文体，是一部典型的超文体叙事结构作品。

小说共有两个部分，第一部分叫作《看不见的书》，记录了多甫拉托夫在苏联时期的文学创作屡屡不被认可的挫败经历；第二部分——《看不见的报纸》，讲述作家在纽约与朋友共同创办俄罗斯侨民报纸并最终遭遇失败的故事。多甫拉托夫在《手艺活》中巧妙地设计出二元并置的时空，即以列宁格勒为中心的"苏联时空"和以纽约为中心的"美国时空"，与之相对应的则是苏联和美国两种不同的政治意识形态背景下的城市生活图景。在苏联"专制集权"时空和美国"自由民主"时空下，哪里是天堂，哪里是地狱？多甫拉托夫的逃亡本身本来是作家对这个问题最好的回答。但当他逃离了政治高压和思想桎梏下的苏联，获得了期盼已久的"自由"时，却发现那种在苏联时就有的忧郁情怀

没有减轻反而加重了。他在小说的开篇序言中就流露出这样的情感:"为什么我感到自己处在灾难的边缘?我那绝望的、生活上的无用之感又是因何而生?为什么我如此忧伤?"(1,8)然而值得一提的是,《手艺活》所关注的核心问题并不在于两种意识形态的时空孰优孰劣,而是将视角聚焦在作为生命个体的人在这两种截然不同的社会环境中的生存和精神状态,进而探讨人的忧郁(тоска)——这一精神疾患之原发性和永恒性的问题。

1. 专制与逃离——苏联时空

小说的第一部分《看不见的书》写于1976年,具有浓厚的"苏联印象",是当时苏联社会,尤其是20世纪六七十年代的苏联社会文化生活的缩影。这部分小说中随处可见带有苏联时期特征的典型事物,如公共住房(коммуналка)、共和国内卫部队(ВОХР)、苏共中央委员会(ЦК)、书刊检查制度(цензурный режим)、克格勃(КГБ)等。对于多甫拉托夫来说,苏联时期的书刊检查制度不仅改变了他的文学创作之路,甚至改变了他的人生轨迹。《看不见的书》这个题目本身就暗示了多甫拉托夫小说的命运。当他把小说手稿寄给杂志社时,编辑通常会客套地赞扬几句,然后,几乎毫无例外地在评语的最后写上:"很遗憾,由于众所周知的原因,小说不适合发表"(1,30)。多甫拉托夫的小说《五角》遭到这样的厄运,以集中营生活为题材的小说《营区》更是如此。列宁格勒委员会的一位官员说:"意识形态反对者的艺术才华越大,他就越危险。多甫拉托夫就是这样!"(1,40)这里"众所周知的原因"其实就是指,多甫拉托夫的小说不会得到书刊审查机关的许可。《看不见的书》中所记录的是20世纪的60年代末70年代初苏联文学界的状况,当时正值苏联领导人勃列日涅夫掌权时期,虽然"解冻文学"的余温在一定程度上仍有延续,但苏联当局并未放松对人民思想动态和意识形态的管制,其中最主要的表现就是成立国家安全委员会第五局,大力扩招情报工作者,该局主要任务是为苏共当局提供有关国家文化与社会生活、知识分子意见和情绪以及国外媒体对当局的评论等详尽信息①。此外,六七十年代的苏联文坛仍以社会主义现实主义文学为主要题材,官方要求作家塑造"高、大、全"的正面人物形象,而多甫拉托夫笔下的主人公多是不入流的艺术家、作家、酒鬼、投机倒把分子等等,"他的主人公与那些构成社会主义现实主义生产小说中的人物之生活意义的一切均格格不入……作家拒绝生活导师的角色,他的任务就是来讲述一些有趣的、可笑的、感人的故

---

① Горяева Т. Политическая цензура в СССР (1917-1991). М.: РОССПЭН, 2002. С. 351.

事"①。综合上述原因，多甫拉托夫在苏联国内几乎没有通过官方途径发表过自己小说，唯一一本发表的作品集也被克格勃下令销毁了。

《看不见的书》中讲述了多甫拉托夫未发表的小说《营区》夭折的命运，为此他还遭到了全体编辑部成员的"批斗"。当时，多甫拉托夫无意间把这部有关苏联集中营题材的小说手稿交给一位"好友"，不料这位"好友"却是受雇于苏联克格勃机关的秘密工作者。随后，手稿被国家安全委员会的人员"意外缴获"，这意味着多甫拉托夫的手稿将面临被销毁的危险。该委员会要求多甫拉托夫的同事——《苏维埃爱沙尼亚报》报社记者共同讨论这部小说，只有讨论通过，手稿才能被退回。在整个讨论过程中，昔日一起共事的同仁瞬间变成了伶牙俐齿、尖酸刻薄的"侦查员"，多甫拉托夫将他们比作"布良斯克的狼"(1，67)。每一个人都仿佛拿着放大镜来审视多甫拉托夫的小说，唯恐找不见可以拿来批驳的东西。编辑部的记者是为苏联当局鼓吹政治思想的"喉舌"，长期被苏共意识形态束缚的他们已经丧失了客观判断的能力，任何事情都要"意识形态化"。苏联政府的主导思想已经成为他们生活的唯一精神支柱和价值判断，而单一价值观导致人们盲目跟风、随意附和。总编辑的发言总是带着高瞻远瞩的态势：

> "如果手稿不慎落入敌人的手中会怎么样呢？……两个世界正在斗争，两个体制正在争斗……"同事涅伊法赫直截了当地问："你到底爱不爱自己的祖国？"我回答："和每一个正常人一样。……谁不带一点忧愁和愤怒活着，谁就不爱自己的祖国。"然而，这位同事凭借敏锐的政治嗅觉立刻打断，"这是谁说的？是哪一个莫斯科的持不同政见者？"(1，69)

而实际上，这只是维克多·涅克拉索夫的诗句。在这个充斥着愚昧、虚伪的编辑部里已经没有一点自由呼吸的空气，人们无情地批判一部尚未出版的小说手稿，"这是对作者权利粗鲁的践踏。"同志般的爱和友谊已经化作无缘由的憎恶与谩骂，充斥着主观臆想和妄言，而这一切只有一个目的：那就是与"肇事者"划清界限，明哲保身。多甫拉托夫用讨论会上诸位的发言深刻揭露了在专制制度统治下，人的虚伪面目与扭曲道德，这也是当时苏联社会人的精神、道德面貌的缩影。

---

① 弗拉基米尔·阿格诺索夫著，刘文飞、陈方译：《俄罗斯侨民文学史》，人民文学出版社2004年版，第648页。

《看不见的书》中多甫拉托夫着力刻画在苏联时志同道合的好友——他们多是列宁格勒的非官方派作家群体，展现他们身上与众不同的气质和"怀才不遇"的苦闷。他们常聚在一起讨论自由创作的权利、获取信息的权利、对人格尊重的诉求等等，而对国家他们始终保持怀疑态度。与其前辈相比，他们没有宗教背景，崇尚自由的天性，桀骜不驯，无论在生活方式还是创作理念上都受到国外作家和文学的强烈影响，"首先是雷马克、海明威、加西亚·马尔克斯和卡夫卡的作品，这些作品在20世纪五六十年代引起了一阵巨大的模仿浪潮"①。然而这些作家往往因为对官方要求的刻板文学样式不予妥协，有时甚至走上反叛的道路，因而难能跻身苏联官方作家的行列，处于被边缘化的状态。他们的小说不能通过官方途径发表，只能在某些文学团体、组织内部传播，或者以"地下出版物"的形式在读者中慢慢扩散。对于当时的知识分子来说，这无疑是一种沉重的考验。当所有通往读者的道路都被堵死后，他们不得不寻找使自己的作品得以面世新的突破口，"逃离"是社会与体制双重压抑下的必然选择。

"第三次浪潮中的多数人是以颠覆现存文学传统的异端面貌出现的，他们对国内主流文学以及文化政策、社会制度的敌视决定了他们只能到西方去寻求自己作为一个作家所需要的生存空间"②。不少多甫拉托夫当年的好友最后都成为俄罗斯侨民文学"第三次浪潮"的成员，如约·布罗茨基、伊·叶菲莫夫、弗·玛拉姆辛、瓦·波波夫、鲍·瓦赫金等。多甫拉托夫在《看不见的书》中讲述了苏联六七十年代整整一代作家的命运，该题目本身表达了一种躁动、不满的时代情绪。作家唯一的愿望就是自己能拥有读者，而"书不被人看见、不被人读"无异于对作家创作才情最大的漠视与扼杀。在此种情况下，"逃离"成为必然结果，而对于苏联时空下的多甫拉托夫来说，美国是他向往已久的自由民主的乌托邦，此外别无他处："要逃离美国，只好到月球上去了"(1,110)。

2. 自由与迷失——美国时空

《手艺活》的第二部分《看不见的报纸》写于1984年，也就是多甫拉托夫举家移民美国后的第五年，"时间乘以空间可以创造奇迹"(1,97)。来到美国后，

---

① 弗拉基米尔·阿格诺索夫著，刘文飞、陈方译：《俄罗斯侨民文学史》，人民文学出版社2004年版，第642页。
② 单之旭：《俄苏侨民文学的第三次浪潮》，《北京大学学报（外国语言文学专刊）》1999年，164页。

苏联对于多甫拉托夫来说不仅仅是大洋彼岸的祖国,更是关于一段时期的记忆,那里有他的童年、少年和哪怕并不如意的初恋和不被出版的小说。众所周知,多甫拉托夫在移民之后患上了严重的"怀乡病"。踏入一个新时空的多甫拉托夫回望过去时不得不反思:"我更幸福了吗?"纽约生活已经过去五年,他仍然不能适应新生活,因为移民之后发生改变的"不是社会制度,也不是地理环境和气候。不是经济、文化或者语言。而且,也不是自然本身。人们只是用一种忧伤代替另一种忧伤。这就是全部"(1,97)。来到美国,一些基本的生活问题仍然存在,比如,生存问题。多甫拉托夫与其他移民美国的人一样,面临的第一个问题就是找工作。但对于一个不会说英语的俄国作家来说,想在美国继续自己在苏联时的工作是很困难的。于是在来到美国后的很长一段时间,多甫拉托夫都无所事事,生活上多靠朋友们的接济,"某些慈善机构给我们一点钱,美国邻居给我们一些家具和旧衣服。此外,比我们早来美国的老朋友也帮助我们,给我们一些很有价值、实际的提醒"(1,102)。

因为找工作,多甫拉托夫的家中常常聚集一些各个领域的苏联知识分子,大家共同分享一些就业信息。从"专制时空"来到"自由时空"的人们显然还有些不适应,他们平日里最爱做的事情就是骂美国人,把小区里的美国当地人称作"外国人"。渐渐地,在他们中间形成了"俄侨圈",他们把俄侨聚居区——Rest-hills,108号大街戏称为俄罗斯在美国的"殖民地"(1,97)。毕竟是呼吸了自由的空气,知识分子们思想也随之"解禁"了:音乐家伊丽娜·戈莉茨想凭借自己优雅的气质和不俗的品位嫁给美国的有钱人;经济专家斯卡法里希望被有钱人收养,成为他的继子;宗教活动家列姆库斯的想法更加荒谬,他建议在纽约的富人区闲逛,看到有人遛狗时,就走上前去,撩拨小狗,争取被咬,一旦被咬成功,富人就会为了避免法律纠纷而支付一大笔钱作为补偿,以此便可大赚一笔……他以"上帝眷顾穷人"和"劫富济贫不是罪"为自己的想法开脱。纽约是一个现实的地方,在这个资本横流的城市,钱是生活必需品。这对于刚刚从"计划经济"走出来的苏联知识分子来说,的确需要时间去充分认识和适应。多甫拉托夫通过一种笑谑的方式来审视在美的苏联知识分子,"玩笑"中既有无奈,也有自嘲。美国社会并非总是阳光与自由,它有自身残酷的一面,随着对美国社会认识的加深,他们对自己的认识和定位也发生变化。来到美国之后,多甫拉托夫发现:"资本生产最基本的知识——'做生意'并不可耻。……在莫斯科,那些小偷和骗子才会称自己是'商务人士'。'经纪人'、'商人'这些概念会让人和'坐牢'联系起来。而在文学和文艺界对'精明能干'的鄙视就更加一致和公开了。要知道,我们可是诗人、艺术家、有艺术气质的人！"(1,158)知识分子的清高和自矜在资本主义社会的现实面前变得空洞、乏力,生存与艺术,孰高孰低？这是来自苏联的"艺术家们"在全然不同的文化和意识形态冲击面前不得不思量的问题。多甫拉托夫曾经"宁可去偷,也不去做买卖"的想法在来到美国后彻底颠覆了,在经历了一次创业的失败后,他终于明白,"商人是严肃的、令人尊敬的职业。它需要智慧、洞察力、高尚的道德品质"(1,158)。这次创业就是多甫拉托夫和其他侨民朋友一起创办报纸的经历。小说中多甫拉托夫为这份报纸取名《镜子》,寓意一份忠实反映苏联侨民在美国生存状况的刊物。而事实上,这就是20世纪八十年代初曾在美国红极一时的侨民报刊《新美国人》（«Новый американец»）[①],报刊名称以及创办人员的名字和报社的发展状况,多甫拉托夫在小说中都做了一定的虚构化处理。

在小说中,莫克尔、德罗兹托夫、巴斯金和多甫拉托夫是四位主创人员,他们在苏联时都有过做记者的经历。能创办一份属于自己报纸,是每一个人心中期盼已久的梦想。《镜子》一经发行就以其独具一格的文风和丰富多样的内容受到社会各界的广泛关注。半年后,报纸的发行范围从纽约扩大到了芝加哥、底特律、波士顿等城市。但经营报社的过程困难重重。最开始,《镜子》的赞助商拉里在确立报刊主题上就与编辑们发生重大分歧,他希望把报纸办成一份宣传犹太思想的专刊,面向所有从苏联逃离出来的难民,引领他们皈依犹太教,而多甫拉托夫和好友却想扩大报纸的读者群——面向所有说俄语的人。逐渐地,投资人对报社的资金支持力度不断减少；其次,《言与行》报纸的主编博戈柳博夫觊觎《镜子》日渐增长的声望,以高额稿酬和优厚待遇挖走大量专栏作家,并且不断诋毁多甫拉托夫及其同仁是"为苏联克格勃服务的人",使得《镜子》在短期内失去大量供稿者,稿源和声誉都受到极大的损害；最重要的原因其实在于,多甫拉托夫和他的同事对资本主义社会中市场的运作规则不甚了解,他们身上还遗留着浓厚的苏联时期的思维方式和习惯,把创办这份报纸当作一项"崇高的艺术活动",而不是"商业经营"。

很长一段时间,《镜子》的运营都是亏损的,日常开支完全依赖赞助商的支持,报社的所有工作人员也是免费劳动,对于他们来说,《镜子》是他们期盼已

[①] 《新美国人》的首刊于1980年2月8日在美国纽约发行,编辑部主要成员为谢·多甫拉托夫、博·梅特捷尔、阿·奥尔诺夫、叶·鲁宾等,详见Орлова, Александр; Шнеерсон, Мария: "Блеск и нищета Нового американца." Вестник (online). 15 May. 2002 // http://www.vestnik.com/issues/2002/0515/koi/orlova.html.

久的自由言论的平台,是争夺民主的胜利,是"奉若神明的孩子"(1,159),如果《镜子》变成了和香肠、鲱鱼一样的商品——这样的事实才令他们难以接受。最后,多甫拉托夫安排了一场意外的火灾宣告报社的终结。

对于多甫拉托夫本人来说,这段时期则是其文学事业的上升阶段。与苏联时期被压抑、被雪藏的经历相比,美国纽约的确帮助他实现了成为作家的梦想。先是他的小说被翻译成英文出版在美国著名杂志《纽约客》上,随后又接到美国和俄罗斯出版社的邀请,打算刊发他的其他作品。但多甫拉托夫等待这一时刻太久了,以至于他认为,无论怎样的结果都不能弥补那漫长的期盼和为此所做的牺牲。所以,当这一时刻真的到来时,他表现出异乎寻常的平静与淡定——"自然,我是满意的,但仍然比我预想的程度要低一些"(1,160)。

20世纪60年代在苏联时,多甫拉托夫认为自己是一个怀揣远大抱负与才能的作家,严格的书刊检查制度虽然截断了小说与读者见面的通道,但却给予了他"幻想自己是个不被认可的天才"的权利。他曾以为获得了自由就能写出"《哈姆雷特》之类的东西",而当他来到西方后,才发现自己并不是天才,那些幻想破灭了。多甫拉托夫无论获得怎样的荣誉,都无法彻底治愈他的忧郁。他始终认为,作为一个用俄语写作的作家,他真正的读者在大洋彼岸的俄罗斯。而此时身在美国的他,却永远失去了祖国,失去了写作的对象和动力,这一事实无时无刻不在令他饱受折磨。"写些关于俄罗斯的东西给美国人看?还是写些美国的东西给俄罗斯人看?"(1,171)结果是写给自己看,就像照镜子一样。多甫拉托夫在美国的生活依然充满忧郁与迷茫,"钱总是很快就花光了,孤独却无休无止……"(1,139)

3.回望与反思:两个时空的对话

《手艺活》与多甫拉托夫的其他小说一样,是一部拟自传体小说。他采用伪纪实主义手法,把自己的真实经历同虚构融为一体,模糊真与假的界限,混淆现实与虚构的存在。而自传体小说的本质是反思,无论《手艺活》中有多少虚构的成分,都无法改变其对个人生命历程反思的本质。多甫拉托夫一直在追求自由,无论是创作自由还是人格自由。他曾以为在苏联一切痛苦都源于自由的缺失,可当他得到所谓的自由时,却发现自己仍然忧郁,于是他转向反思,反思自由的本质,反思人之忧郁的根源。多甫拉托夫的反思建立在两个时空的对话基础之上,苏联时空是作者对"自由在何处"的追问,而美国时空则是对追问的回答,"问—答"模式是对话性的原型,而需要指出的是,多甫拉托夫在小说中并未构建显性的问—答机制,而是将问题和答案隐藏在叙事过程中,构成隐性的对话关系。

在《看不见的书》的结尾,多甫拉托夫两次感叹:"没有出路了"(1,94)。但随即,他又做了一个"淡化冲突"的处理,他说:"我甚至想感谢这些暗中的力量,因为他们,我获得了极大的荣幸——为我唯一的挚爱而受苦!"(1,94)虽然,这句话中透露出些无奈与讽刺,但从客观上来讲,多甫拉托夫的确对曾经"折磨"过他的祖国仍然心存怀念,他曾说:"纵然如此,但俄罗斯,你仍是我心中最珍贵的地方"(1,278)。如果说,他曾经憎恨过扼杀他作品的苏联官方,那么此时,他已经彻底包容了她,甚至感激她。一方面,苏联生活为题材是多甫拉托夫在美国时期的创作中的重要组成部分,如《我们一家人》(1983)、《保护区》(1983)、《手提箱》(1986)等作品,都是围绕苏联时期作者的生活经历展开,苏联时期的点滴记忆成为支撑多甫拉托夫创作的基石,甚至苏联严酷的书刊检查制度也从一个束缚创作自由的刽子手转变为小说的情节主线而走进了他的多部小说。最典型的例子就是《看不见的书》,那些被克格勃查封的书我们已经看不到了,而"克格勃查封书"这件事情本身成为小说的主要情节,这部小说于1978被翻译成英文在美国单独发表,获得很大的关注,这也是多甫拉托夫在美国出版的第一部小说。

另一方面,多甫拉托夫同其身边其他苏联侨民已经在不知不觉中适应了苏联的思维模式和习惯,当初之所以选择移民美国,只是为了争取一个自由民主的创作环境,可以算作是为艺术而移民,当他们来到美国后才逐渐发现,"周围全是民主,而我们自己却在囚牢里"(1,142)。理想与现实的错位使得多甫拉托夫更加怀念在祖国的日子。因此,他对苏联复杂的感情促使他不断回望历史,对比苏联生活和美国生活究竟有什么不同。这也构成了两个时空发生对话的情感基础。

巴赫金说:"一切都归结于对话,归结于对话式的对立,这是一切的中心。一切都是手段,对话才是目的。单一的声音,什么也结束不了,什么也解决不了。两个声音才是生命的最低条件,生存的最低条件"①。对话的目的是探寻真理,而对话的结果也使人们更加接近真理。因此,多甫拉托夫舍弃了对苏联时空和美国时空的非此即彼的选择,而是让它们在小说中对话共存。小说中苏联时空和美国时空处于平行位置,作者给予它们平等的对话权利。多甫拉托夫既肯定二者的差异——两种不同体制下的社会,同时也指出二者的共性——生活在两种社会体制下人的精神忧郁的本质没有改变,从而否定了"孰

---

① 巴赫金著,白春仁、小河译:《诗学与访谈》,载《巴赫金全集》河北教育出版社1998年版。

优孰劣"的绝对对立关系。他借用小说文本搭建一个平台,让两种"正在斗争"的体制发生对话,这本身就是一种亦此亦彼的多元共存思想。

此外,他在"自由王国在哪里?"这个问题的回答上,既放弃了对苏联专制制度的批判,也选择放弃对民主自由的资本主义两面性的批判,即从根本上放弃对政治意识形态本身的批判,转而从外部世界转向对人自身的内部批判。

多甫拉托夫认为,人要获得终极幸福——也就是灵魂上的安宁与自由不能幻想依靠某一种社会制度,从一个时空逃离到另一个时空,不断地寻找却不断地迷失,最根本的途径应该从自身入手,去寻找通往自由王国的道路,精神上的自由才是真正的自由。对任何一种外部世界存在的意识形态的盲目追随与信赖都是危险的。在《看不见的报纸》中,他对在苏联像他一样仍然对美国的自由民主充满向往的年轻作家说:"知道吗,美国不是天堂。其实,这里什么都有——一切坏的和好的事物。因为自由是没有意识形态的。自由对好的和坏的事物来说同样适用。自由——就像冷漠的月亮,既给猛兽照路,也给猎物照路"(1,170)。来到美国之后,多甫拉托夫对自由的理解更加全面、深刻,他既看到了自由的无私,也看到了自由的盲目。这既是多甫拉托夫对苏联年轻作家的告诫,也是他与年轻时自己的对话,是对人生之路的反思。

《手艺活》是一部关于寻找自由,并在自由里迷失的小说。多甫拉托夫通过对称结构文本的构建实现了苏联时空与美国时空的遥远对话,揭示在两种时空下所产生的别样生命体验。小说中不仅呈现了两个意识形态时空之间的对话,同时也表现出人的理想世界与现实世界的不断交锋与碰撞。该小说以苏联第三次移民浪潮中乔迁者的故事为依托,生动刻画流亡者在特殊的历史语境下所面临的两难选择。俄罗斯是有着独特的乔迁历史的国家,"俄罗斯的侨民文学是世界文学史中一道独特的风景"①。当国内的社会、历史条件无法给予人们足够的自由和权利之时,移民——往往成为不得已的选择。对西方和欧洲世界的盲目崇拜与偏信注定成为移民者的二次灾难。多甫拉托夫的这部小说恰恰为人们厘清了自由的本质——自由与幸福并非永远同步,无论身处何种时间和空间之下,忧郁都如影随形,因为"天堂的实质就是我们所没有的东西"(1,135)。而人无论身处何时、何地都不可能只有所得而不有所失。因此,忧郁将与人永生共存。同时,生活的继续需要不断忧郁进行抗争,多甫拉托夫采用的是一种以幽默对抗忧郁的策略,小说中随处可见的幽默对话和

---

① 刘文飞:《20世纪的俄罗斯文艺学》,《文艺理论批评》2006年第8期,第15页。

插入型结构的笑话为小说营造了一种忧中带喜的氛围,在这个矛盾体中,读者既对生命中的悲剧因素有所认知,又从中汲取力量来对抗这种悲剧性。这也是多甫拉托夫透过两个对话的时空所诠释的生命哲学和处世观。

多甫拉托的伪纪实主义小说不仅在内容上融合了真实与虚构的悖论,同时,在艺术形式上也体现出悖论的结构特征。总体来说,多甫拉托夫伪纪实主义小说结构上的悖论性体现在两个方面:1.多甫拉托夫多次在叙述中声称出对叙事结构、形式的满不在乎,但另一方面,我们对其小说文本结构的分析又证明了作家对结构布局的精心设计,即其"所言"与"所行"之间矛盾;2.纪实文本与小说文本的杂糅。以这两个方面为纲要,我们分别对多甫拉托夫小说文本内部的结构规律进行探究,并对作家双文体叙事结构作品《营区》和《妥协》,以及多文体杂糅叙事结构作品《手艺活》进行了实例分析。

通过本章的论述我们发现,短篇小说环(short story cycle)是多甫拉托夫伪纪实主义小说主要的结构形态。《妥协》《营区》《我们一家人》《手提箱》《手艺活》等的作家作品都具有短篇小说环的结构特征。短篇小说环在本质上是一种悖论性结构,作为构成成分的各个短篇小说既是完整、独立的,又同时与其他短篇小说存在联系。而小说的主旨也不能单靠某一篇或几篇短篇小说来诠释,而是需要各个短篇小说构成有机的统一体来共同呈现出来。此结构上的悖论性一方面与伪纪实主义小说的本质精神相呼应,同时也有利于多甫拉托夫揭示其小说的主题思想:世界是荒诞的。荒诞本是非理性、缺乏逻辑的。而在短篇小说系列框架内,作为构成部分的每一个短篇小说有效地切断了日常事件之间的内部联系,其碎片化的方式恰恰呈现出日常生活之中荒诞的普遍性及其规律性。

多甫拉托夫对结构的精心设计还表现在,他能够把独立的短篇小说重组为结构紧实的系列化中篇小说。他常用的手法为加边框和加入"嵌入式文本"(вставки)。作为文本边框的故事开端对于确立读者与作品的关系发挥重要作用,它决定了读者对作品接受的方向。而对于伪纪实主义小说的叙事结构来说,开端或结尾往往成为建构小说话语真实性的关键地方,它也是读者最终将如何理解、接受文本的重要依据。此外,多甫拉托夫通过对小的、封闭空间的描写,来隐喻和观照整个世界的图景。

就纪实文体和小说文本相结合的双文体结构而言,小说《营区》和《妥协》为最典型的例证。小说《营区》由书信和日记两种混合的文体构成,在形式上具有实验性。一方面,多甫拉托夫创造一个完全虚构的文书,增强小说的纪实性;另一方面,多甫拉托夫将两个完全对立的时空平行放置于同一个文本之下,极大地拉伸了小说叙事时间的跨度,也增强了文本的情节张力。

《妥协》是新闻加短篇小说的双文体叙事模式。每一则新闻都是正文小说的一个"引子",它们构成正文故事情节的一个开端或者结尾,不仅使小说在情节逻辑上更加完整、缜密,也极大地增强叙事情境的纪实氛围。多甫拉托夫不仅利用这些虚构或半虚构的"剪报"来满足情节需要,从另一方面来讲,这一伪纪实主义结构还在每一个短篇小说的文本中实现了独特的二元叙事模式。构成"假象(新闻)—事实(生活)"的叙事模式。它们贯穿于全部的十二个短篇小说当中,每一个叙事序列的讲述都是对小说主题的一次揭示与强化。

《手艺活》中多甫拉托夫通过对称结构文本的构建实现了苏联时空与美国时空的遥远对话,揭示在两种时空下所产生的不同生命体验。小说中不仅呈现了两个意识形态时空之间的对话,同时也表现出人的理想世界与现实世界的不断交锋与碰撞。

综上所述,多甫拉托的伪纪实主义小说不仅在内容上融合了真实与虚构的悖论,同时,在艺术形式上也体现出悖论式的结构特征。应当说,无论从何种角度去看,多甫拉托夫对小说结构的评价都只是一种"托辞",是他把小说文本的结构伪装成自然、原始、真实形式的惯用手法。也可以说,是伪纪实主义手法在小说文本结构构建方面的体现。由此,多甫拉托夫的小说具有高度的结构化与模式化特征,小说文本的内容容量也被大大地延展。

第四章　多甫拉托夫伪纪实主义叙事中的人物形象

多甫拉托夫小说中对人物形象的塑造同样体现出伪纪实主义的艺术特性。对一连串真名真姓的人的纪实描写构成了多甫拉托夫小说中别具特色的"人物长廊"。然而，当人物原型在小说中看到"自己"时，他们的反应不尽相同。如我们在序言中所提到的，激烈反对者有之，急忙与人物撇清关系者有之，一笑而过者有之，感激作者的艺术创作者亦有之。那么，多甫拉托夫小说中的人物形象究竟是什么样的？他们具有怎样的性格及行为特征？是否可以类型化？又属于何种类型？与现实生活中的他们相比，作家究竟在哪些方面实施了艺术化的手法呢？上述这些问题，我们将在本章进行探讨。

第一节　人物塑造手法概述

塑造人物形象的问题历来是文学创作中的一个至关重要的问题。苏联文学界"无冲突论"风行之时，就出现过描写"理想人物""理想典型"的观点。如1952年《真理报》的一篇文章所说："确实有一些评论家要求艺术作品只反映理想的典型。"[①]1954年7月，教师普罗托波波娃在《共青团真理报》上发表题为《正面人物的力量》一文说："一个作家有责任把苏联青少年身上极其可贵的性格特征，通过有血有肉的形象展示出来，履行这样的职责是功德无量的。文学有责任运用艺术概括的力量把理想人物的形象变成大家的财

[①] 《真理报》1952年4月7日。转引自雷成德主编：《苏联文学史》，辽宁人民出版社1988年版，第431页。

富。"① 塑造理想人物的形象曾经是苏联文学的重要任务之一。的确,不少苏联作家都将目光集中在塑造完美、理想的人物形象之上,不顾现实生活中的实际情形,而将自己小说中的人物塑造成为能够克服人性弱点、具有一切正面品质,但却着实脱离了现实生活的形象。

在多甫拉托夫的小说中,这一类型,即"理想型"人物也曾出现。《妥协》中的新闻剪报里,读者可以看到以官方话语立场出发所呈现出来的"理想的"苏联人。例如出生于和睦的家庭,成绩优异,准备攻读研究生,热爱体育,具有坚韧、耐力和严格的纪律性,并且对未来有明确的目标的季伊娜·卡鲁;打破全苏挤奶记录的爱沙尼亚女工琳达·佩伊普斯;被誉为"爱沙尼亚人民忠诚的儿子"和"社会主义劳动英雄"的前电视台台长胡别尔特·伊利韦斯等。但多甫拉托夫以反讽的手法在剪报之后的短篇小说中对他们所谓"理想的"形象予以解构。的确,多甫拉托夫对"理想的"人物形象并无好感,准确地说是持有怀疑态度。对苏联文学中粉饰现实、全面讴歌的写作方式也怀着批判的眼光:

"您是否想过,社会主义艺术近似于魔法。它就像是古人进行仪式和膜拜时的画像。以为在山崖上画下北美野牛,晚上就能获得烧烤佳肴。官员们也这样幻想社会主义艺术。如果描写某些正面的东西,那么一切就都会变好。而如果描写负面的东西,那么情况就会相反。如果把斯达汉诺夫的功绩画出来,那么所有的人就都会好好工作。等等。

想想那些地铁里的马赛克图案吧。蔬菜、水果、家禽……格鲁吉亚人、立陶宛人、亚美尼亚人……大个头、小个头的长角的牲畜……所有这些都是北美野牛!……"(2,131)

在多甫拉托夫小说中的人物形象与同时代的苏联主流文学即社会主义现实主义文学中的人物形象相比呈现出很大的不同。大多数的评论者将多甫拉托夫小说中的人物形象称为"反英雄"。"反英雄"一词似乎总是处于"英雄"人物的对立面,他们与社会传统及常规格格不入,行为特立独行,表现出鲜明的个人主义诉求与自我表现的愿望。但我们认为,多甫拉托夫并非要把自己的主人公作为某种突出的"异类"来描写,一味地给人物贴上标签,使之与普通人区分开来。多甫拉托夫的艺术理念更为深邃。他一方面要为世俗眼中的"英

---

① 北京大学俄语系俄罗斯苏联文学研究室编译:《关于〈解冻〉及其思潮》,北京大学出版社1982年版,第296-297页。

雄"脱冕，使之走下神坛，走到百姓中间；另一方面更要为边缘化的社会人物"正名"。多甫拉托夫认为，他们身上所有有悖于社会主流价值观念的地方都只是他们的"特点"而已，他们是不一样的"那一个"。换言之，在多甫拉托夫看来，"不同"与"不好"是两个概念，不应该用单一的、充满主观色彩的伦理标尺去衡量他者的价值。

一、民主原则

如此，多甫拉托夫在对人物的审美上坚持"民主"原则。布罗茨基评价说："这个人说话就像和彼此平等的人一起，谈论关于平等的话题：他没有从上往下或从下往上地看人，而似乎是从旁观者平视的角度。"① 而阿利耶夫则直接用"民主的定位"②（демократическая ориентация）来形容多甫拉托夫对主人公的评价立场。在高度集权的政治体制下，为意识形态所控制的苏联社会主义现实主义文学也不可避免地出现了文学创作的政治化倾向，"高、大、全"的理想型小说人物一度层出不穷。而于20世纪40年代出生，被称作"七十年代人"的多甫拉托夫等作家的青年时期与赫鲁晓夫的"解冻"政策不期而遇，他们因此得以接触到大量20世纪的世界文学作品，"首先就是雷马克、海明威、加西亚·马尔克斯和卡夫卡的作品，这些作品在五六十年代引起了一阵巨大的模仿浪潮。"③ 多甫拉托夫的创作思想显然也深受西方自由主义与个人主义的浸染，他逐渐走向了与苏联官方文学背道而驰的道路。"多甫拉托夫的主人公与那些构成社会主义现实主义'生产小说'中的人物之生活意义的一切均格格不入，尽管他的主人公也工作在地铁建设工地上，在苏维埃神话中，地铁工地是一个表现劳动功绩的传统场所。"④ 多甫拉托夫写作中的民主思想集中体现在他反对对人评价时粗暴的"二分法"，他曾说：

> "在这部中篇小说（《妥协》，笔者注）里没有天使，也没有魔鬼……没有罪人也没有圣人。当然生活中他们也不存在。我已经观察多年了……
> ……

---

① Бродский И. А., О Сереже Довлатове // Петрополь. 1994. № 5. С. 140.
② Арьев А. Ю., История рассказчика Довлатова Е. (под ред.), 2001. С. 42.
③ 阿格诺索夫著，刘文飞、陈方译：《俄罗斯侨民文学史》，人民文学出版社2004年版，第642页。
④ 同上，第648页。

我早就不把人分为正面的和负面的了。文学主人公更是如此。除此以外,我也不相信罪过以后一定是忏悔,而功绩之后一定是享乐。我们是自己所感受到的样子。"(1,264)

小说《营区》中,多甫拉托夫再次重申了他的这一观点:

"我认为,把人分为好人和坏人是非常愚蠢的。同样——分为党员、非党员。恶棍与圣人。甚至男人和女人。

人在环境的作用下剧烈地变化。"(2,46)

处于不同社会环境下的人会做出不同的选择,偶然性事件也会影响人的行为。因此,多甫拉托夫认为生活中不存在完全的善人,也不存在十足的恶人。而作为作家,他的任务便是借用艺术手法创造出拥有个性、体现出多元价值观的人物形象,而非扎米亚金笔下行为、思想、甚至连人的本能都被严密控制、整齐划一的群体化个体"我们"。多甫拉托夫的思想克服了俄罗斯民族性格中的极端性,他认为"反苏者"与"苏维埃分子"是一样的,如同"反犹太者"与"犹太复国运动者"是一样的,它们虽然都打着反对或支持某一立场的口号,是看似对立、矛盾的两派,却往往因彼此选择的极端性与观念中的狭隘主义而走向了同一。

二、侧重个性描写

在多甫拉托夫的伪纪实主义小说中,他将观察视角锁定在作家身边的"熟人"身上,既有他的家人,也有他工作和生活中的朋友。多甫拉托夫并没有把他们原封不动地搬到小说中来,而是对他们的形象进行不断地丰富、变形,使得他们成为既包含现实的因素又有虚构想象成分的伪纪实主义人物。

《手艺活》中,多甫拉托夫以高度纪实的视角一一描述了大量彼得格勒"桀骜不驯的、刚刚起步的作家,愤愤不平的艺术家和革命派的音乐家"(3,29),以及移民纽约的苏联知识分子。而多甫拉托夫对人物的描写并非离散,而是往往依托自己的人生经历,也就是说,以自己的人生经历为时间轴,梳理在这一人生阶段他所遇见的人物。我们在上文曾提到过,20世纪六十年代,多甫拉托夫曾加入列宁格勒非官方文学组织"城市人",在该部小说中多甫拉托夫逐一介绍了"城市人"四位成员的性格特点:

这个人人平等的组织的非公开的领导者是瓦赫金。勇敢、充满活力的鲍里斯太过自恋。

他行为方式里过多的戏剧性有时会引人发笑。但是——是秘密的笑。公开的笑是不允许的。甚至毒舌的奈曼对他都礼让三分。

然后我才得知,瓦赫金早就知道自己的弱点了。他经常自我讽刺。而这一点——是毫无争辩的智慧的标志。

……

古宾则是另一种气质的人。虚构家、骗子、脱离生活、虚构人物的作家。他的事业起步顺利,人也很幸运。但很快,他就吃老本了。遭遇了很长一段时间痛苦的逆境。古宾,我认为,他屈服了。放弃了文学实践。现在,他是列宁格勒天然气公司的官员,还如往常一样的恭敬、善良、喜悦。而这一切的背后都有一种戏剧感。

……

玛拉姆辛现在是名人了,住在巴黎,创办《回声》杂志。

我们认识时,他已经是一个出了名的爱吵架的人。勇敢、有才华、精打细算的玛拉姆辛,我相信,他早已朝着自己既定的目标前行了。

出其不意的清晰感与准确性装饰着他那出色的、有些做作的小说:

"我不祈求自由。我要自由干什么呢?更何况,我认为,我有自由……"

需要强调的是,这是在他移民之前写的。

……

叶菲莫夫很难描写。伊戈尔做了很多准备,以使各种关于自己的话题都很难进行下去。尝试谈谈他时,你会想起一些中规中矩的性格特点:

"诚实、有原则、道德立场坚定……享有盛誉……"

叶菲莫夫——一个不太开朗的人。他的书,甚至手稿都不能完全反映他的性格。……

我认为叶菲莫夫——列宁格勒最有希望的人。

如果不算上布罗茨基的话……(3,25-29)

多甫拉托夫对"城市人"四位成员的描述主要从他们与众不同的特征入手,突出每一个人物的鲜明个性。同时,叙述话语中也包含了调侃、温和讽刺的口吻,不时流露出作家对友人的关心、期望、赞许等心情。此外,多甫拉托夫对人物的描写是类型化的,他习惯于用"分门别类"的眼光来看待身边的人,从他们的个性入手走进他们的性格。关于这一点,我们也可以在多甫拉托夫小说中多次对人的类型的划分看出来。

《保护区》中多甫拉托夫把游客分为几个类型:

> 里加来的游客——最有教养。无论说什么,他们都是点头、微笑。如果提问题,也是有关公务的。普希金有多少个农奴?米哈伊尔村的收入如何?修葺主人房子的费用谁来承担?
>
> 高加索人完全是另一个样子。他们完全不听你的讲解。自顾自地交谈、大笑。在去特里高尔村的路上,他们含情脉脉地看着羊群。显然,跟他们所预想的烤羊肉还有是距离的。如果提问题,那么完全是令人意想不到的。比如说:"普希金和莱蒙托夫因为什么而决斗?"
>
> 至于俄罗斯人,则还需要再细分。给工人的讲解要简短、简单。对有职务的人要更认真一些。在他们中间有时会遇到非常博学的人。
>
> 知识分子更挑剔和狡猾。在准备旅行之前,他们会仔细研究费用问题。……(2,233-234)

《妥协》中多甫拉托夫把记者分为几种类型:

> 在记者工作里每一个人只允许做一种事情。一种破坏社会主义道德原则的事情。也就是说,一种人可以喝酒。另一种人可以耍赖。第三种人可以说政治笑话。第四种人——可以是犹太人。第五种人——非党员。第六种人——过非道德的生活。等等。但每一个人,再重复一遍,只能干一种事情。不能既是酒鬼又是犹太人。既是流氓又不是党员……(1,381)

《看不见的报纸》(《手艺活》的第二部分)中多甫拉托夫把移民分为几大类型:

> 我们的移民者大致可以分为三个派别。甚至是四派:政治派、经济派、艺术派、冒险派。
>
> 政治派在这里感觉不错。特别是这些专业好的。例如医生、工程师、知名学者、高级技工。要知道持不同政见——并不是职业。
>
> ……
>
> 经济派的人在这里也不会抱怨。因为他们得到了物质上的利益。简而言之,他们想生活得更好。忘记贫穷、通心粉、假皮夹克和有毒的酒精。

……

简言之，他们也获得了自己想要的东西。很多人很快便找到了辛苦但收入不菲的工作。比如说，开出租车。更有追求一点的人开办了自己的实业。

冒险派的人永远不知足。他们来到美国实属偶然。有的人跟妻子吵架了便跑了出来。有些人想听迪兹·吉莱斯皮①。或者，有人只是想从摩天大楼上往哈得孙河里吐吐沫。

……

我们和朋友们属于艺术派。我们是有着创作天分的人：作家、画家、编辑、文艺理论家、记者。我们为寻找创作自由而来。我们很多人都是有明确的意识而这么做的。尽管也不是所有人。（3，146-148）

多甫拉托夫小说中人物数量众多，但他们的形象却没有流于模式化、简单化的机械复制。作者充分肯定每一个人物（更何况也是每一个现实生活中的人）的存在价值，从鲜明的个性特征入手，取其与众不同之处做艺术化处理。此外，多甫拉托夫的伪纪实主义技法选取现实生活中实实在在的真人作为自己描写塑造的对象，从读者的角度来看，这在很大程度上弱化了作者艺术手法的地位，而突出"现实生活中人的原貌本就是如此"的观念。但事实上，如格尼斯所说："多甫拉托夫把他的人物向前推进了一步。"②伪纪实主义的手法把人物的个性价值放大，增强其幽默、讽刺或调侃等艺术的审美维度，大大扩展了人物形象的美学内涵。但由于伪纪实主义技法的先锋性与实验性，并非所有被写入小说、遭遇变形了的人物原型都能够理解作者的艺术思想。因此，对于伪纪实主义小说中人物形象的理解也呈现出两极化的态势。

第二节　小说人物与原型的关系

多甫拉托夫对现实生活中的人进行艺术化改写是伪纪实主义叙事的重要内容。而作家对现实之人的具体改写策略则与他的写作任务、创作灵感以及

---

① 迪兹·吉莱斯皮（Dizzy Gillespie，1917—1993）美国爵士小号演奏家。
② Генис А. А. Довлатов и окрестности. М.: Вагриус, 2011. С. 31.

审美思考有着密切的关系。对比现实之人与小说中的形象,我们总会发现,作家在某些地方做了加强,某些方面做了篡改,某些地方又进行了"醉态"或"幽默化"变形等等。而经过艺术加工发生变形了的现实之人对小说文本中的自己的态度褒贬不一,有时甚至引发激烈的争执。

《妥协》中多甫拉托夫描述了一个形象鲜明的人物形象,现代版"多余人"——艾力克·布什。布什出身知识分子家庭,具有贵族血统,是《苏维埃爱沙尼亚报》的编外记者,也是多甫拉托夫的同事。根据小说的叙述,多甫拉托夫为躲避债务及家庭矛盾而逃亡逃往塔林工作,初到塔林时便寄住在布什家中。小说中作者这样描述道:

> 一个三十岁左右的男人从压变形的沙发上站起身来。他有一张黝黑的、刚毅的美国电影演员的面孔。优质的进口皮夹克上装饰着石竹花。矮袜皮鞋擦得锃亮。在堆满杂物的房间的背景下,艾力克·布什就像一个星外来客。(1,384)

初次见面的布什就给多甫拉托夫留下了非同一般的印象。他的身上有着犬儒主义的自由不羁与难以预知的非理性。布什不仅批判现存秩序,对书本上的历史也持反对态度。

> "他常说,免费医疗是不存在的。他也怀疑,苏联在航空领域的优势地位是虚构的。三杯酒下肚,布什大吼道:
> '加加林没有上天!季托夫也没有上天!……所有苏联的火箭——都是装满粘土的巨型罐头盒……'"(1,386)

布什在多甫拉托夫的笔下具有疯癫的"破坏者"形象,以他的性格本不应该在党报机构担任记者,但布什却偏偏当上了记者。在来到党报工作之前,布什曾在外省的报社工作,但很快他厌倦了偏僻闭塞的环境。布什的写作风格具有德国表现主义倾向,起初在党报的工作也比较顺利。不久他便千方百计地想要成为编内人员。而他的理由不无荒诞色彩:"为了推翻现有制度,我应当成为它其中的一根柱子。这样整个建筑物都会摇晃起来。"(1,388)性格中带有"暴动因子"的布什最终没能进入党报的体制内:在一次编辑部的酒会上,布什对上级的抱怨越积越多,最后借着酒劲闹起事来,随后被报社开除。但多甫拉托夫始终关注着布什的命运,在他最落魄之时,多甫拉托夫也曾给予他物质上的帮助。最后当多甫拉托夫将要离开塔林返回列宁格勒时,布什出人意料地出现在火车站,反叛、自我、冲动的布什此刻也流露出温情的一面。

多甫拉托夫对布什形象的刻画应当说在大体上遵循了现实生活中的事实。在这里我们不妨引用一下多甫拉托夫好友的回忆录,从他们的评价中来验证伪纪实主义叙述与现实的关系。伊·斯库里斯卡娅曾说:"现实生活中的布什当然会非常满意自己的形象。如果我在自己的书中描写他,我会把他写成另一个模样。布什拥有恶魔般的美貌和浅灰色的眼睛。……我认为布什应该非常感谢谢廖沙(对多甫拉托夫的昵称,笔者注),因为他把他描写得如此善良、可爱。我甚至不确定他本人与这个形象是完全符合的。"[1]根据米·罗金斯基的回忆:"他中等个头,非常瘦,异常帅气。布什有一双炯炯有神的眼睛:只要他一个眼神,任何一个女人都会立刻浑身无力。我认为,他有轻微的口吃。布什有一个特点:他非常痴迷于各种历史故事。当我们住在一个宿舍时,我们都在讨论俄罗斯王朝的命运。"[2]

而根据上述人物的口述回忆,我们同样可以注意到以下特点。首先,多甫拉托夫在小说中着力刻画布什"多余人"的特点,使他身上带有了俄罗斯文学中经典"多余人"形象上"善于辞令"的特质,而对其"口吃"的缺陷予以隐藏。其次,多甫拉托夫对于布什的刻画虽然拥有大量的事实作为基础,但毋庸置疑的是,他截取了生活中布什形象的片段,伪纪实地塑造了小说人物"布什"的形象。于是,就诞生了这个"既是布什,又不是布什"的艺术形象。再次,存在这样一种可能,即读者,尤其是亲历或目击了事件过程的读者,在回忆时难免受到小说情节的影响,即受到小说叙述导向的作用而认同了小说情节中所设定的人物形象。例如,我们清楚地看到,在小说中,多甫拉托夫曾写道:"同事们对布什另眼相看。尤其是年纪稍大些的女士。一看见他,她们就开始窃窃私语,脸也变红了。"(1,388)而在数十年后的采访中,米·罗金斯基也用到了类似意思的表述:"只要他一个眼神,任何一个女人都会立刻浑身无力。"[3]

伪纪实主义叙事呈现出的所谓的"事实"实际上是与事实有着千丝万缕的联系的虚构,它们是经过作家的审美作用、过滤后的艺术文本,是创作现象与结果。但伪纪实主义叙事艺术的力量在于,它不仅来源于生活,更拥有影响生活、甚至改变生活的效果。诚如莱茵所说:"我现在已经很难将事实情况与整

---

[1] Ковалова А., Лурье Л. Довлатов. СПб.: Амфора, 2009. С. 206.
[2] Там же, С. 207.
[3] Там же.

个小说文本区分开来了。但这里揭示了多甫拉托夫的一个创作机制。在动笔写小说之前他花很长时间去塑造形象,表演性地给现实增添材料。"①

当然,伪纪实主义对人物形象的改写、变形也不可避免地遭遇了人物原型的斥责与反对。在序言中我们曾提到多甫拉托夫的前妻对于作者伪纪实主义的指责。而在本节,我们详细讨论另一位小说中的人物原型对自己形象的理解与看法。他就是《妥协》里的另一个人物:记者克连斯基。

在回忆录中,克连斯基指出:"《妥协》里关于我的描写没有一句是真的。……但问题不在于多甫拉托夫没有把我描写成我本来的样子。我认为,在任何一种情况下,在自己的作品里让人物以其生活中的真实姓名出现都是非道德的——无论你写的是否是事实。我的姓名只属于我自己,任何一个作家,无论你是多甫拉托夫还是列夫·托尔斯泰——都没有权利使用他人的姓名。"②那么,小说中,克连斯基到底是什么样的一个人呢?

小说里的克连斯基是多甫拉托夫在报社的同事,多甫拉托夫用"总之,我们相处得不错"来形容他与克连斯基以及另一位同事沙博林斯基之间的关系。三人在编辑部与其他同事迥异。是什么是他们走到了一起呢?多甫拉托夫认为:"是对官方报社工作轻微的反感。某种健康的犬儒主义,它帮助我们逃离刺耳的词语……"(1,265)在《妥协》这部小说中,克连斯基是一个"对镀金领带夹情有独钟和带着仿琥珀大烟嘴"的人,正是因为这一外形特征,他被很多人熟知。(1,264)随后,根据小说的叙述,克连斯基的一位女性朋友从德文斯克(拉脱维亚的城市)来到他家中做客,她的名字叫阿拉。这是一个行为轻佻、满嘴谎言的女孩。然而多甫拉托夫对她的态度也是包容的,他说:"非功利性的撒谎不是谎言,是诗歌。"(1,267-268)一次聚会之后,克连斯基就因公务出差了。而阿拉身无分文,为了帮助女孩筹点钱,多甫拉托夫想到了一个办法,那就是借给她做采访为由,付给她一定的费用。这样既不违反工作规定,又帮助阿拉解决燃眉之急。在那次聚会上,多甫拉托夫曾给克连斯基一个"特写":

> 然后,她(阿拉,笔者注)就和克连斯基单独呆在厨房里。而克连斯基拥有一个惊人的吸引女性的办法。这个办法就是,长时间地和她们交谈。不是谈论自己,而是谈论她们。无论他对她们说什么,哪怕是:"您倾

---

① Ковалова А., Лурье Л. Довлатов. СПб.: Амфора, 2009. С. 208.
② Там же, С. 199.

向于相信别人,在一定的程度上。"这个办法都会很奏效,无论对职业技术学校的女学生还是对经验丰富的电台女记者。(1,271)

基于上述描写,克连斯基对小说中自己的形象,准确地说是小说中名为"克连斯基"的人物形象非常不满意。或许是因为形象与现实生活中真实的自己反差太大,或许是因为克连斯基认为小说叙述中还是带有对其人格的侮辱和讽刺的成分。多甫拉托夫与克连斯基共同的好友谢·博戈夫斯基(С. Боговский)评价说:"克连斯基本质上是一个理想主义者和社会主义者。"正因为克连斯基性格如此,所以他习惯于接受苏联小说中传统的"理想型"人物形象,而对略带调侃、揶揄,甚至游戏式的书写风格极为不适。或许克连斯基未能理解伪纪实主义小说的本质是艺术性虚构小说,所以才会对小说中的艺术形象如此耿耿于怀。

伪纪实主义作家在创作中一方面获得丰富的事实材料和仍然可以对此虚构的自由,但另一方面,作家也面临着"危险、捕狼的陷阱"①。如苏西赫教授所说:"有经验的读者,好友、旧识,以及多甫拉托夫小说的人物都情愿或不情愿地被卷入'存在——非存在'的游戏之中。"②有的人对此感到荣幸、开心;而审美观或伦理观相对保守的人则愤怒,认为作家的行为不可原谅。这是伪纪实主义小说在诞生之日起就注定要遭遇的舆论漩涡,多甫拉托夫早就预知到了这一点,他也曾试图调整和改变。在给塔林杂志《彩虹》的信中,他还特地预先说明:"我尽量在即将发给你们的小说中不使用真名。"③后来,他又在《看不见的书》中加入几处更改,并做了口头声明(主要是涉及真名使用的地方)。但是这样的改变并没有持续太久,因为一旦改变,就意味着这已经是另外一种诗学和另外一本书了。况且多甫拉托夫常常在一个地方改动,在另一个或第三个地方却保留原文。那么,多甫拉托夫为什么会坚持使用伪纪实主义的技法而不顾舆论的压力呢?关于这一问题我们将在本书的第五章详细论述。但在本节,我们试图站在多甫拉托夫的立场,去理解作家的决定,并试图证明一点:多甫拉托夫从未故意借文学为武器来中伤现实生活中的任何人。他的创作初衷恰恰是为了"和谐世界"。

阿格诺索夫曾说:"作家有意拒绝生活导师的角色,他的任务就是来讲述

---

① Сухих И. Н. Сергей Довлатов: время, место, судьба. СПб.: Азбука, 2010. С. 67.
② Там же, С. 67.
③ Там же, С. 69.

一些有趣的、可笑的、感人的故事。这些故事能同时引起欢乐和忧伤。然而，多甫拉托夫却借此完成了一个崇高的使命，包括20世纪文学在内的整个俄罗斯文学都一直肩负着这样的使命，多甫拉托夫本人在与格兰德的交谈中，曾将这一使命定义为'让世界和谐化的一个尝试'。"①多甫拉托夫利用文学来弥补现实生活中的不完美，使之和谐、有序，但艺术世界中的和谐不是通过正面人物、事件的描写，对社会现实的讴歌或粉饰来实现的，而是通过幽默，即"笑"来实现。"笑"由此成为多甫拉托夫小说鲜明的特点和必不可少的艺术元素。他试图把人物幽默化，发现他们身上可笑的地方，并且不仅嘲笑他者，也嘲笑自己。"如果知道多甫拉托夫是如何对自己的缺点进行无情的批判的，那么你就不会生气了。"(1,12)多甫拉托夫在《手艺活》中曾指出：

"我对自己的同志们的态度是复杂的，爱他们，也可怜他们。当然，我也挖苦很多人。有时我也会组织私人聚会，但每次都会因为无聊而昏昏欲睡。当然了，这是假斯文来着，但我的确只能谈论文学。甚至关于女人的话题都会让我感到无聊至极。在对待朋友的态度上，我怀着爱、讽刺和同情。但首先是爱。"(3,53)

可见，多甫拉托夫并无意伤害任何人，当然，多甫拉托夫也很难说服每一位读者去接受自己的艺术见解。在友谊与艺术的两难选择之间，多甫拉托夫选择了后者。曾经有一位编辑如此评价多甫拉托夫："你小说中的人物——下流之人。如果主人公是下流的人，按照小说的逻辑，你应使他走向道德的深渊。或者遭到报应。而你小说里的下流之人——就是某种自然的存在，就像雨或雪一样……"(1,264)多甫拉托夫怀着爱而创作，即便是讽刺、揶揄，也是温和而友善的，是"善意的讽刺素描。某种友好的漫画。"②他恪守一个"纪实者"的本分，客观地讲述故事，从未对人物的行为进行主观的指责或评判。最后，我们认为，关于人物与原型之间的纠纷是一个"既老生常谈又常谈常新的争论"③但无论人物原型如何评价多甫拉托夫的创作手法，作家的初衷都是无可指摘的。

---

① 阿格诺索夫著，刘文飞，陈方译：《俄罗斯侨民文学史》，人民文学出版社2004年版，第649页。
② Сухих И. Н. Сергей Довлатов: время, место, судьба. СПб.: Азбука, 2010. С. 69.
③ Там же.

第三节　人物的"醉态"变形

多甫拉托夫笔下的小说人物多爱饮酒，他们在酒精的作用下，发生或多或少的"醉态"变形。而伏特加是俄罗斯人最熟悉的一种酒精饮料，它在俄罗斯具有悠久的历史。当年欧洲使者H. 史密斯在俄罗斯游历时，曾写下这样的评语："西方不会理解，伏特加意味着什么，以及伏特加在俄罗斯人生活中的作用。伏特加是无法替代的贿赂品，是逃离现实的手段。伏特加可以缓解压力，拉近人与人之间的距离。"①尼古拉二世时期，伏特加首次受到来自官方的压力。"工人阶级曾把酗酒视作阶级现象。"②十月革命胜利后，布尔什维克政权曾试图控制国内滥用酒精的态势，宣布酗酒违法。然而，这些办法并未收到良好的效果。五十到六十年代期间，伏特加由于其低廉的价格变为普通大众的日常消费品，酗酒人数极大增加。"七十年代，戒酒或者制造出对酗酒者的鄙视的气氛已经无法引起公众的注意，因为这一习惯成为某种'私人事件'，并且与社会主义意识形态无关。"③"酗酒成为生活中的无意识行为，几乎是不用反省和无法克服的。"④

苏联的这一社会现象在俄罗斯作家的小说中多次出现。最为人们所熟知的当属作家韦·叶罗费耶夫的后现代主义经典代表作《从莫斯科到彼图什基》。作家在小说中描绘出俄罗斯从知识分子到平民，可谓全国上下对于酒精的依赖："所有这些乌斯宾斯基们、帕米亚洛夫斯基们——他们要是不来上一杯根本一行字都写不出来！……绝望地喝酒！所有俄罗斯诚实的人！……直到我们这个时代也是一样！这样反复，日常生活里的恶性循环——掐得我喘不过气来！"⑤酗酒是俄罗斯真实的社会现象，它的普遍性、日常性已经到达了倘若文学中见不到它，那便不是真正地反映现实的地步。俄罗斯民族几百年来经历重重苦难，俄罗斯文学也被贴上了"苦难文学"的标签。而"借助酒精的

---

① Elýbieta TYSZKOWSKA-KASPRZAK, Гормония таится на дне бутылки. Мотив алкоголя в творчестве Сергея Довлатова // http://www.biblioteka.vpu.lt/zmogusirzodis/PDF/literaturologija/2005/tyszkowska-kasprzak.pdf.
② Сухих И. Н. Сергей Довлатов: время, место, судьба. СПб.: Азбука, 2010. С. 68.
③ Там же.
④ Дмитриева Т. Характер: русский. М.: Вагриус, 2000. С. 100.
⑤ Ерофеев В. Москва—Петушки. М.: Х.Т.С., 1997. С. 83.

力量来逃离现实痛苦"已经成为俄罗斯当代文学中常见的主题。除了叶罗费耶夫以外,弗·维索茨基、爱德华·利蒙诺夫、叶·波波夫、伊·克列赫等人的小说中都曾多次出现过酒鬼的形象或酗酒场景。在多甫拉托夫的作品里,大多数的人物角色也都爱喝酒——无论他的性格或社会地位如何:

"餐厅的吧台边大约有七八个人。两三个人靠着大厅的墙边坐着。这是旅游基地的工人、神经病医院的卫生员、木材采运公司的饲养员。而当地的知识分子则在另一个地方坐着喝酒——电影放映员、修复专家、表演游戏的人。"(2,319).

学者达·鲁多诺夫斯卡娅说:"他的小说文本中,几乎所有的行为都发生在饮酒之后或饮酒之时。情节发展是准备喝酒,高潮是狂饮,尾声是醒酒。"① 笔者认为,虽然这一观点有过于夸张之嫌,但它的确形象地描绘出"酒"在多甫拉托夫小说情节发展过程中的重要性。为了使研究更具说服力与科学性,我们以《妥协》和《保护区》两部小说为考察对象,使用数据库软件"antconc"对小说中涉及"饮酒"主题的关键词进行频率调查。统计结果如下表②:

表3 《妥协》中涉及"饮酒"主题的关键词频次

关键词	выпить	бутылка	вино	водка	пиво
频次	30	31	6	18	5

表4 《保护区》中涉及"饮酒"主题的关键词频次

关键词	выпить	бутылка	вино	водка	пиво
频次	18	25	13	12	8

此外,两部小说中,关于喝酒的场景时有出现:
《保护区》:

---

① Рудановская Д. Наброски к портрету // http://opankey.com/nabroski-k-portretu.
② 在此表格中,我们所列举的是各关键词的原形语法形式,但在实际搜索过程中,我们把每个关键词的相关词形变化都考虑了进去,所以得到的结果意味着每一个关键词各种词形变化下的频率总和。例如,在对关键词выпить进行考察时,我们在语料库软件中分别输入выпить、выпил、выпили、выпим等。

"管他的呢,我心想。两手抓起酒杯就喝了。然后沙沙地拨开糖纸。"

"晚上我去塔尼亚那里。为了壮胆,我喝了点酒。"

"他又喝了一杯酒。显然更气愤了。"

"这天我喝多了。我买了一瓶'莫斯科',一个人把它喝完了。"

"在此之前,我又喝了一点酒,然后我感觉好些了。关于酒精的危害写了几十本书。而关于它的好却没有一本。"

……

《妥协》:

"我们喝了酒,没有吃任何下酒菜。"

"还要第二杯吗?我们喝了酒,古津大口大口地吃菜。"

"古津从公文包里拿出朗姆酒。号召式地用它示意我。我们又喝了一顿。"

多甫拉托夫没有批评饮酒行为,而是把它描写成正常的、常规的日常现象。"这里有着俄罗斯文学永恒的伴侣——酒。人们喝得很多,也不问种类,喝到失去自我意识和产生幻觉。"(3,52)布罗茨基在一次访谈中也曾谈到这一话题:

沃尔科夫:"你们喝得凶吗?"

布罗茨基:"那还用说!"

沃尔科夫:"都喝什么酒呢?"

布罗茨基:"呃,有什么喝什么,因为并不是总有钱去买伏特加。"[①]

从波尔图葡萄酒、啤酒、白兰地、杜松子酒,到朗姆酒、威士忌、伏特加酒等,多甫拉托夫小说中的主人公对酒的种类似乎并没有特别的要求,如果他们在某一时刻需要酒精的麻痹,那么是什么酒已经不重要了。在多甫拉托夫的艺术世界里,酒精不仅是可以让人失去自主意识的液体,它已经超越物质的实在层面而具有了形而上的象征意义。

一、酒的象征意义

在多甫拉托夫的小说中,酒是兼具各种功能和修辞意义的文学意象。

[①] Волков С. Диалоги с Иосифом Бродским. М.: Независимая газета, 1998. С. 38.

首先，酒是主人公吐露真言的"催化剂"。《苏维埃爱沙尼亚报》编辑部为了庆祝塔林城市日，决定报道一篇主题为"第四十万个塔林市民的诞生"的新闻。于是，在塔林第四医院自编自导自演了一出"戏剧"。经过主编对新生儿父母身份、职业、民族、信仰等多方面的排查后，古津的孩子"荣誉当选"。但古津拒绝了报社给孩子指派的"列姆古特"这一名字。主编给多甫拉托夫施加很大压力，要求他必须说服古津。然而具有讽刺意味的是，当多甫拉托夫试探性地邀请古津去酒馆商量时，不料正中其意。随后，古津开怀畅饮，他们喝了伏特加和朗姆酒，微醺的古津答应了编辑部的要求，并向多甫拉托夫吐露酒后真言："我们的生活就像一场戏。"（1，297）"我虽然叫瓦洛佳，但又如何？我成为大人物了吗？我成了个酒鬼……应该取名为——酒鬼……"（1，299）

如格尼斯所说："在多甫拉托夫的小说中酒的作用非常重要，但它与其在生活中的作用相反：在小说中伏特加酒没有使主人公糊涂，它让他们更加清醒。"① 如我们上文提到，《妥协》中的此短篇小说是多甫拉托夫在真实新闻报刊基础上加以改编完成。对比原新闻稿我们也已经得知，"古津"不过是多甫拉托夫虚构出的人物形象。多甫拉托夫笔下，"酒鬼"父亲古津没有能力对抗官方的意志和决定，他必须接受官方给予的"荣誉"，答应他们的各种条件。多甫拉托夫以揭露幕后真相的方式对苏联官方的虚伪行为与谎言予以鞭挞。然而值得注意的是，正是在酒的催化下，古津袒露心事，说出对自我价值的冷静、客观的分析与评价。

其次，"醉"是一种超然的状态，意味着解脱、自由。小说主人公身上带有"酒神"精神，他们崇尚本能、非理性、激情与欢乐。因此，"酒"是主人公逃离现实困境的手段："酒可以让我与现实暂时和解。"报社摄影师日班科夫曾是艺术家，他亲自给赫鲁晓夫的妻子、吉斯卡尔（Жискар）②本人拍过照片。而现在，他却要去"拍奶牛"，为党报伪造的新闻添加图片。当多甫拉托夫对眼前所发生的一切感到荒诞、排斥时，日班科夫"传授"给他一个得以解脱的良方：

"米沙"，我说，"你有没有觉得所有这些都像发生在别人身上一样……好像这不是你……也不是我……这是某种愚蠢的话剧……而你只是观众……"

---

① Генис А. А. Довлатов и окрестности. М.: Вагриус, 2011. С. 230.
② 吉斯卡尔·德斯坦（Valéry René Marie Georges Giscard d'Éstaing, 1926—）1974 至 1981 年间曾出任法国总统。

"记得吗,我曾跟你说过,"日班科夫回答说:"不要去想。不要去想就好了。一旦去想——就会不想活下去。所有这些去想的人都是不幸福的……"

……

"应该怎么做?"

"不要去想。喝伏特加。"(2,363-364)

"突然,我想起一个拯救的计策。两杯马丁尼酒……而这荒唐的事要持续到什么时候?……瞬间,我惊恐地发现,这将是永远。"(1,44)

可见,酒精是多甫拉托夫的主人公抵制现实世界荒诞和混乱的手段。

再次,爱喝酒、甚至嗜酒如命的酒徒们在小说中并不是负面形象,而是正常的人物形象。甚至,"在多甫拉托夫的小说里,只有喝酒的人才是正常的人。""如果一个人不喝酒,也不工作——那才值得好好想一想。"(1,330)

《保护区》中,主人公阿利汉诺夫曾租住在索斯诺瓦村的酒鬼马尔科夫家中。而马尔科夫被评价为"整个保护区内唯一正常的人",虽然他"不停地喝酒,喝到令人吃惊的地步,喝到瘫痪和胡话连篇"。(2,220)但他同时又是"善良的,骨子里是一个知识分子。"(2,230)多甫拉托夫用充满怜爱与矛盾的心理描述了马尔科夫的生存状态:

他是什么样的一个个体,我至今也没明白。从外表上来看——荒谬的、善良的、不讲理的。有一天,他把两只猫挂在花楸树上。用钓鱼线倒挂着。

……

有一次我不小心把门从里面插上了。他就坐在楼梯上直到清晨,怕把我吵醒……

他是一个荒谬的人,不仅体现在自己善良中,也体现在自己的邪恶中。当面骂上级时只骂最后几个字。而从恩格斯的画像前走过时,他会摘下帽子。他没完没了地咒骂罗得西亚播音员扬娜·斯密特(Яна Смит)。然而却很喜爱和尊敬小酒馆的老板娘,尽管她每次都会对他说:"没钱可是不行的。规矩就是规矩。"(2,250)

当全村的人都不喜欢米哈伊尔·伊万内奇时,多甫拉托夫却表示无法判断他是一个什么样的人。多甫拉托夫并没有以公共的道德标准来评价这位房东,也没有将他武断地归类为"好人"或"坏人"的行列。因为,马尔科夫是一个复杂的个体,他的性格中既有积极的一面,也有消极的一面。值得注意的是,"马尔科夫"这个名字从头至尾都只从其他主人公的口中说出,多甫拉托夫对这位人物只用名字加父称的称呼方式,即米哈伊尔·伊万内奇。由此可见,多甫拉托夫从内心深处尊重每一个生命个体,对于公众所遗忘,甚至唾弃的边缘人,他则给予更多的人文关怀。他能够发现哪怕是众人眼中的"酒鬼"身上作为人的价值。

在多甫拉托夫的小说里,主人公们饮酒不仅有俄罗斯民族传统上的原因,更在于其所受到的心理状态的影响。离乡背井的苏联移民阿利汉诺夫、不被认可的艺术家日班科夫、偏远乡村无事可做的马尔科夫等,他们都通过酒精的麻痹来排遣精神上的痛苦。多甫拉托夫虽然并没有指责这一行为,但这并不意味着多甫拉托夫对酗酒持支持、鼓励或者赞赏的态度。我们只有看清作家真实生活中对"酒"的态度,才能真正发掘出小说中对主人公们"醉态化"的修辞作用。

现实生活中,多甫拉托夫也曾一度嗜酒成性,妻子对此十分不满,这在他的小说中也有体现。但多甫拉托夫清楚地知道酒带来的解脱是暂时的,真正地清醒迟早会到来:"好好地喝上一顿,而后呢,会更加痛苦。"(4,131)于是,很长一段时间,多甫拉托夫都努力克制自己对酒精的依赖。格尼斯评价说:"谢尔盖很不喜欢自己酗酒,并很努力地戒酒。他有几年不喝酒,但伏特加就像正午的影子,总在等待自己的时刻。多甫拉托夫也承认对酒精的依赖,他去世前不久还写道'即便几年不喝了,你还是会记得它,那个该死的东西,从早到晚缠着你'。"①

由此我们可以得出结论,多甫拉托夫对酒保持清醒与克制的态度。他不主张酗酒,尽管现实生活中,酗酒现象随处可见。但多甫拉托夫认为,小说不应该成为道德说教的领地,或者正面形象的教科书。艺术逻辑与生活逻辑并不完全一致,有时甚至是背道而驰的。那么,小说人物与酒密切关系的现象背后,除了多甫拉托夫"零度评价"的书写价值观以外,是否还有其他的原因呢?我们试图从"酒"古老的原型意象中去寻找答案。

二、"醉态化"的人物与酒神精神

巴赫金在分析拉伯雷的作品《巨人传》时指出,"整篇前言中的主要形象

---

① Генис А. А. Довлатов и окрестности. М.: Вагриус, 2011. С. 230.

是宴饮形象。作者颂扬酒,认为它无论在哪一方面都强于盛油(盛油象征着虔诚的智慧和崇敬,而酒却象征着自由和欢乐的真理)。"①"酒"是希腊神话中一个古老的原型意象。在希腊神话的诸神里,酒神狄俄尼索斯掌管葡萄的栽培和葡萄酒的酿制,是疯狂之神、生命与再生之神。在万物复苏、春回大地之时,人们举行祭祀狄俄尼索斯的仪式——酒神节。节庆中,人们以开启新酒拉开序幕,纵情欢歌、开怀畅饮,足以见得酒在酒神节中所扮演的不可或缺的重要地位。

尼采在《悲剧的诞生》中用日神阿波罗和酒神狄俄尼索斯的象征来说明艺术的起源、本质、功用以及人生的意义。日神是光明之神,"我们用日神的名字统称美的外观的无数幻觉"②。而酒神象征情绪的放纵,尼采认为这是"情绪的总激发和总释放"③,即为了追求一种解除个体化束缚、复归原始自然的体验。学者周国平认为:"日神和酒神都根据于人的本能,前者是个体的人借助外观的幻觉的自我肯定的冲动,后者是个体的人自我否定而复归世界本体的冲动。""二者均属于非理性的领域。"④

多甫拉托夫小说中众多酗酒场景的描写,以及主人公们对酒的依赖甚至痴迷均呈现出作家创作思想中所映射出的酒神精神。酒神精神的实质是带有悲剧意识的非理性,这是一种矛盾的思想意识。多甫拉托夫通过伪纪实主义手法对孤独的马尔科夫、不得志的日班科夫、被官方文学排斥、拒绝的"多甫拉托夫"以及流亡美国的苏联侨民"多尔马托夫"等人的"醉态化",使他们每当遭遇失意的、压抑的、荒诞的人生体验时都不约而同地摒弃了苏联社会理性的、教条的、保守的、安全的生存法则,而选择非理性的自我放逐的生活方式,其中就包括酗酒的生活习惯。多甫拉托夫在小说中并没有过多地去探讨饮酒在道德层面的利弊,他所要强调的是,小说主人公与周遭的人相比对酒精依赖的同时,也具备他们同周遭的人相比独特而珍贵的品质:自由、真实(讲真话)、正义。

酒神节是希腊悲剧诞生之源,酒神精神是个体崩溃之时的一种浑然忘我的"醉"的状态。"作为醉的现实,这一现实同样不重视个人的因素,甚至蓄意毁掉个人,用一种神秘的统一感解脱个人。"在这种迷醉状态下,多甫拉托夫的主人公体验到放逐自我主体的愉悦。人与人之间的任何禁忌和藩篱不复存在,

---

① 巴赫金著,白春仁、小河译:《巴赫金全集》(第六卷),河北教育出版社1998年版,第191页。
② 尼采著,周国平译:《悲剧的诞生》,生活·读书·新知三联书店2002年版,第108页。
③ 同上,第320-321页。
④ 同上,第3页。

他们挣脱个体的所有束缚而将自我的生命融归于自然之中,并以此进入自身生命与自然本体融合的超然状态。因此可以说,多甫拉托夫伪纪实主义小说中"醉态化"的人物是作家对人之本能冲动的呼唤,是对理性世界的一切教条规范的反叛,是对个体生命中最真实、隐秘的灵魂复归的诉求。

第四节　人物的"幽默"变形

张建华教授说:"笑如同阳光一样是贯穿作家艺术世界的自然要素,是他(多甫拉托夫,笔者注)美学体系的基础之源。"①多甫拉托夫曾说:"没有幽默感对于作家来说是悲剧。更准确地说,是灾难。"(3,308)但他同时表示:"我并没有把娱乐大众视为自己的目标,众所周知,幽默与忧伤总是并列而行。事实上,对于所有我们所尊敬的俄罗斯幽默家来说,'含泪的笑'都是正常的状态。我没有妄想与任何一位伟大的作家相比,但或许忧郁与笑是相伴相生的。"②由此可见,既要让读者发笑,又要让他们在笑中思考严肃的生命存在——这才是多甫拉托夫所追求的创作宗旨。换言之,多甫拉托夫作品中的"笑"不是讥讽的笑、天真的笑、充满优越感的笑,而是"理智的笑"(4,254)、狂欢式的笑。

多甫拉托夫小说中的主人公与传统现实主义文学作品中的主人公相比,除了"醉态化"以外,还具有性格、形象上幽默变形的特征,作家仿佛从哈哈镜的折射里凝视着生活中的每一个人。我们认为,这一过程也同样是多甫拉托夫把日常生活的材料文学化的重要体现,是把真实的生活原型"变伪"的重要手段。在本节中,我们将使用巴赫金的狂欢化诗学理论来解析多甫拉托夫小说人物幽默化的方式及意义。

一、人物形象幽默化的途径及意义

多甫拉托夫主要通过塑造两类具有鲜明对比的人物形象来实现人物原型的幽默变形:一类是代表官方主流思想与行为规范的人,他们通常担任一定的

---

① 张建华:《多甫拉托夫:一个重要和鲜亮的后现代主义现象》,载《当代外国文学》,2004年第4期,第89页。

② Глэнд Д. Беседы в изгании. М.: Книжная палата, 1991. С. 93.

职务,如《妥协》中党报报社主编图拉诺克、《手提箱》中雕塑专家利哈乔夫、列宁格勒市市长;又如《营区》里的狱警、《手艺活》中书刊检查机构官员等。他们都是苏联社会公共秩序里的"英雄"人物,具有"高尚""正面""理智""目标明确"等符号化特征。而另一类则是在多甫拉托夫小说人物中占据大多数席位的流浪者、囚犯、无业游民、酗酒的人、投机倒把者、不被认可的艺术家等。他们桀骜不驯,随性且随遇而安,具有一定的犬儒主义倾向,是典型的"反英雄"。虽然较之于第二种类型的人物,第一种类型的人物数量有限,但他们的存在兼具参照价值,能够将"反英雄"身上种种不符合常规的特点都凸显出来。更为重要的是,因其思想观念、行为方式、价值取向等多方面与"反英雄"的诸多不同而形成二者相互对立的依据。

依据波兰当代学者德泽米多克①关于喜剧理论模式的划分,多甫拉托夫小说中喜剧性的"笑"主要来源于上述两类主人公"偏离常规的"行为,即他们所做出的与其身份明显不符的、不合时宜的行为。"与官方节日相对立,狂欢节仿佛是庆贺暂时摆脱占统治地位的真理和现有的制度,庆贺暂时取消一切等级关系、特权、规范和禁令。"②这意味着狂欢节是世界的一种特殊状态,是新型世界关系的构建。在这一天,伴随着等级制度的暂时消失,有权有势的人和平民百姓可以做出平日里无法或无权实现的行为,这也是一种"偏离常规的"行为。于是,给"英雄脱冕"与给"反英雄加冕"往往成为狂欢节庆典仪式的重要内容。而这也正是多甫拉托夫小说幽默的重要表现形式。

《手提箱》由一系列短篇小故事组成,每一个故事都与手提箱中的一件衣物相关。其中在《大官的皮鞋》这一短篇小说中,叙述者多甫拉托夫详细讲述了自己一双进口皮鞋的来历。主人公多甫拉托夫曾在列宁格勒造型艺术工作室工作,其间他参与了俄罗斯著名学者罗蒙诺索夫雕像的雕刻工作。举办竣工仪式的当天,前来出席活动的名人众多,其中包括列宁格勒市的市长先生。席间宴饮时,主人公无意间发现市长在桌下偷偷脱掉了皮鞋,那是一双价值不菲的进口皮鞋,在苏联当时的任何一家商场都买不到。"不知是被压抑已久的不同政见开始产生作用,还是体内的犯罪本性蠢蠢欲动,抑或是自己被神秘

---

① 德泽米多克在其学术著作《论喜剧性:一种哲学分析》中,划分出六种喜剧理论模式,每一种理论模式都基于一定的矛盾关系建立起来。它们分别是:1.喜剧客体的否定特征理论;2.退化理论;3.对比理论;4.不和谐理论;5.偏离常规理论;6.混合主题理论。转引自修倜:《喜剧性矛盾与六大喜剧模式》,载《华中师范大学学报(人文社科版)》2004年第4期。

② 巴赫金著,白春仁、小河译:《巴赫金全集》(第六卷),河北教育出版社1998年版,第11页。

的破坏性的力量所驱使……每个人的一生中总会遇到一次这样的情况。"(3,379)主人公小心翼翼地把皮鞋拖到自己身边,然后偷偷地装进自己的手提包。当市长发现鞋子不见后,先是一阵慌乱,然而很快他就找到了应对办法。"他迅速脱下外套,解开领带,慢慢地挪向电话旁的小沙发。手捂着胃。"他说:"不知怎么了,我有些不舒服,要躺一会。"(3,381)现场的警卫员见状立刻紧张起来,有人吩咐封锁现场,有人命令把所有在场人员的名单统计出来,还有人要求对桌上的饭菜进行检查。而市长则在一片混乱中战战兢兢地逃离现场。至此,一个本应盛大而隆重的庆典仪式便在一阵紧张与慌乱之中匆匆结束。

列宁格勒的市长在出席活动时脱掉鞋子解放双脚是不合时宜的事情,而主人公"不明原因"地把鞋子偷走更是令人啼笑皆非。巴赫金指出:"中世纪的诙谐,战胜了面对秘密、面对世界、面对权力的恐惧,无所畏惧地揭示出关于世界和权力的真理。它与谎言和溢美之词,与阿谀奉承和虚伪相对立。诙谐的这种真理贬低了权力,与骂人话——污秽语言结合在一起。中世纪的小丑就是这种真理的体现者。"①在该部小说中,主人公多甫拉托夫具有民间故事中"傻瓜"的原型意象,虽然他的行为是荒诞的,令人费解的,但从另外一个角度,他却是真相的发现与揭露者,因为他具有"特权"与"特殊能力"。

"在狂欢节期间,取消一切等级关系具有特别重要的意义。在官方节日中,等级差别突出地显示出来:人们参加官方节日活动必须按照自己的称号、官衔、功勋,穿戴整齐,按照相应的级别各就各位。"②仪式庆典活动给予身份地位悬殊的主人公与市长在地铁广场相聚的机会,这也激发了他内心隐秘的力量,向往平等的本能。一双大官的进口皮鞋是市长的权威与地位的隐喻,而主人公对它的偷盗行为,意味着对市长权威、地位的挑战,不仅使他颜面尽失,也迫使他"脱冕"成为普通人。作者利用幽默的"笑"彻底消解了官僚与平民之间的等级界限,将高官与普通百姓平等化,把普遍的人性本身暴露在读者眼前。

《表演》是小说《营区》中第13封信后所附的短篇小说。十月革命胜利六十周年纪念日即将来临,营区长官为了举办庆祝活动,决定排演一出话剧,名字叫《克里姆林宫的星星》。该话剧共有四个角色,分别为革命领导人列宁、革命家德泽尔斯基、党务工作者季莫费伊和他的未婚妻(商人的女儿)柏琳娜。该戏剧讲述的是"义务与情感的斗争"(2,151)。有意思的是,由于营区里

---

① 巴赫金著,白春仁、小河译:《巴赫金全集》(第四卷),河北教育出版社1998年版,第105页。
② 同上,第11页。

没有人曾是真正的演员或具丝毫的表演经验,于是上级决定指派营区工作者甚至囚犯去充当演员。这一具有荒诞性的想法在一开始就预示了一场滑稽剧的上演。果然,扮演列宁的惯犯库林"贼眉鼠眼";而扮演革命先进分子德泽尔斯基的囚犯楚里科夫则自信不足,总是"抓耳挠腮";革命思想不够坚定的季末费伊的表演者格沙瘦骨嶙峋,是男同性恋,但根据剧情,他要与扮演他妻子的列别捷娃搭戏,这让他的表演很不自然;而列别捷娃性格轻佻,她总是忍不住在台上展示自己曼妙的身姿。

当表演者自身的习惯特点与表演任务相融合时,便呈现出各种不和谐、不匹配。四不像的表演与"高尚的台词"格格不入,惹得台下观众频频发笑。当库林模仿着列宁的口吻发表政治演说时,竟引来台下观众强烈的反感。"起初第一排的人不太确定地笑了笑。几秒钟以后,所有人都大笑起来。"紧接着,台下的哄笑几乎演变成了暴动,抗议声不绝于耳:"去死吧,发不出颤音[P]音的人!""谁离得近一点,给这个莫泊桑一个耳光!""滚开吧,大叔,烤糊了的小面包。"(2,171-172)"列宁"见状匆匆念完最后一句台词,进入戏剧的最后一个环节——唱《国际歌》。然而就在这时,"库林用他那令人意想不到的美妙、清澈、洪亮的声音唱道:'起来,饥寒交迫的奴隶,起来,全世界受苦的人……'"(2,172)此时,全场观众的态度突然发生剧烈转变,人们开始自发地响应他:起初是一个人,接着两个、三个人……最终形成合唱的壮观场面。

库林和其他演员从一开始蹩脚的表演,到后来渐渐入戏,以及由所有囚犯和看守组成的观众由对抗的情绪逐渐转变为接受,甚至是参与——这些戏剧化转变发生的根本原因在于,演员们由演别人慢慢地转向了"演"自己。以主角库林为例,在整部戏剧的时间里,他的状态发生了三次转变。首先,在刚走上舞台时,库林显得非常紧张,声音颤颤巍巍,甚至忘了词,这时的他还是那个惯犯小偷。而在戏剧中部,他的表演渐渐流畅起来,"列宁"的形象也开始在他的身上得到体现,因此这时,台下观众已经把库林当成了列宁,他们把对其所有的不满都转嫁到库林身上(注意,观众所有的谩骂都是针对列宁而非库林的)。

戏剧结尾处时,《国际歌》的演唱让库林再次回到自己的身份及心理特征上来,"他突然奇怪地变身了。现在,这就是一个庄稼汉,沉默寡言的、狡猾的,如同他前几辈的祖先一样。他的脸颊粗糙而有棱角。眼睛半眯着。"(2,172)库林的几次身份转变犹如狂欢节的面具表演,他的形象由被人唾弃、嘲笑的小偷转变为高大的、威严的,被包括讲述者"我"在内的所有观众所支持的人。这并不是因为他扮演了革命领袖列宁,而是因为他在用自己真挚的歌声打动了在场的所有观众。"起来,饥寒交迫的奴隶"唱出了他们自己的心声,那才是他们(无论狱警还是囚犯)生存处境的真实写照,所以库林才能够召唤起所有人与他一起合唱。

合唱如一场全民参与的狂欢,在合唱声中,人与人之间的等级制度被打破,狱警与囚犯之间绝对对立的社会关系也被消弭,二者融为一个不分高低贵贱的集体。亲眼见证了这一幕的主人公多甫拉托夫说:"第一次,我成为了我那特别的、举世无双的国家的一分子。严寒、饥饿、记忆、仇恨……构成了我全部的一切。一时间,眼泪遮住了我的视线。希望没有人看到……"(2,173)由嬉笑怒骂开场的节庆表演最后以沉重的、动情的泪光结束,这是典型的多甫拉托夫式的悲喜剧结构——在笑声中体味苦楚与严肃。在整个表演中,作者既表达出对政治官僚体制的讽刺、戏谑,又让囚犯库林变身为一个具有号召力的领唱,在合唱声中为其"加冕"。这一幕描写以其独特的构思被誉为"反应勃列日涅夫时期荒谬概念的最有代表性的情节。"①

以上两例说明,多甫拉托夫利用狂欢式的幽默手法来实现其小说的两大解构任务:解构苏联官方的"神话"和解构高度集权的政治体制下森严的等级制度。把一个个官方主流价值评价体系中的"英雄"请下神坛,暴露其平民化,甚至庸俗、丑陋的一面,是多甫拉托夫为其摘掉光环,使其"脱冕"的艺术化手段,同时也是构建一个尊重个体存在价值的体系,以及通过民主的视角挖掘出普通人,哪怕是囚犯身上的闪光之处、独有的价值。

上文我们所列举是多甫拉托夫小说狂欢化情节的典型例子,类似的情节还有不少。如舅舅罗曼(《我们一家人》)在第比利斯七周年庆祝大会上就闹出过笑话。宗教狂热者列姆布斯(《外国女人》),在一次苏联军备武装周年纪念大会上慷慨激昂地朗诵诗歌,不料由于声音过大把舞台上的一根横木震了下来,自己被当场砸晕,结果导致纪念大会提前结束。他也因此被控告蓄意破坏纪念活动,被克格勃审讯。帕哈皮利(《营区》)被莫名其妙地授予"保护先烈遗骨"的勋章,在营区召开的表彰大会上,一头雾水的他连说两遍:"我其实是爱沙尼亚人",惹得众人哄堂大笑。可见,无论是雕塑的揭牌仪式,还是十月革命六十周年庆祝大会等都是官方节日庆典的表现形式,它们具有仪式性、严肃性和纪念性等特征。但在多甫拉托夫的笔下,它们却成为虚伪、形式主义的代名词,同时具有狂欢节的文化原型意义。巴赫金说:"笑的本质具有深刻的非官方性,它能摆脱期待的、恼人的严肃性、郑重其事和关系重大之感,能摆脱面

---

① 《多甫拉托夫的〈监狱〉和俄罗斯的集中营文学》,载《解放军外国语学院学报》,2008年第6期,第83页。

临情势的严肃性和郑重性。"① 正因为如此，作家总会安排一些出人意料的、有悖于常理的荒诞事件来打破其严肃、完整的仪式性，用"笑"来消解这些仪式所谓的意义与价值。

在仪式上出丑、闹出笑话，或者无意之间破坏了官方活动之严肃性的人物形象也因此具有滑稽或愚蠢、笨拙的性格特点。当然这也并非偶然，因为"愚蠢是非官方真理的形式之一，是对世界的一种独特的观点。……节日以及节日的愚蠢在其中具有什么功能呢？它们给予作者表现非官方题材的权利：尤其是给予他对世界持一种非官方观点的权利。可以没有恐惧、没有畏惧地看世界。作者获得了极大的、全面的自由。"② 多甫拉托夫借滑稽的人物形象之口往往能够最直接地传达出事实的真相或某种真理，揭示人与人之间不平等的阶级关系。同时赋予人物绝对的合法性去揭穿、打破表面上的平衡。如贺拉斯所说："有什么能妨碍笑的人说出真理呢。"

二、自嘲精神下的自我

叔本华曾说："讽刺是客体性的，也就是说它指向他人；幽默是主体性的，也就是说它首先指向自我。"③ 可见，幽默是讽刺的对立面，更与嘲讽的笑相矛盾。但它与严肃性、崇高性、诗意性、个体的自我批判紧密相关。多甫拉托夫对全面而深刻的幽默主题的诠释没有停留在他人的言语与行为之上，他在"自我"之本体身上也找到了值得去笑的地方，这就是自嘲，我们将之称作自嘲精神。由此也体现出多甫拉托夫自嘲与狂欢化诗学的又一重联系，因为民间狂欢节节庆诙谐的一个重要内容就是，这种诙谐也针对取笑者本人：

"人民并不把自己排除在不断生成的世界整体之外。他们也是未完成的，也是生生死死，不断更新的。这是民间节庆诙谐与近代纯讽刺性诙谐的本质区别之一。一个纯讽刺作家只知道否定性的诙谐，而把自己置于嘲笑的现象之外，以自身与之对立，这就破坏了从诙谐方面看待世界的角度的整体性，可笑的（否定的）东西成了局部的现象。民间双重性的诙谐则表现整个世界处于不断形成过程的观点，取笑者本身也包括在这个

---

① 巴赫金著，白春仁、小河译：《巴赫金全集》（第四卷），河北教育出版社1998年版，第60页。
② 同上，第299页。
③ Сухих И. Н. Сергей Довлатов: время, место, судьба. СПб.: Азбука, 2010. С. 49.

世界之内。"①

多甫拉托夫小说中的幽默精神具有民间节庆诙谐的特点,它不仅仅指向他者,也指向自我。对自我的嘲笑、调侃在其小说中占有同样重要的地位。在小说《手艺活》中,多甫拉托夫曾经这样形容对自嘲的态度:"我们允许开自己的玩笑,讽刺自我。此外,还有嘲笑。嘲笑反俄的人和犹太复活主义者。嘲笑伪预言家和伪受难者。嘲笑巧舌如簧的人,愚钝和毒蛇般的伪善。嘲笑好战的无神论者和宗教狂热者。最重要的是,注意了各位,嘲笑自己!"(3,316)多甫拉托夫在这里所使用的"嘲笑"与其一般含义不同,他并非要通过嘲笑来贬低对方而获得优越感和对自我的肯定,而是要把"笑"视为审视和认知整个世界的方式,学会去"嘲笑"的人并非意在表达自己的是非判断、喜好或者立场,而是为了通过某一事件或一类人身上的可笑之处去发现它们/他们的本质(甚至是相互对立的两个方面),其中也包括"嘲笑者"自己。

自嘲精神在多甫拉托夫的小说《妥协》中得到全面地展示。关于这一点,本书在第三章第三节里有详细论述,在此不再赘述。因为多甫拉托夫善于自嘲,所以在他的小说中幽默的"笑"与直接而犀利的讽刺不同,它是善意的,包容的。多甫拉托夫借由自传故事的书写来反观自己的人生,同时记录同时代人的生存状态。由于多甫拉托夫小说中很多人物都有现实生活中的原型,并且有时连姓名都没有改变,因此,在多甫拉托夫的小说出版后,不少被多甫拉托夫用文学手法幽默化了的人物原型对多甫拉托夫发出谴责。笔者认为,他们在一定程度上误解了多甫拉托夫的艺术观。因为"叙述者自身的缺点比其他人物更多。"(1,7)如果对比一下多甫拉托夫是如何无情地嘲笑自己的,他们便可以理解了。

三、幽默的审世观

多甫拉托夫之所以会在自己的创作中加入幽默文化,与其所处的特殊社会历史语境与作家本人的亲身经历不无关联。众所周知,多甫拉托夫于20世纪六十年代末开始文学创作,彼时的他刚从科米共和国的一个刑事犯劳改营服役归来,在那里当狱警的经历给予他丰富的创作灵感与素材。他发现"世界是荒诞的。"(2,8)不仅如此,"世界是不完美的。社会规则是敛财、惊恐、背叛。

---

① 巴赫金著,白春仁、小河译:《巴赫金全集》(第四卷),河北教育出版社1998年版,第14页。

梦想与现实的冲突千百年来未曾消停。这个世界并非我们心中所向往的那样安宁,而是充满混乱、无序。"(1,44-45)此外,多甫拉托夫的作品中充斥着个人主义和民主倾向,以及对于苏联社会上的种种虚伪、谎言、伪善等弊病的揭露与批判。因此,长期以来他的作品遭遇苏联当局的排斥与封杀。这导致了直至1978年作家移民之前,他的作品几乎从未在苏联公开发表过。但也正因为此,多甫拉托夫对人格自由、出版自由的追求不仅没有停止,反而更加强烈了。所以,从主观上说,多甫拉托夫的内心需要一个足以释放其对自由、民主、平等之渴望的地方。幽默的文学在很大程度成为多甫拉托夫对现实生活艺术化的再创造的结果。

"喜剧意识作为一种审美意识,它的萌生、发展和演化,都与人对自由、平等的追求密切相关,也可以说,喜剧意识的核心与精神实质,就是对自由、平等的向往和追求。"① 而狂欢式的笑是全民性的、包罗万象的、双重性的,尤其强调其引人注目的特点与自由不可分离的和重要的联系。② 可以说,对自由和平等的追求是人与生俱来的本能,也是人性发展的一种必然选择。以多甫拉托夫所处的时代语境来看,斯大林集权统治和短暂的"解冻"思潮过后,苏联进入"后专制主义"时代,即勃列日涅夫执政时期,也被称为"后斯大林时代"。这一时期的苏联谎言遍布,"来自官方的神话再也无法使人们信服,代表专制国家意志的乌托邦神话已经在苏联人的心中彻底破灭"③。文学中出现了一大批解构国家乌托邦神话的作品,如阿克肖诺夫(В. П. Аксёнов)、索尔仁尼琴(А. И. Солженицын)、格罗斯曼(В. С. Гроссман)、维·涅克拉索夫(В. П. Некрасов)、韦·叶罗费耶夫、西尼亚夫斯基(А. Д. Синявский)等作家的作品。多甫拉托夫以幽默调侃的笔调轻松地解构和颠覆了苏联官方教条主义文化,用一种可贵的喜剧批判精神,调侃、戏谑、解构国家的乌托邦神话。

在多甫拉托夫的创作观中,艺术与现实以及幽默之间的关系是多重且复杂的,我们可以用下图来表示:

---

① 修倜:《"狂欢化"理论与喜剧意识》,载《华中师范大学学报(人文社科版)》,2001年第3期,第90页。
② 巴赫金著,白春仁、小河译:《巴赫金全集》(第六卷),河北教育出版社1998年版,第103页。
③ 程殿梅:《流亡人生的边缘书写》,中国社会科学出版社2010年版,第146页。

图 2　多甫拉托夫的创作观中艺术与现实以及幽默之间的关系

　　如图所示，幽默是多甫拉托夫的观察世界（包括自己）的一幅"滤镜"，在作家的艺术世界中，他透过幽默变形、去发现被观察对象本身的幽默性，在笑的平等、民主、自由的解构之力下去认知世界的混乱与荒诞。把混乱理解为世界本身所固有的秩序，把荒诞描绘成世界的常规法则，由此人们易于接受一个不完美但却可以理解的世界。他曾说："混乱与无序充斥了整个世界，将你所祈望的和谐取代。……在这样的情况下，革命者试图在真实的世界建立和谐……道德家尝试在自己的内心找到和谐……而艺术家走的是另一条路。他创造虚构的生活，用庸俗的现实去填补它。他创造虚构的世界，在那里，高尚、诚实、怜悯都是常规。"（2，45）因此，文学一方面是多甫拉托夫弥补生命中不完美的试验场，是他灵魂安放的乌托邦；另一方面，他试图在艺术的世界里创造各种荒诞场景，使读者在认知上不断练习面对、接受它，当读者视所有的荒诞现象为"常规"时，读者也将更加坦然地面对现实生活中的一切荒诞。

　　多甫拉托夫在艺术的世界里把混乱描写成世界秩序的固有形态，把荒诞描绘成无处不在的世界正常的法则，虽然这样的世界是怪异的，极端的，但因为笑的存在，当人们能够从这样的世界中看到幽默的一面时，世界变得可以理解、可以接受了。也就是说，幽默成为使世界和谐化的手段。因为笑是人最真实的情感。因为笑具有解构之力，同时又能反思自我。多甫拉托夫用幽默使现实世界与艺术世界之间建立起联系，使现实世界成为艺术世界的源源不断的材料来源，而艺术世界因其审美特性而成为现实世界的彼岸、异在。

　　多甫拉托夫独立于背负着哲学启迪、宗教救赎、政治训诫等诸多重任的俄罗斯文学传统之外，坚守一个"讲故事人"的本分，不关心人们为什么生活与应该怎样生活,而将重点放在讲述"人们是如何生活的"这一根本的生存现象之上,用朴实的话语描绘日常生活中的幽默片段。他把幽默当作认知世界的手段,而非目的,并且坚信,"如果你研究某一现象,那么请找出它所包含的可笑的地方,那时,这个现象会完完整整地呈现在你面前。"①在多甫拉托夫的作品中,笑是作者用以与读者对话交流的重要工具,在每一个可笑的现象背后都蕴藏着作者的哲学思考与世界观。而就笑行为本身而言,它又是延续和增强审美体验的一种方式,多甫拉托夫习惯在每一个笑话之后用省略号结尾,这样不仅在句式上表明有一定时间的停顿,也暗示了此处省略的议论和思考。

  本章,我们着重论述多甫拉托夫如何使用伪纪实主义技法来塑造人物形象。首先,就作家塑造人物形象的普遍性手法而言,他坚持用民主的眼光来看待每一位主人公。他反对对人评价时粗暴的"二分法",认为,"在小说里没有天使,也没有魔鬼……没有罪人也没有圣人。当然生活中他们也不存在……文学主人公更是如此。"(1,264)其次,他对人物的个性进行重点刻画,而非描写性格。在多甫拉托夫的伪纪实主义小说中,主人公常常是他身边"熟人"或他工作和生活中的朋友。多甫拉托夫并没有把他们原封不动地搬到小说中来,而是对他们的形象进行不断地丰富、变形,使得他们成为既包含现实的因素又有虚构想象成分的伪纪实主义人物。

  当然,伪纪实主义对人物形象的改写、变形也不可避免地遭遇了人物原型的斥责与反对。例如,我们在序言中曾提到多甫拉托夫的前妻对于作者伪纪实主义的指责,以及我们在本章详细讨论的《妥协》里的人物记者克连斯基(Кленский)与多甫拉托夫的纷争。这是伪纪实主义小说在诞生之日起就注定要遭遇的舆论漩涡,多甫拉托夫早就预知到了这一点,他也曾试图调整和改变,但他还是选择了坚持自己的艺术理念。这与作家审美主义的美学观点紧密相关,我们会在第五章详细论述。

  本章中,我们从"醉态化"和"幽默化"两个视角入手,详细解读了多甫拉托夫对人物做此类伪纪实主义的处理的原因,即他的审美动机。

  在多甫拉托夫的小说中,酒是兼具各种功能和修辞意义的文学意象。多甫拉托夫通过伪纪实主义手法对孤独的马尔科夫、不得志的日班科夫、被官方文学排斥、拒绝的"多甫拉托夫"以及流亡美国的苏联侨民"多尔马托夫"等人的"醉态化",使他们每当遭遇失意的、压抑的、荒诞的人生体验时都不约而同地摒弃了苏联社会理性的、教条的、保守的、安全的生存法则,而选择非理性的

---

① Довлатов С. Д. Кто такие Вайль и Генис?//Литературная газета,1991,№ 35.

自我放逐的生活方式,其中就包括酗酒。多甫拉托夫在小说中并没有过多地去探讨饮酒在道德层面的意义,他更加看重的是,小说主人公在离不开酒的同时,也表现出他们自身自由、真实(讲真话)、正义的品质。

多甫拉托夫小说中的主人公还具有性格、形象上幽默变形的特征,作家仿佛从哈哈镜的折射里凝视着生活中的每一个人。作家总会安排一些出人意料的、有悖于常理的荒诞事件来打破其严肃、完整的仪式性,用"笑"来消解这些仪式所谓的意义与价值。多甫拉托夫对全面而深刻的幽默主题的诠释还包括他对自我的解嘲当中。由此可见,多甫拉托夫小说中的笑具有全民意义,它是作家用以认知世界的本质与和谐化世界的手段。

总体而言,作家以审美的眼光看待日常生活中的人,并使用艺术的手法使他们有别于真实生活中的形象。无论是对人物形象的"醉态化"还是"幽默化",都体现着多甫拉托夫别具用心的构思。他试图以艺术的方式来对抗生活中的荒诞与混乱,艺术化了的人物具有了比日常生活中更为鲜明的个性与生命力。但他们没有成为"神",而仍然是有着各种不足、癖好,但却惹人喜爱的人物角色。可以说,伪纪实主义手法诠释了艺术的创作"第二现实"的过程,也向原型人物展示出文学所具有的创造力与文学世界中的无限可能。

第五章　多甫拉托夫伪纪实主义叙事的艺术探源

　　任何一部小说都有作者在特定的叙事情境中所传达的伦理思想和价值判断，正是这些构成了小说的叙事思想。在多甫拉托夫的创作中，他诉诸各种叙事手段、策略的同时，从来没有放弃对普通人的生活境遇给予有温度的人文关怀，对人与社会、国家与个体、世界与荒诞等一系列关于人类生存之本质问题的思考。他没有把自己主观的价值判断强加于读者，而是做一个淡泊的"讲故事的人"，只告诉读者"人是怎样生活的。"在伪纪实主义叙事进程中作家常常把自己的形象改写，把自己同时代人的形象改写，但有时又使用其真实姓名。此种艺术实践活动不仅制造出关于作家自己的传说（мифы），也制造出多甫拉托夫同时代人的传说。这些传说深刻地影响着同时代读者、后代读者以及批评家对人物的评价与对时代特征的认知。如学者克·多切娃所说，"叙述及个人传说的双重作用加强了读者对多甫拉托夫创作现象的兴趣，并形成有关多甫拉托夫作为人物符号的概念。"[①]在讨论了伪纪实主义叙事的话语、结构及人物形象的特征之后，我们的研究方向自然地转移到"多甫拉托夫为什么会这么做？"这一反思性问题上。

　　我们认为，伪纪实主义叙事不仅是以纪实手段讲述虚构事件的叙述行为，它同时指向复杂的审美思想。多甫拉托夫的小说记录和承载了苏联七十年代人在苏联及作为美国移民的集体记忆。作为命运共同体的一分子，作家以伪纪实的书写态度生动展现出建立在反思之传统的俄罗斯文学基础之上的生存美学观，以及人物对职业身份、民族身份和流亡者身份认同的永恒探索。本章我们将通过审美主义艺术观以及身份认同两个方面去尝试解开多甫拉托夫"伪纪实主义"的艺术动机之谜。

---

① Дочева К. Г. Идентификация личности героя в творчестве Сергея Довлатова. дис. докт. филос. Орел，2004.

第一节　伪纪实主义作为审美实践的手段

就体裁而言,多甫拉托夫的伪纪实主义小说与苏联的"作者小说"联系密切。二者的相似之处在于,作者与主人公之间的关系是若即若离、似真若幻、既吸引又排斥的。在苏联20世纪六十年代的"抒情散文"中,作者——创作主体的主观性成了作品完整性的源头,而六十年代文学进程的另一个重要流派"青年自白小说"则建立在作者与主人公同一的幻想上。与此同时,传统心理学小说得到了很大的发展。其中作者主观性的增强使俄罗斯评论界提出了"作者小说"的概念,以形容作为叙述抒情形式的一个变种的那类作品。作者小说的代表作品有弗·马卡宁的《地下人,或当代英雄》(1998)、弗·别列津的《见证人》(1998)、米·布托夫的《自由》(1999)、阿·瓦尔拉莫夫的《圆顶》(1999)、安·德米特里耶夫的《合上的书》(1999)等。①

需要注意的是,尽管二者具有联系,它们也并非同一。以《地下人,或当代英雄》这部小说为例,主人公彼得罗维奇首先在姓名上与马卡宁绝对地区分开来;其次,就其内容来说,主人公是一个没有发表过一部作品的"作家",有一份糊口的职业——看门人。这与作家马卡宁本人的生平经历也没有太多的关联,只是主人公对待文学的态度在一定程度上折射出了马卡宁的影子。在作者小说中,作者与主人公的所谓的"接近"更多的是在心理层面,是作家的"心灵自传"。因此,作者小说与伪纪实主义小说的区别之一就在于:伪纪实主义小说的主人公无论在心理层面、还是事实层面都与作者本人有着复杂的联系。

戈尔多维奇在专著《20世纪祖国文学史》中指出作者小说是"以真实性为目标,作者把自己的生活作为艺术分析对象"的作品。②而伪纪实主义小说的目标不局限于真实性的构建,或者可以说,真实性只是作者所追求的艺术效果,他的最终目的是进行文学游戏,即文学与生活的互文游戏。只有让读者首先信以为真,然后随着作者对自我谎言的揭发与暴露,读者才能去反思曾经以为的"真实",在辨析真实与虚构的过程中体会文学的乐趣与真谛,从而以审美

---

① 侯玮红:《当代俄罗斯小说研究》,中国社会科学出版社2013年版,第148页。
② Гордович К. Д. История отечественной литературы XX века. СПб.: Спецлит, 2000. С. 282.

眼光去看待世界和自我。

俄罗斯著名评论家安·伊万诺娃提出作者小说"拒绝鲜明的情节性,拒绝对于情节的传统理解,拒绝小说人物,总之,拒绝一切经过了检验的美学特征……转而寻找新的与现实之间的联系。……作家们好像为了伦理而拒绝美学,为了在读者面前公开独白、袒露自己的立场和世界观而拒绝职业化的小说样式。"①伪纪实主义小说中,虽然也存在着现实与文学之间错综复杂的联系,但伪纪实主义小说的作者并非为了伦理而拒绝美学,而是恰恰相反,他们**为了美学而拒绝了伦理**。准确地说,这里的"伦理"指的是伦理层面的真实与事实的逻辑。伪纪实主义作者以美学视角出发,他们崇尚和追求的是自己眼中主观化、艺术化、文学化的现实,也就是第二现实。事实逻辑让位于艺术逻辑,这本就是小说艺术的本质。伪纪实主义小说使小说的艺术逻辑彻底回归,暗讽伦理道德对文学的绑架,政治教条对文学的束缚,让文学重新成为自在自为的艺术。

因此,可以说伪纪实主义是将现实生活高度凝练,使其诗化升华的艺术手法。而伪纪实主义小说的本质是具有纪实性的叙事虚构作品,它无时无处不在诠释与再现多甫拉托夫审美主义(эстетизм)的美学理念。以下,我们将从多甫拉托夫对待文学的态度,以及他所坚持的艺术创作宗旨入手,来探究伪纪实主义这一文学手法背后所蕴藏的作家的审美旨趣。我们在廓清审美主义基本内涵的前提下,对多甫拉托夫的伪纪实主义叙事与审美主义文学书写之间的关系进行探讨,以进一步发掘多甫拉托夫的美学思想。

审美主义(Aestheticism)②是产生于欧洲19世纪后半叶的艺术思潮,它并不是指某些具体的艺术流派,而是以某些流派、艺术家和思想家在对待美的态度上所达成的共识,即以美为最高价值的思想倾向。审美主义着眼于现代性社会,对工业理性对人性的压抑与异化进行驳斥,是对现实的人如何在生活中

---

① 转引自侯玮红:《当代俄罗斯小说研究》,中国社会科学出版社2013年版,第148页。
② 在汉语中"唯美主义"与"审美主义"的英文表达都为Astheticism。国内学术界的共识为,"唯美主义"是Astheticism的最原初的意义,它指的是19世纪后半叶以来在英、法两国兴起的文学运动,其发起的代表人物为王尔德、戈蒂耶、波德莱尔,运动的口号为"为艺术而艺术"。而随着现代美学的进一步发展,Astheticism一词开始被赋予更为广泛的涵义,即包罗了唯美主义、浪漫主义等文学流派,回旋于尼采、海德格尔、福柯等哲学家的思想中。因此,也有学者认为,"唯美主义"是Astheticism一词狭义的理解,而"审美主义"则是广义理解。参见张弘:《浙江大学学报(人文社会科学版)》2008年第1期;李晓林:《审美主义:从尼采到福柯》,社会科学文献出版社2005年版;赵彦芳:《审美主义辨析》,《辽宁师范大学学报》2003年第2期。

发现美、创造美,甚至将生活本身艺术化的哲学探索方式。学者赵彦芳对审美主义的含义做出全面概括:

> 从本体论角度而言,与唯理性主义相对,强调感性、艺术生存,以身体为基设;从价值论角度而言,强调内心的体验、情感的强度为最高价值,否定道德目的、理性目的;从功能论角度而言,其是此岸的宗教,是生存的意义,具有救世的功能;从主体而言,强调个人至上,反对以集体为名对个体的压抑;从现实层面而言,其是人的一种生存于世的态度,也是人的生存风格。所以,审美主义既是一种哲学主张,也是一种具体的人生态度。①

由此可见,审美主义是反理性,尚感受;反平庸,尚个性;反道德,尚艺术;反来日的彼岸,而尚当下的此岸。现代社会审美主义的两大代表人物当属尼采和福柯。

尼采开创了哲学史上美学存在的先河。②在《悲剧的诞生》中就宣扬审美本体论,"只有作为审美现象,生存和世界才是永远有充分理由的。"③他主张,审美态度不仅限于美学领域,更要渗入生活,"艺术是生命的本来使命,艺术是生命的形而上活动"④。尼采的美学建立在"上帝已死"的前提之上。他将批判的矛头指向基督教及其附属产物,认为基督教使整个欧洲陷于衰落。尼采斥责一切以基督教道德为先例对人之行为的评判,他说:"道德很不道德"⑤,"道德逐步敌视生命"⑥,"人们变本加厉地自行'阉割'"⑦。所以,对于尼采来说,生命本身是超越善恶的,即非道德的,基督教道德是弱化生命的工具,而只有艺术的审美才能提供新的道德标准。他认为审美赋予人生以意义,或者说审美本身就是目的。在肯定生命的基础上,尼采认为艺术就是生命意志的实现,艺术"乃是使生命成为可能的壮举,是生命的诱惑者,是生命的伟大兴奋剂"⑧,并将"审美的态度置于生活的各个领域之上,将显现在艺术领域中的美所予以

---

① 赵彦芳:《审美主义辨析》,《辽宁师范大学学报》2003年第2期,第59页。
② 同上。
③ 尼采著,周国平译:《悲剧的诞生》,生活·读书·新知三联书店1986年,第21页。
④ 同上,第387页。
⑤ 尼采著,张念东、凌素心译:《权力意志》,海南国际新闻出版中心1996年版,第94页。
⑥ 同上,第104页。
⑦ 同上,第136页。
⑧ 同上,第261页。

的关注加以普泛化,使之渗透于生活"。①

尼采的审美主义是抽象的、形而上学的,甚至可以说忽视了物质生活与精神艺术之间难以跨越的鸿沟,而一味地强调人的强力意志在审美活动中的决定性作用。因此,尼采观念中的人实为"超人"。现实生活中,真正的"超人"是不存在的,绝对地唯心只会让人陷入自欺的泥淖。尼采本人在其晚期也因各种原因饱受精神分裂的折磨。倘若这位将一切都已看透的伟大哲人都尚难以一跃腾空而不谙世事,那么众多凡人定也无法到达与现实生活完全脱节的纯粹审美境界。

与尼采相比,福柯的审美主义观更加贴近人类的生存现状。他并不注重体系的建造、范畴的设定,甚至对艺术实践也没有投入太多的热情。相反,他倾心于一种琐屑的、日常生活中的审美经验,以及由此带给人行为、心态的改变。福柯认为,现代文明关心的是制造"驯服而能干的肉体",而不顾及个体感受乃至身体的体验。在他看来,身体体验是独一无二的个人体验;身体体验,不仅是反抗权力的手段,也是把自我作为艺术品的途径;身体体验,并不意味着对本能的依赖,而是改变自身的方式。在身体体验和精神感受的基础上,人们要做的,不仅是欣赏艺术,更要能动地去创造艺术,把自己的日常生活变为艺术。从这个意义上讲,生活中充满了美学,每个人都是艺术家。学者李晓林认为,福柯的生存美学不应当理解为美学的"泛化",而是美学的"转型"②。

自从尼采宣布"上帝已死",审美主义就自我断绝了通往天国和彼岸的道路,把目光投向了此岸坚实的大地。如刘小枫所说:"为个体生命在失去彼岸支撑后得到此案的支撑"③,审美主义最终的落脚点是现实的人生。可以说,尼采和福柯的审美主义是生存论意义上的,它关涉到个体与自我的关系以及个体与世界相处的关系。

我们在前文的论述中多次提到多甫拉托夫对于周遭世界"荒诞而混乱"的认知,但应当说,多甫拉托夫虽然以悲观的态度发现了这个世界,但他对于世界的认知却是理性而积极的:"世界是不完美的,恐怖的,但生活仍在继续,我的笑不比现在少,忧愁也不比现在多"。(2,40)也即是说,多甫拉托夫从存在主义出发,揭示了世界的荒诞性,但他没有停留在荒诞的世界束手无策,而是走向了用审美主义对荒诞生活的拯救,使之艺术化、诗化,从而实现了和谐化

---

① 汪民安:《福柯的面孔》,文化艺术出版社2001年版,第223页。
② 李晓林:《审美主义:从尼采到福柯》,社会科学文献出版社2005年版,第10页。
③ 刘小枫:《现代性社会理论绪论》,上海三联书店1998年版,第301页。

世界的艺术宗旨。多甫拉托夫的审美主义思想体现在三个方面,首先是多甫拉托夫文学观的唯美主义倾向;其次,多甫拉托夫非道德主义的写作立场,对自然的崇尚以及对专制的反叛;最后,它表现在多甫拉托夫将生活艺术化的文学实践活动之中。

一、多甫拉托夫文学观的唯美主义倾向

多甫拉托夫在美国成名后,接受了多家媒体报刊的采访,在学术研讨会和读者见面会上也曾做过公开演讲。在这些公共的场合,面对记者和读者对其创作历程的好奇,多甫拉托夫多次坦诚地与他们交流自己对文学的观点、看法,以及自己的文学创作宗旨等。此外,在多甫拉托夫的小说中,作家虽然将大量生活内容艺术化,甚至到了难以认出的地步,但在文学、生活、世界等本体论问题的观点上,多甫拉托夫都不曾有过伪装,我们甚至在作家访谈及演讲词中发现了多处与其小说中所阐明的思想相近或几乎一致的观点。

作为一位在苏联难以发表作品而在美国声名鹊起的作家,多甫拉托夫很容易被误解为索尔仁尼琴式的反苏作家或持不同政见者。尽管多甫拉托夫多次表示,索尔仁尼琴是伟大的人物,但显然他更为肯定的是他作为社会活动家的角色。同时,他也多次强调自己绝非持不同政见者。在本节中,我们将论述多甫拉托夫在对待文学艺术的态度上,坚决反对政治等其他社会因素的干涉与控制,他所追求的是纯洁、高尚、纯粹的文学艺术。

1982年,多甫拉托夫在面对英语听众的一次演讲中,讲述了自己的文学观点,并论及俄罗斯文学在世界文学语境下的特殊地位及其承载的"超负荷"使命。他认为,俄罗斯文学"以西方人的眼光来看,并不能被称之为文学。"(4,429)在多甫拉托夫看来,长期以来东正教并未像基督教一样在西方世界扮演着规训、救赎、制约等决定性的社会作用,苏联时期甚至一度出现了摧毁教堂,覆灭教会,以实现政教分离的现象。多甫拉托夫那一代人就是在无神论的影响下成长起来的。而另一方面,俄罗斯的哲学在世界上也处于落后地位,它不仅起步较晚,而且思辨程度也未及欧洲哲学。在这样的现实条件下,"俄罗斯文学逐渐担负起本不属于她的功能"。"如同宗教,她肩负着巨大的道德训诫功能;又如哲学,她也能够智慧地解释周围的世界。于是,她从一个纯美学的、足够艺术性的文学变成了生活的教科书,或者,形象地说,文学从宝藏变成了淘金指南"。(4,431)

多甫拉托夫认为,十月革命以后,苏维埃政权把文学作为意识形态宣传的

重要途径,树立了文学作为"改造世界的辅助性手段之一"。并且官方明确规定了哪些问题是文学创作可以触碰的,哪些是不可以的。如"无冲突论""粉饰现实"等苏联官方对文学艺术创作的干预性政策,都在很大程度上扼杀了艺术蓬勃的生命力及作家自由的创作灵感,"文学开始整个地失去最宝贵、最致命的必备品质——公开地、无所畏惧地自我表达的能力。"(4,440)

多甫拉托夫呼吁文学应当回归其最初中性的面貌,恢复其审美特性。他曾列举一例来说明艺术所应当具有的纯粹本质。一次普希金的朋友在信中说:"每一个作家的任务都是鼓动人们去行善,激发出他们对恶习的仇恨……"但普希金坚定而尖锐地回答:"完全不是如此,诗歌高于道德。或者无论如何——完全是另外一回事。"(4,433)多甫拉托夫因此认为,"普希金的创作是纯唯美主义打败文学中的说教和道德主义之社会政治趋向的胜利。"(4,434)多甫拉托夫在对待文学创作的态度上也表露出明显的唯美主义倾向,他曾表示:"思想、观念,甚至包括情节——这些在我的文学兴趣当中恰恰处于次要地位。文学里,我更加珍视的是非分析性的方面,她的音响阶梯、她的香味、她的温度、她多彩的、语音的结构,总的来说,就是那些我们通常所说的,无法解释的吸引力。"(4,428)多甫拉托夫重视使文学之所以成为文学的特殊属性,追求文学的审美本质,反对利用文学来进行道德说教,但他并不是十足的唯美主义者,而是带有唯美主义倾向的审美主义者。

唯美主义奉行"为艺术而艺术"的准则,坚持艺术不能有任何目的和功利性。戈蒂耶说:"一件东西一旦变得有用,就不再是美的了。""只有毫无用处的东西才真的称得上是美的。一切有用的东西都是丑的。"①唯美主义者表面上看是在追求纯粹的艺术之美,实际上是把艺术作为现实的避难所,"美不再是对现实的对抗,而是对现实的遮蔽,直至颠倒了艺术与生活的关系,排斥生活,否定生活,认为是生活模仿了艺术,生活事实上是镜子,而艺术却是现实"②。尼采也反对创作超功利、无目的的观点,他称康德的"艺术是超功利的沉思"的观点是"对艺术的阉割"。同样,多甫拉托夫虽然坚持文学应当在艺术门类中保持自己的独立性,但他并不否认文学能够对人的生活产生影响,甚至是道德方面的影响,那么它是如何发生的呢?多甫拉托夫以一个比喻来诠释艺术对人的内心产生影响的复杂机制:

---

① 赵澧、徐京安:《唯美主义》,人民大学出版社1988年版,第16页。
② 同上,第100页。

当您读一本非常优秀的书,听到美妙的音乐,看着天才的画作时,您会突然间抽离出来,默默地说出这样的话:"上帝啊,我的生活多么愚蠢、庸俗、虚伪!我多么粗心、残忍、丑陋!就在今天,就在现在,我将开始另一种生活——有尊严的、高尚的、睿智的……"(4,438-439)

多甫拉托夫认为,文学间接地,并且潜移默化地对人的心灵产生影响。文学向人们展示美,引导人们独立地发现美、相信美的存在。而非赤裸裸地游说美的价值,以遮盖丑陋的方式去让人们幻想美,那便是自欺、自我蒙蔽,那样的文学艺术只会让读者越来越愚昧、对美的感知越来越迟钝,最终丧失审美的能力。

多甫拉托夫把文学艺术视为神圣的力量和圣洁的存在,每一个作家就像被上帝选中的先知,他们并不是自觉地选择了文学创作,而是文学选择了他们。多甫拉托夫曾说:"不是我选择了这个阴性的、引人注目的、折磨人的、沉重的职业。她亲自选择了我。"(2,196)而一旦"被"选中,就无法推卸,只能将职责进行到底,所以多甫拉托夫怀着无比严肃的态度对待文学,他始终肩负着作家的使命感。无论其小说中有多少诙谐的玩笑,对人物原型的漫画式嘲讽,幽默变形等,都是其严肃的艺术创作的手段,因此可以说是纯粹的美学活动,并无任何对人物原型人格上的讽刺,或是恶意中伤。

二、多甫拉托夫的非道德主义书写立场

多甫拉托夫的伪纪实主义叙事中充满对人的个体价值的充分关注与尊重,它体现出作家对人之自由价值的欣赏与赞颂。他从审美主义出发,在叙事中始终保持客观的、零度评价的叙述立场和视角。多甫拉托夫曾坦言,"把人分为好人和坏人是非常愚蠢的。同样——分为党员、非党员。分为恶棍与圣人。甚至分为男人和女人。"(2,46)作家认为,人会随着环境的变化而变化。一定程度上,偶然性决定了很多人的行为和命运。在极端的制度或环境下,如集中营里,好人有可能变为坏人,而坏人变成普通人。不仅在生活中,小说世界里更是如此。"我早就不把人分成正面的和负面的了。文学主人公更是这样。"(1,264)

按照苏联官方的观点:"如果主人公是个下流的人,以小说的逻辑发展,他应该遭受道德上的失败。或者遭到报应。"(1,264)而在多甫拉托夫的伪纪实主义小说里,年轻的看守、城市底层的酒鬼、小投机者和文学浪荡派等经过多甫拉托夫的艺术加工,成为"如雪、雨一样的自然存在之物"(1,264)。他用极

为简洁的语言,"零度"的情感介入来描写小说中人物的命运。例如《营区》中的一段描述:

"三年后米休克被提前释放。航空部门他再也进不去了。犯罪前科限制了他的前途。

他在国家科学院当机械员,结了婚,忘记了骂人的话,弹起了曼多林琴,酗酒,变老,渐渐地很少去想未来……

而季马在一个叫煤山的地方坠机身亡。在飞机残骸里,人们发现了一汽油桶的欧鳇鱼子……"(2,26)

即便是描写人间生死,多甫拉托夫也会尽量保持情感中立。他的小说以极简的语言勾勒事件的梗概,必要时,他就以自己最经典的省略号来代替欲说还休的话语。多甫拉托夫虽然在苏联现实主义文学一统天下的文学氛围中踏上文坛,但在多甫拉托夫的小说中,我们看不见社会主义现实主义文学里的道德审判台。他认为,小说家的本分就是讲故事,他也曾表示自己不是作家,而只是一个讲述者(рассказчик)。宗教哲学小说中,审判者是上帝;而社会主义现实主义小说里,审判者是国家意志;而在多甫拉托夫的以个人主义为中心的叙事伦理中,审判者的位置是空缺的。

多年后,多甫拉托夫才明白,使自己的小说一直未能被苏联官方接纳的原因。"我终于明白,我的作品为什么不能在苏联发表,因为我所描写的东西不存在。不是说在现实生活中不存在,而是在苏联文学里不存在。"①多甫拉托夫并没有像其他一些习惯于说教的作家一样,拿一把国家主义的、普世的伦理道德尺度去衡量人物。因而多甫拉托夫笔下的主人公形象永远是鲜亮的,与众不同的"那一个"。"正是在营区,他明白了世间并不存在非黑即白、非此即彼的绝对对立关系。他甚至连象棋都讨厌。"②多甫拉托夫没有照搬人物的现实,而是加以艺术创作,突出了他们的独立个性与人性本真的一面。

文艺评论家瓦伊利把多甫拉托夫评为"我们这个时代最反对道德说教的作家。"③格尼斯也指出:"多甫拉托夫的小说具有非道德主义的特点。他没

---

① Сухих И. Н. Сергей Довлатов: время, место, судьба. СПб.: Культ Информ Пресс, 1996. С. 358-359.
② Генис А. А. Довлатов и окрестности. М.: Вагриус, 2011. С. 66.
③ Арьев А. Ю. Сергей Довлатов: творчество, личность, судьба — итоги первой меж-дународной конференции Довлатовские чтения. СПб.: Звезда, 1999.

有用统一的标准去衡量所有的人。多甫拉托夫的主人公生活在'善与恶的彼岸'。"①应当说,多甫拉托夫对待小说人物非道德主义的观点并非说明他是反社会、无政府主义的。如同尼采曾对"野蛮人"加以赞美,福柯也曾为疯子和罪犯予以辩护。然而,他们期望中的人并不是病态、狂热的疯子和罪犯,而是纯真、高贵、生命力旺盛的人。尼采的"野蛮人"实际上与"孩子"同义,即奉行生命无罪的人,与"原罪"恰成对照。福柯对"疯子"和"罪犯"的兴趣,实际上是捕捉到他们不肯驯服的野性之美。②多甫拉托夫同样以审美的眼光看待他的主人公,他把有缺陷、滑稽、边缘的人物看作真实的符号表现,富有自然天性、未被"文明"所浸染之人的化身。多甫拉托夫对"反英雄"之"美"的关注与刻画,说明他对遭受了长期压抑、贬低,甚至践踏的边缘人物的尊严的呼唤,对恢复人与人之间平等、民主、和解关系的诉求。

小说中多甫拉托夫多次展示了主人公内心常常出现的"面对公众的义务"（долг перед обществом）与"面对自己的感受"（чувство перед собой）之间的激烈博弈。《保护区》中,主人公阿利汉诺夫讲述了自己对婚姻的态度：

就算我们注册结婚了。这也是非道德的。因为道德的压力让人难以承受……

道德应该自然地从我们的本性中流露出来。如莎士比亚所说："天性啊,你是我的女神！"

对了,这是谁说的？艾德蒙特！无耻的人,这样的人可不少……

所以一切都搞乱了。

况且还出现了——问题。谁能够谴责鹰或者狼的非道德？沼泽、暴风雪,或者沙漠的炎热——到底谁是非道德的呢？

强制的道德是对天性力量的挑战。简言之,如果我出于道德的压迫而结婚了,这就是非道德的……

卢梭曾说："婚姻是社会最普遍、最广泛的联系；然而,婚姻并非总能以最诚挚的方式使一个男人和一个女人结合在一起。"③多甫拉托夫意识到,如果出于公共道德法则的压迫感,因为所谓的"内疚"心理的作用而结婚,那么,对

---

① Генис А. А. Довлатов и окрестности. М.: Вагриус, 2011. С. 39.
② 李晓林：《审美主义：从尼采到福柯》,社会科学文献出版社2005年版,第13页。
③ 卢梭著,吴雅凌译：《卢梭著疏集：文学与道德杂篇》,华夏出版社2009年版,第184页。

于他者而言顺应道德的事件便成为对于自我而言非道德的事件。多甫拉托夫这段讲述与尼采所说的"道德很不道德"的观点不谋而合。

多甫拉托夫崇尚自然天性,《营区》中他也曾发出同样的感慨:"天性——你是我的女神!"我们可以理解,多甫拉托夫所批判的道德并非普遍意义上的道德,而是那些以道德的名义,对人性的自由进行绑架,扼杀人追求自我意志和价值的"道德暴力"。在多甫拉托夫看来,人为地操纵或利用道德意志来实现规训和统治的目的,或者以个人的道德尺度去衡量他人的行为均是对他者的戕害。在多甫拉托夫看来,人应该挣脱工业理性的束缚,追求个体天性、自然,回归最本真、最原初的自己,尊重自我内心的感受而不一味受到"义务""规则""良心"等他者道德异化而产生的规范的制约。

伪纪实主义小说中多甫拉托夫摒弃一元论的价值立场,凸显了社会道德的复杂性与相对性。米兰·昆德拉说:"小说的精神是复杂性的精神。每部小说都对读者说:'事情比你想的要复杂。'这是小说的永恒的真理,但是在先于问题并排除问题的简单而迅速、又吵吵闹闹的回答声中,这个真理人们听到的越来越少。"①而多甫拉托夫的魅力很大程度上来源于他对人生种种复杂性的思考与展现。从审美主义的角度来看,小说的道德观应该是悬置的,作家并不能堂而皇之地在上帝面前炫耀自己的宣告判决的权力,作家没有这样的权利,而多元价值观和情感中立的审美原则才是小说家应该坚守的。正如刘小枫所说:"只有中止传统的普遍性道德判断,个体生存的血肉和经脉才能浮现出来,小说的道德就是这个别人的血肉和经脉。"②

应当指出,审美主义尚个性的伦理道德观也具有一定的局限性。它产生于工业理性操控力量无限增长,以及黑格尔的理性至上的社会及哲学语境之下,它的首要任务便是反对理性,崇尚感性。这一美学主张能够予以被忽略的个体价值充分的尊重与重视,但同时,审美主义者也较容易陷入以自我为中心的个人主义的漩涡之中,甚至将审美视为一切事物和行为的最高法则,而忽视伦理道德、法律等,致使社会中出现以个人为中心而缺乏统一、公认的社会规范的混乱局面。此外,尼采、福柯等审美主义者反对传统道德对人行为的规约作用,但他们都不约而同地强调人的自律。尼采提出"超人"理论,福柯则创造出"自我英雄",他们的理论的局限性在于,"认为他人都像他那样具有道德自

---

① 米兰·昆德拉著,董强译:《小说的艺术》,上海译文出版社2012年版,第20页。
② 刘小枫:《沉重的肉身》,华夏出版社2012年版,第172页。

觉以实现自律,而无需社会的规范。"①应当承认,具有高度自觉和自律能力的人的确为"超人",也就是说,在现实生活中只有极少数的人能够到达这一思想境界。

毫无疑问,多甫拉托夫本人的艺术思想中也存在着过于理想主义或称浪漫主义的成分。例如,他所认为的狱警与囚犯之间的相似虽然具有一定的合理性,但现实生活中,二者的角色也着实无法交换。但不可否认的是,多甫拉托夫的小说中闪耀着解构的批判性思维以及对边缘人群体的人文关怀。倘若我们以艺术的审美眼光来看待他的思想,并充分考虑多甫拉托夫小说产生的土壤——苏联社会现实,便会发觉理想主义的审美态度又具有合理的成分。

多甫拉托夫小说的创作土壤是20世纪六七十年代的苏联和美国,当时在两个国家所流行的分别是社会主义现实主义文学思潮和后现代主义小说。无论在哪种文学创作与社会政治的语境之下,多甫拉托夫的小说都会显得与官方文学格格不入,这也导致作家始终未能光明正大地发表自己的作品,甚至被克格勃追查。尽管在美国,他的小说突然变得畅销和热卖,也正说明了其小说中所谓的"反苏"情绪迎合了西方政治社会意识形态斗争的需要。首先,这是一种误解。其次,这一误解导致多甫拉托夫即便在美成名后依然抑郁不已,甚至是更加重了绝望的心情:如果说,在苏联自己的小说不被发表是因为他们读懂了,不敢发(尽管也是误读);那么在美国,这些小说根本就没有被读懂,就被草率地(抑或是故意?)冠以某种"反苏移民者的宣言"而被大肆宣扬。对于作家而言,这样的"名誉"没有任何鼓励的意义,有的更多是讽刺与利用。

三、多甫拉托夫将生活艺术化的审美实践

尼采的审美主义有一个前提:对世界本质的认识。他认为:"我们所置身其中的世界乃是一个邪恶、不道德而且没有人道的世界。"②因而只有艺术才是拯救人类于丑陋世界的唯一解药,只有审美活动才能够唤醒人的爱欲、激情与自由,换言之,只有个体的审美体验才能赋予人生以意义。在多甫拉托夫看来,生活的本质是荒诞的,周遭是无边无尽的混乱。这一主题在《营区》《手提箱》《我们一家人》《分支》等作品中被反复强调。然而,面对荒诞的生活他依然保持了克制与理性,"世界是恐怖的。但生活仍在继续。而且,这里保持着生

---

① 赵彦芳:《审美主义辨析》,《辽宁师范大学学报》2003年第2期,第63页。
② 尼采著,余鸿荣译:《快乐的科学》,中国和平出版社1986年版,第241页。

活正常的比例关系。善与恶,悲伤与喜悦之间的比例依旧没有改变。"(2,18)或许是受到哲学家的启发,多甫拉托夫把文学视为赋予生命意义的途径,他在《营区》中详细讲述了文学创作发生的内部动因:

> 事实上,我已经写过。我的文学是生活的补充。没有它,生活将变得毫无意义。
>
> 众所周知,世界是不完美的。社会的规则是敛财、惊恐、背叛。梦想与现实的冲突千百年来都未曾消停过。这个世界并非人们心中所向往的那样安宁,而是充满了混乱、无序。
>
> 此外,我们的内心也出现了类似的情况。我们渴望完美,而周遭却是庸俗。
>
> 活动家、革命者在这种情况下怎么做呢?革命家试图建立世界的和谐。他开始变革生活,有时会得到可笑的、米丘林式的结果。比如说长出来的胡萝卜竟然跟土豆一模一样。总的来说,就是创造新的人类品种。可想而知,这将以何种结果告终……
>
> 道德家采取什么措施呢?他也试着达到完美的境界。只是不在生活里,而是在自己的心中。通过自我完善来实现。这里非常重要的一点就是,不要把自我完善与冷漠划等号了……
>
> 艺术家走的是另一条道路。他创造虚构的生活,用庸俗的生活补充它。他创造虚构的世界,在那里,高尚、诚实、怜悯都是常规。

显然,多甫拉托夫并不认同革命家通过对现有的事物生硬、强制地改造以实现和谐的方式。他对道德家所谓的修身也感到担忧,认为这会导致冷漠。他主张艺术家所走的道路,用艺术创造虚构的生活,用自我的主观意志和审美去诗化生活,这便是"把生活当作艺术品"的生存美学的集中体现。

生存美学,即审美化的生存方式。这一概念最早出现在福柯1982年关于"主体的诠释学"的课程中。[①]它的主旨在于"把审美创造当成人生的首要内容,以关怀自身为核心,将自己的生活当成一部艺术品,通过思想、情感、生活风格、语言表达和运用的艺术化,使生命存在变为不断逾越、创造和充满快感的审美享受过程。"[②]如果说尼采把对生活的希望寄托于艺术之中,那么福柯

---

① 高宣扬:《福柯的生存美学》,中国人民大学出版社2005年版,第344页。

② 同上,第343页。

则主张把生活本身变成艺术,在艺术化生存中体验无限的自由与美。我们认为,多甫拉托夫的审美思想在一定程度上与福柯的生存美学极为相似。他的伪纪实主义小说即是消弭了艺术与生活的界限,用艺术世界中的审美化了的生活来代替现实世界中的理性生活,并最终实现了把自身的日常生活变为艺术品的目的。如利波维茨基所说:"多甫拉托夫成功地把自己的生平变成了文学。"

《营区》中,大尉叶戈罗夫本是一个"迟钝的、凶恶的畜生",但多甫拉托夫对出版商叶菲莫夫声称,可以目睹作者是如何创作和改造这个人物形象的。(2,95)在该部小说中,多甫拉托夫使他化身为声张正义而勇敢的"硬汉"。在敖德萨度假时,他狠狠地教训了一顿骚扰卡佳的男人,显示自己的勇敢与正义,随后卡佳便成为他的女友。小说中的叶戈罗夫不仅说话风趣幽默,对女友卡佳也关爱有加。营区的生活条件恶劣,他便卖力劈叉烧火给女友取暖;卡佳无法忍受警犬的叫声,他便出门把警犬打死。虽然这一情节看上去血腥至极,但多甫拉托夫对这一段情节的叙述采用了仍留在屋内的卡佳的叙事视角,他把事件的经过简化处理,用一声"尖叫"模糊化了屋外所发生的几近残暴的场面。由此多甫拉托夫避免了对血腥场景的自然主义描写,而使得小说叙述更加平和,叶戈罗夫的"可爱"形象也稍稍得以保全。

在俄罗斯文学历程中,集中营体裁古已有之。从17世纪的阿瓦库姆对自己被监禁的亲身经历的描述,到19世纪陀思妥耶夫斯基的《死屋手记》、契诃夫的《萨哈林旅行记》,再到苏联作家沙拉莫夫(В. Д. Шаламов)著名的监狱文学作品《忠诚的鲁斯兰》《科雷马故事集》和索尔仁尼琴的《伊凡·杰尼索维奇的一天》《古拉格群岛》等。但与以往的集中营文学不同,多甫拉托夫的《营区》似乎专门为了"颠覆"传统而创作。作者在该小说中表示:"沙拉莫夫厌恶监狱。我认为,这是不够的。这种感觉并不能说明对自由的爱。甚至也不证明是对专制的憎恨。苏联的监狱——无数种暴行之一,暴力专制形式的一种。但集中营的生活中也有美。这里也不是一无是处。我认为,她最令人惊叹的装饰之一就是——语言。"(2,100)多甫拉托夫没有按照传统集中营文学的写作套路,去批判囚犯之恶,弘扬狱警之正义与威严,而是以审美的角度去观察集中营的生活百态。在多甫拉托夫看来,营区的语言是独一无二、天才的发明,"是创作现象,十足的美学和宝贵的艺术现象。"(2,101)营区里枯燥无聊的生活给予"语言"极大的发展空间。无论是囚犯还是狱警,语言对于他们而言就像一把武器。狱警的语言被视为用来维护自己声誉、展现权威的手段,而囚犯的独白则可视为一出戏剧:它有引人入胜的开端,令人着迷的高潮和轰动的结尾。(2,101)多甫拉托夫甚至认为,"有的人能够模仿巴别尔、普拉东诺夫、左琴科。很多年轻作家都在这方面取得了不错的成果。但营区的语言是无法复制的。因为它具有自身特定的语境。"(2,102)

总之,多甫拉托夫一反人们传统观念中对监狱污秽、混乱、残暴的印象,而以独具的慧眼发现并揭示了它的美。这是日常生活中美的代表,因为"我写的根本不是监狱和囚犯。我想写的是生活和人。并且我可没有把读者邀请来参观珍奇博物馆。……再说一遍,我所感兴趣的是生活,而非监狱。是人,而非怪兽。"(2,173)监狱的小时空只是苏联社会的一个缩影,但它代表了多甫拉托夫对整个世界的审视与思考。多甫拉托夫从是与非的二元对立中解放出来,立足现实生活,把现实生活变为审美的对象,从中发现美的存在。虽然多甫拉托夫把自己的创作主动权与审美意图隐藏至最深,如他多次强调,自己只是一个"讲故事的人",并且只是"记录"生活中的片段,似乎他的工作只是"发现美,传递美"。但我们从伪纪实主义小说的分析中便可发现其鲜明的主体性与积极的"把生活变为艺术品"的生存美学思想。

1987年,布罗茨基在诺贝尔奖颁奖词中说道:"美学的选择是一种高度的个人选择,美学的体验也永远只能是个体的体验……一个人对于美学的体验越成熟,他的爱好也会越广泛,他的道德观念会更集中,他的精神也会更自由。"[1] 多甫拉托夫把文学作为审美化生活的手段,在伪纪实主义创作中,他实现了思维的自由,创作的自由,与本体论意义之上的存在的自由。如果说,"审美,是人类生存的最高形式——最高的超越形式。"[2] 那么,伪纪实主义便是多甫拉托夫对现世生活的审美超越,对生命存在之可能性的艺术化探索,以及对生活本身的诗化实践。

"任何文学作品的真实都是作者对世界、生活以及自身的感悟、体验的艺术传达。"[3] 多甫拉托夫的伪纪实主义叙事在艺术审美层面直接观照了作家对当下社会"真实"的理解,以及其在艺术创作中的表达。

20世纪六七十年代的苏联正处于社会政治生活的剧烈转型期,文学艺术领域刚刚经历"解冻"之风的沐浴后,很快便遭遇再次"结冰"的打击。作为初踏入文坛的年轻作家多甫拉托夫,面对官方文学组织的拒绝以及一次次文学实践的受挫,他感受到的与其说是重创,不如说是迷惘:哪里出了问题?值得

---

[1] 毛信德、蒋跃、韦胜杭译:《20世纪诺贝尔文学奖颁奖演说词全编》,百花洲文艺出版社2001年版,第822页。

[2] 李晓林:《审美主义:从尼采到福柯》,社会科学文献出版社2005年版,第196页。

[3] 张永清:《真实的碎片——90年代小说真实观透视》,《文艺争鸣》1999年第5期,第42页。

一提的是,作家在作品中不止一次描述过自己的小说被杂志编辑或出版商"婉拒"的故事。我们发现,与左琴科、普拉东诺夫、阿赫马托娃等同时代的前辈作家相比,多甫拉托夫既没有遭遇被逮捕、被刑讯、被驱除等激烈的政治迫害,也没有被封杀、被剥夺写作的权利。他所收到的一切反馈多是温和的,甚至可以说是有礼貌的。从写作态度上也侧面印证了作家非意识形态化书写的主观与客观原因。当然,也正因为编辑们给出的拒稿言辞闪烁飘忽,委婉而温和,多甫拉托夫才百思不得其解,究竟自己的小说为何不能光明正大的发表而只能成为"地下"文学呢?作家最终得出结论,我们的眼睛所看到的真实只是真实的一种,是在公共秩序推动下形成和发展着的社会现实;然而,人类社会中应该还存在另一种真实,那便是每一个个体心中所感受到的真实。

多甫拉托夫在《手艺活》中讲述了自己还在襁褓里时与俄国作家普拉东诺夫的"相遇",故事来源于妈妈的讲述,尽管作家通过详细地逻辑推理发现这次相遇漏洞百出,但他仍然愿意相信,这是"真实的",因为,"我需要这样一次相遇。"(3,9)可见,"记忆真实"与"事实真实"并不对等,有时甚至背道而驰,但在伪纪实主义叙事,二者的边界被模糊乃至被取消,而成为合法、合情且必要的动作。总体来说,多甫拉托对其审美真实观的展现具有民间话语叙述、碎片化、个体化等三个方面的特点。

伪纪实主义小说的真实观体现出民间话语叙述的特点。与现实主义的不同,在叙事模式上伪纪实主义叙事摒弃了现实主义的"启蒙话语",不再以某种政治激情、某种流行思潮的观念为先导,去俯视、分析、解释、评判生活,而是采用具有"主体间性"的写作姿态,担当民间话语的"转述者"或"记录者"。多甫拉托夫曾说:"不要以为我在客套,事实上,我不确定自己是一个作家。我更愿意认为自己是讲故事的人。"①他以客观地记录和反映生活的过程为己任,并尽量保持克制的情绪,零度写作的姿态。在他的小说中,词句的使命不是心理分析,也不是描述事件,它们的首要功能是叙述,"讲述人们怎样生活"——这恰是一个叙述者(讲故事的人)的使命。

同时,伪纪实主义叙事中也反映出作家个体化的真实观。如果说,真实对于现实主义文学来说是日常生活的"典型化",那么,对于伪纪实主义叙事来说,它意味着对个人切身经历的描述,具有亲历性、存在性,它重视的不仅是事件本身,更在于事件发展的规律性及可能性,更为关键的是"我"所感知到的、对审美期待所能够产生的一切可能性。正是这些可能性给予生活动力,给予

---

① Глэнд Д. Беседы в изгании. М.: Книжная палата, 1991. С. 90.

所有苦难以出路,给予所有荒诞以和解。在小说《营区》中,多甫拉托夫表示:"世界是恐怖的。但生活仍然在继续。而且,这里保持着一般的、生活中的比例关系。善与恶,悲伤与喜悦之间的比例——依旧没变。"(2,18)个体化的真实感受比一切冷冰冰的教条更有温度也更有说服力,多甫拉托夫早已意识到,只有书写受群体意识压制的个体的各种隐秘的欲望和心理的东西才是最真实的,只有具有亲历性和存在性的感受才是永恒的。

此外,多甫拉托夫的真实观还具有碎片化的特点。纵观多甫拉托夫的八部中篇小说,它们几乎都是由若干短篇小说构成的中篇小说。叙事结构是环形和边框性的,也就是说,作家的叙事非传统的时间轴、地点轴或人物轴等线性叙事,而是主题轴叙事。每一个小短篇都可以独立成章,这说明它内在的情节要素的自足。以小说《妥协》为例,这部小说的主题便是"真实与虚构的边界",而每一部小说都是对这一主题的一个角度的阐发。挤奶工、报社记者"多甫拉托夫"、第四十万个苏联新生儿、被设定为标准人生赢家的跳高冠军等等,新闻报道里的他们与现实生活里的他们相比,真实的或许只有人名。多甫拉托夫以单个人物的单个故事为线索,在叙事中探讨真实与虚构的边界,更为重要的是,探究真实的意义是什么。以短篇小说为叙述单位,他对苏联日常生活的描述是碎片化、站点式的,他重在"还原""描述"当下的生活,既不否定,也不超越。他的叙述提供给读者的只有未成逻辑的单个故事的集合,而每一个读者都可以从碎片化的故事内容和讲述方式中获得同样具有碎片化的对生活的认知。所以在作家的小说中,故事叙事的结尾没有现成的生活启示录,然而恰是开放结尾,引导读者以开放的、未完成的心态去面对生活。

多甫拉托夫的民间话语叙述、碎片化及个体化的真实观与作家所处的时代、所经历的流亡有着紧密的联系,归根到底,是作家内心隐秘情感投射在文学艺术作品里的倒影。正如张永清学者所说:

"在这个无名的时代(指20世纪八九十年代——笔者注),真实不再是一个巨大的板块,而是裂变为无数碎片,每一碎片都在弹奏着心灵的琴弦,回荡在时代上空的每一个音符都是人的深邃精神的表征。在这碎片的真实中,涌动着对个体生命讴歌与赞美的急流,飘扬着崇尚个体价值的热切呼唤。"[1]

---

[1] 张永清:《真实的碎片——90年代小说真实观透视》,载《文艺争鸣》1999年第5期,第42页。

从苏联到美国,从20世纪六十年代走到八十年代,多甫拉托夫的生活处境经历了由中心到边缘的位移,叙事立场经历了主流话语到再到民间话语的转换,对文学真实的追求也经历了由"事实之真"到"感受之真"的嬗变。

第二节 伪纪实主义作为身份认同的途径

"多甫拉托夫不止一次地'修剪'自己的生平经历,这其中包含着他对生活的态度,他试图给世界添加上自己对人或事情的评价。他的文本也是如此,'实际上它们并非线性。它们只是各种发展之可能性的集合。'"① 多甫拉托夫在多尔马托夫、阿利汉诺夫、同名的"多甫拉托夫"等人物形象的塑造过程中,把自己真实的生平信息与虚构的经历融为一体,同时始终保持作者与主人公之间的审美距离。《手艺活》中作家连自己的出生日期都"记错了"。他说:"我在大撤退时出生,10月4日。"(3,11)而多甫拉托夫的出生日期实为9月3日,作家在每一个数字上加了"1"于是,就成了伪纪实的人物"多甫拉托夫"的出生日期,这预示着,小说即将讲述的只能是多甫拉托夫的伪纪实主义故事。

多甫拉托夫亲手解构了现实生活中自我的形象,并以伪纪实的手法塑造出一个个戴着面具的、形象难以确定的、与作家若即若离的叙述者兼主人公的形象。作家似乎并不急于让大众认清自己,否则撰写自传效果更佳。他更希望自己的存在像"谜"一样,无尽地吸引着读者去揣测、体味。多甫拉托夫曾多次表示,每当有人向他询问其故事的真伪时,他都会感到非常骄傲。多甫拉托夫的确成功了,其友人争相撰写回忆录,力图还原被作家虚构了的事件的原貌,"一时间,人人都在寻找解开多甫拉托夫之谜的钥匙"②。

那么,多甫拉托夫为什么要这么做呢?我们认为,触发多甫拉托夫使用伪纪实主义叙事最原发的、也是潜藏的动机便是他对自我身份认同的尝试。我们之所以做出这一论断,基于两点原因:首先,多甫拉托夫的大多数小说都具有回忆录的性质,而回忆与身份认同具有密切的关联;其次,多甫拉托夫在公

---

① Генис А. А. Довлатов и окрестности. М.: Вагриус, 2011. С. 39.
② Выгон Н. Современная русская философско-юмористическая проза: проблемы гегизиса и поэтики. М.: МПГУ, 2001. С. 289.

开场合,如记者访谈、演讲等时也多次表露出对自我身份的迷茫与身份认同的渴望。以下我们将对上述两个方面进行分别论述。

身份认同[①]是西方文化研究的一个重要概念。"这个词总爱追问:我(现代人)是谁?从何处而来?到何处去?"[②]它是社会学、心理学、哲学等多门学科种类交叉研究的对象。在当今后现代文学批评语境下,身份认同已经成为理解与研究文学作品的重要工具与视角。目前,学界关于"什么是身份?"的争论也一直在持续。美国当代著名的身份研究专家S.K.惠特伯恩认为,"身份概念是一个具有广义的生物心理社会属性的自我定义。这个定义包含个体在相关领域内——如生理机能、认知、个性、关系、职业以及广义上的社会角色的自我表现。"[③]而C.B.戈德堡则认为,个体通过社会分类来构建自己和他人的身份,即人们总是自觉地对社会群体进行分类并给予评价,个体在评价的基础上确定自我身份。[④]由此可见,关于身份的定义包含两个方面的内容,即个体身份的获得既要依靠自我认知与评价,同时又要通过对社会上的异己"他者"的甄别、区分,从而找到自己所属的群体,并在群体的身份特征中认识个体的身份特征。身份认同总是处于共时与历时维度的交叉点。詹姆斯强调,身份认同不止包括当下的我,也关涉到过去的那个我。[⑤]"如果一个人的思考行为能够回溯到过去任何一种行为或思想,那么这个人的身份认同就能得以确立,现在的他与过去的他拥有同一个自我,而这同一个自我就是现在正在反思过往的那个我。"[⑥]由此可见,个体的身份认同在很大程度上依靠人的回忆能力,换言之,个体对过去之"我"的记忆将对当下之"我"的身份认同起到关键性的作用。

人类的情感及智力经验往往构成了人们回忆的内容,但毫无疑问的是,如

---

① 英文单词"identity"在汉语语境中有多种译法:"认同""身份""身份认同""同一""同一性"。它源自晚期拉丁语identitas和古法语identit,受晚期拉丁语essentitas(essenee,存在,本质)的影响,它由表示"同一"(same)的词根idem构成。鉴于本文研究的现实语境,本文笔者采用"身份认同"这一译法。
② 陶家俊:《身份认同导论》,载《外国文学》2004年第4期,第37页。
③ S. K. Whitbourne. Identity Processes in Adulthood: Theoretical and Methodological Challenges // *Identity*: *An Internal of Theoretical and Research*, 2002, №1, pp. 29-30.
④ C. B. Goldberg. Applicant Reactions to the Employment Interview: A Look at Demographic Similarity and Social Identity Theory // *Journal of Business Research*, 2003, №56, p. 561.
⑤ William James. *The Principles of Psychology*. Vol. 1. New York: Dover, 1980. p. 332.
⑥ John Locke. Of Identity and Diversity // *John Locke*: *Essay Concerning Human Understanding*. Oxford: Oxford University Press, 1975. p. 335.

多甫拉托夫所说,"记忆是有选择的"①。因此,个体的回忆不仅充满主观评价的态度,也体现出回忆主体的个性价值取位。"我们每个人的回忆都是独一无二的,无法与他人的回忆相比较。我们之所以会有这样的感受,是因为我们的记忆根植于一连串不可分割的过往事件和生活片段之中,这些事件及片段让我们的日常生活具有独特性。"②

"人类的记忆行为至关重要,它建构文化、承载历史并塑造个人,记忆是潜伏在一切文字下的暗流。一般认为记忆是人类心智活动的一种,是过去经验在大脑中的记录并构成意识的关键部分,记忆代表着一个人对过去活动、感受和经验的印象积累。"③多甫拉托夫于1978年侨居美国纽约,他的作品也是在移民后在美国陆续出版的。因此,多甫拉托夫的小说中充满对侨居前的苏联社会、生活的追忆与反思。作家常以"第三浪潮移民"的身份讲述这一类特殊社会群体的精神状态和生活经历,记录刻在苏联六七十年一代人身上抹不去的创伤记忆和身份印记。回忆既是对过往经历进行反思的过程,又是激发认同感的过程。文学作为承载和传播历史记忆的核心文字媒介既是留存个人回忆的场所,又能够在个人记忆的文学演示过程中形塑个体身份认同。

多甫拉托夫在小说中以第一人称"我"来叙事,并且此"我"是现实生活中作家的伪纪实主义形象,是经过作家艺术变形、文学化了的人物。小说中多甫拉托夫的同貌人所经历一切艺术活动的挫折、精神探索等都可视为作家的现实生活在艺术世界中的投影,但多甫拉托夫又有意保持着与同貌人的距离,这就说明他以审美视角出发来看待这一虚构性的艺术形象。小说中,无论是故意的"事实错误",还是艺术塑造与创作,无不体现出多甫拉托夫对自我形象(以现实生活中的形象相参照)的某种修补、游戏,以及对"自我"这一概念的探索。

"作家关于自己生平的频繁游戏(文本游戏、与读者游戏、与主人公游戏、语言游戏等)是一种策略方案,他没有把命运当成严格的、不可更改的轨迹。"④在艺术的、虚构的世界里,多甫拉托夫可以根据自己的审美思想、世界

---

① 多甫拉托夫著,刘宪平译:《我们一家人》,人民文学出版社2005年版,第33页。
② 刘海婷:《1980年以来德国自传文学中记忆话语的转变与身份认同》,北京外国语大学博士论文,2014年,第47页。
③ 朴玉:《承载历史真实的文学想象——论〈愤怒〉中的历史记忆书写》,《当代外国文学》2014年第4期,第88页。
④ Дочева К. Г. Идентификация личности героя в творчестве Сергея Довлатова. дис. докт. филос. Орел, 2004.

观、艺术美学观来"设计"自己的生命轨迹,以艺术实践的方式来进行自我身份的探索与追问。

如叔本华在《作为意志和表象的世界》一书的序言中所说:"凡是往后对别人有所裨益的,偏是那些个人为自己精思,为自己探讨的东西,而不是那些原来是为别人已经规定了的东西。"①伪纪实主义创作的发生与多甫拉托夫的个体生命体验密切相关,是他"关怀自身"的艺术表现。伪纪实主义小说以第一人称叙事视角展现出主人公"多甫拉托夫"眼中的世界,与此同时,也刻画出叙述者自身的形象。多甫拉托夫对现实生活中自我身份的思考体现在他所塑造的不成功的文学失败者多甫拉托夫、苏联移民多尔马托夫和狱警阿利汉诺夫等形象上。他们无一不在代替作家发出对自我内心的拷问:"我是谁?我从哪里来?""我为什么会出现在这里?前方会有什么在等待我?"正是因为多甫拉托夫在身份认同的过程中不断受挫,他才把内心所有的疑问转化为伪纪实主义地塑造自己的新形象的全部动力。哪一个是自己?"哪一个都是,又都不是。"如此**不确定**的状态正映衬了现实生活中多甫拉托夫的心境。多甫拉托夫在身份认同过程中所面临的困境在一次采访中表现出来:

> 多甫拉托夫:"长期以来,我在苏联并不被认可,也没成为实质意义上的作家。如果一个人写的是有趣的、可笑的、感人的故事,那么他就不是作家,而是文艺小说家、讲故事的人。这两个术语似乎都是在贬低他们所从事的活动。"
>
> ……
>
> 格兰德:"您现在身在美国,您感受到归属感了吗?"
>
> 多甫拉托夫:"这是一个意外的、严肃的问题。甚至在那个我生活了三十多年的列宁格勒时都未曾感受到归属感。**从外形上看我并不是俄罗斯人**。生活的安排就是如此,我时常觉得自己和周围的普通人有某些不同。在列宁格勒的大街上我显眼了。我留着大胡子,这是粗鲁的表现——海明威式的大胡子,而非托尔斯泰式的。……恰恰是在纽约,我才第一次感受到了归属感,这完全是生理上的感受。……有一半纽约人的英语比我还差,所有的人都不会把我当作外国人,因为整个纽约都是由外国人组成的,那里几乎没有土生土长的原住民。"

---

① 叔本华著,石冲白译,杨一之校:《作为意志和表象的世界》,商务印书馆2007年版,第13页。

仅从这一段采访中我们便可以看到，多甫拉托夫在身份认同过程中所体会到的强烈的挫败感。首先，官方不认可他为真正意义上的作家，这一点从根本上导致多甫拉托夫对自己作家身份的质疑；其次，外形上的与众不同并不能让多甫拉托夫感到骄傲，因为它无时无刻不在提醒自己：你是一个异族者。于是，多甫拉托夫也遭遇到难以寻觅民族归属感之痛苦；再次，到达美国后，即便作家表示"第一次感受到了归属感"，但很快他就强调，这只是生理上的感受。换言之，从心理上，即从文化身份认同的角度，多甫拉托夫仍然难以完全接受、融入美国文化——他永远是流亡他乡的移民者。多甫拉托夫以伪纪实主义小说的形式塑造出各类自我同貌人，他们与作家在生平经历、内心感受及精神状态等多方面有着相似之处。可以说，借由伪纪实主义人物的刻画，多甫拉托夫记述了自己对于身份问题的思考，在身份认同过程中所遭遇的重重困境。总体而言，作家的身份认同中包含三重内容：民族身份认同、作家身份认同，以及移民者身份认同。以下我们将进行详细论述。

一、民族归属感的缺失

多甫拉托夫的父亲多·梅奇克（Д. Мечик，1909—1995）是犹太族人，母亲诺·多甫拉托娃（Н. Довлатова，1908—1999）是亚美尼亚族人。因此，理论上来说，多甫拉托夫具有一半犹太人血统，一半亚美尼亚人血统。多甫拉托夫在小说里多次提到："我属于可爱的少数民族。"（2，17）（2，269）有意思的是，在与作家好友叶罗费耶夫的一次访谈里，当对方提议让多甫拉托夫做自我介绍时，多甫拉托夫首先就谈到了自己的民族归属问题。他说：

> "当我出生时，他们（多甫拉托夫的父母，笔者注）觉得，如果我成为亚美尼亚人，我的生活会更顺遂一些。于是我就被登记为亚美尼亚人。而然后，当我要移民时才知道，为此我必须成为犹太人。1978年，在我成为犹太人以后，我获得形式上的移民的可能性。……我从未觉得自己属于某一个民族。我不说亚美尼亚语。另一方面，我也不说犹太语。在犹太人的环境中我也没有觉得自己是他们中的一员。"（4，468）

我们可以看到，对于多甫拉托夫来说，父母的民族身份并没有带给多甫拉托夫任何归属感，他感受到的是非此非彼的"间隙"状态。即便出生和成长的国家——俄罗斯也未曾让多甫拉托夫坚定地认为自己是俄罗斯人，他甚至从未明确正视过这一点,只是不无暧昧地说:"从职业的角度考虑,我是俄罗斯人。"(4,469)似乎除用俄语写作这一职业特征外,他再也无法证明自己的俄罗斯民族身份。

生活中,多甫拉托夫对自我民族归属问题的回答并不明确或坚定。但在其小说中,他充分地表现了对犹太民族以及其他少数民族的关注与人文关怀,甚至在某些地方流露出了世界主义的思想倾向。但值得一提的是,多甫拉托夫很少对犹太问题进行大篇幅的政论性争辩,只是轻描淡写地、从侧面,甚至常常是从他者口中间接地讨论这个问题。如《保护区》中,借房东马尔科夫之口说出了一个酒鬼眼中的犹太人形象:

"去年犹太人在这儿住过。不能说他们不好,人还是很有涵养的……人家既不喝劣质酒,也不喝花露水——只喝白酒、红酒和啤酒……我个人是尊重犹太人的。"(2,222)

小说《妥协》中,多甫拉托夫讲述了在苏联时,因为自己部分的犹太人身份以及对民族问题的触犯而遭到辞退的经历:

И меня уволили. Вызвали на заседание парткома и сказали:
—Хватит! Незабывайте, что журналистика—передовая линия идеологического фронта. А на фронте главное—дисциплина. Этого-то вам и не хватает. Ясно?
—Более или менее.
—Мы даем вам шанс исправиться. Идите на завод. Проявит себя на тяжелой физической работе. Станьте рабкором. Отражайте в своих корреспонденциях подлинную жизнь…
Тут я не выдержал.
—Да за подлинную жизнь, —говорю, —вы меня без суда расстреляете!
Участники заседания негодующе переглянулись. Я был уволен по «собственному желанию».
После этого я не служил. Редактировал какие-то генеральские мемуары. Халтурил на радио. Написал брошюру"Коммунисты покорили тундру". Но даже и тут совершил грубую политическую ошибку.

Речь в брошюре шла о строительстве Мончегорска. События происходили в начале тридцатых годов. Среди ответственных работников было много евреев. Припоминаю каких-то Шимкуса, Фельдмана, Рапопорта… В горкоме **ознакомились и сказали**:

— Что это за сионистская прокламация? Что это за мифические евреи в тундре? Немедленно уничтожить весь тираж!…

Но гонорара я успел получить. Затем писал внутренние рецензии для журналов. Анонимно сотрудничал на телевидении. Короче, превратился в свободного художника. И наконец занесло меня в Таллинн… (1, 382)

我酗酒、闹事，表现出政治短见。除此之外，我不是党员，甚至是半个犹太人。最后，我的家庭生活也是一团糟。

然后我被开除了。被叫到党委办公室开会，他们说：

"够了！不要忘记，记者工作——是先进的意识形态战场的前线。而在前线最重要的是纪律。这一点你做得非常不好。明白吗？"

"多多少少吧。"

"我们给你一次改正的机会。去工厂。在沉重的体力劳动中表现自己。做一个工人通讯员。在你的通讯稿里反映真实的生活。"

我立刻就忍不住了。

"还说是为了真实的生活，"我说："您没经过审判就把我枪毙了！"

参会人员气愤地相互看了看。我被"依据个人意愿"辞退了。

然后，我没有再找工作。我编辑了一些将军的回忆录。在广播电台挣点外快。写了一本小书，名叫《共青团员征服苔原》。就在这件事上我又犯了一个愚蠢的政治错误。书里讲述的是关于蒙切戈尔斯克城建设的故事。事件发生在三十年代。负责施工的工人里有很多犹太人。我记得有希姆库斯、费利德曼、拉斯波波尔特……市委的人获悉此事，说："这犹太复活主义的宣言是怎么回事？这些苔原区的神秘犹太人是怎么回事？立刻销毁所有印本！……"

好在报酬我及时拿到了。然后我给杂志写内部评语。与电视台匿名合作。简言之，我成为一名自由撰稿人。最后就莫名其妙地来到了塔林……

我们注意到，在这一段文本中，作家使用了几次不定人称动词，分别是：выгнали, вызвали, ознакомились, сказали。也就是说，在讲述苏联当权者的动作、行为时，多甫拉托夫没有指出他们具体的人名、职务、身份等，而是以不定人称句的形式将这些人物的个性抹去，只保留了他们的社会属性特征——"党委"或"市委"等。他们被冠以群体的形象出现，成为多甫拉托夫小说中"隐喻式"的人物存在。不仅在此处，我们发现在多甫拉托夫小说中几乎所有的"выгнать"一词的出现均以不定人称句的形式。由此可见，作家利用不定人称句的句法意义来隐晦地表达对官方行为的态度及立场。

上文中，多甫拉托夫两次谈及"犹太人"话题。一次是指明自己的犹太人身份，一次涉及自己所写书中的其他犹太人。根据小说的叙述，似乎多甫拉托夫的失败与其犹太身份相关联，而后一事件则更直接地说明了苏联官方当权者对犹太人的态度。

"在前苏联，犹太人问题始终是这个多民族国家最尖锐的民族问题之一，直到国家解体，这个问题还是没有得到解决。"① 十月革命胜利后，因为犹太人在战争中的重要贡献，随后的苏联政府内部不少要职都由犹太人担任。这一现象引起苏联国内反犹主义者的强烈反对。20世纪四十年代，反犹太主义者发起反世界主义的斗争。五十年代又发生了"医生阴谋案"，"政府宣布逮捕了一批有名的医生，其中多为犹太人。……苏联犹太人称这一时期为'黑色年代'"②。到了赫鲁晓夫时期，反犹主义已经完全公开化了。一方面，官方及部分苏联民众对犹太人的压制与排斥引发犹太人的反抗；另一方面，大量的犹太移民潮也在悄然酝酿。从20世纪七十年代开始，大量的苏联犹太人移民到以色列及西方国家。因此，也早有学者将俄罗斯历史上的第三次移民浪潮成为"犹太移民浪潮"③。多甫拉托夫在《外国女人》中也曾表示："第三次移民浪潮中，除了极个别例外，基本都是犹太移民。"（3，216）

在现实生活中无法实现的民族身份认同，使多甫拉托夫对民族身份报以回避、躲避的态度。而在其小说中，他借以伪纪实主义人物"多甫拉托夫"的艺术生命反映出自身对民族身份缺失的焦虑，并继续着关于民族身份的探寻。多甫拉托夫以小说的形式，记录了苏联七十年代犹太人的生存处境。我国学者唐裕生说："'一出问题就怪犹太人'几乎成为一部分俄罗斯人的一种固定的思维模式。"④ 多甫拉托夫也以笑话的形式描写过日常生活中的类似现象：

---

① 唐裕生：《前苏联的反犹政策与犹太移民》，《世界民族》1995年第1期，第40页。
② 同上，第43页。
③ 参见单之旭：《俄苏侨民文学的第三次浪潮》，《北京大学学报（外国语言文学专刊）》，1999年。
④ 唐裕生：《前苏联的反犹政策与犹太移民》，《世界民族》1995年第1期，第40页。

上校是个酒徒，侄子是游手好闲之辈，抢劫犯。这两个俄罗斯人喝醉了，把头探出窗外，呼吸点新鲜空气，然后就飞了起来。随后，他们之间就出现了这样的对话：

"你怎么看待犹太人？"一个人玩笑式地提出这个愚蠢的问题①。

上校回答说："有一天我们警察局新送来了一个人。所有人都以为——他是犹太人，结果，不过是个喝醉酒的人！……"(3,47)

苏联社会对犹太人的偏见由来已久。如果追根溯源，就会涉及伊斯兰教与东正教、基督教之间的历史纷争。这已经超出本书研究的范围，我们在此不做展开。我们所需要关注的是，身份为半犹太人的多甫拉托夫对犹太人、反犹太主义者是何种态度？我们在作家的小说里发现了不少有关苏联人民反犹态度的笑话，限于篇幅，我们在此只列举其中的两例：

1. "谢廖沙，给我解释解释，为什么人们讨厌犹太人？比如说，他们把耶稣钉在十字架上了。这当然无可厚非。但这已经是很久以前的事了……那么，现在，你看看。成天说犹太人，犹太人……瓦金——俄罗斯人，多尔斯季科夫也是俄罗斯人。他们倒是不会把耶稣钉在十字架上。他们能把他活吃了……你瞧，这就是反犹太主义发展的方向。朝着瓦金和多尔斯季科夫的方向发展。我反对这些、就像他们那样的人，我感受到一种疯狂的反犹太主义，你呢？"

"自然了。"

2. 我们和国内的文学大家潘诺娃②聊天。

"当然了，"我说："我反对反犹太主义者。但俄罗斯国家的主要职务当然应当由俄罗斯（族）人来担任。"

"亲爱的，"维拉·费尔多拉夫娜说："这就是反犹太主义。您刚刚所说的，正是反犹太主义。因为俄罗斯国家关键的职务应该由正常③人来担任……"(3,43-44)

---

① 该笑话讲述的是发生在一位上校和自己的侄子之间的生活插曲，但笑话由列宁格勒官员的口中转述。
② 多甫拉托夫曾为潘诺娃的临时秘书。
③ 原文为俄语字母大写，本文以黑体代替。

第五章 多甫拉托夫伪纪实主义叙事的艺术探源

或许,受到所处社会环境的影响,小说主人公多甫拉托夫并不曾意识到自己潜在的反犹主义倾向,但经由"文学大家"潘诺娃的"指点",他才突然发现到自己民族观念中潜藏的偏见。我们认为,多甫拉托夫之所以强调潘诺娃的身份,也是对其反对反犹主义之观点赞同、接受的暗示。多甫拉托夫小说中屡次出现有关犹太人的话题,同时,字里行间也流露出作为作家的多甫拉托夫对犹太人命运的反思与现实关怀。可以肯定的是,多甫拉托夫对犹太民族的态度是非歧视的,他对社会上盛行的反犹太主义态度也持反对态度。他珍视犹太人身上美好的品质,优良的素质。多甫拉托夫也认为,自己所擅长和突出的艺术特色之幽默以及自嘲的精神,似乎受到来自其犹太祖的先传统文化的影响:

会开玩笑,甚至恶意地、挖苦地自我嘲笑——无法消除的犹太民族最美好、最高尚的特点。

试问,是谁想出了那么多犹太笑话?这下明白了吧……

……

犹太人恢复了已经被人遗忘了的俄罗斯语言的优势——轻快、优雅、专制的幽默。能想象得到吗,《科洛姆纳城的小屋》[①]和《努林伯爵》[②]就是这样写成的。(4,322-323)

我们需要指出的是,虽然多甫拉托夫反对反犹主义,但这并不意味着他就是一个犹太复国主义者。他曾明确指出"反犹太主义"与"犹太复国主义"都属于同一个范畴,那就是极端的民族主义。在对待民族的问题上,多甫拉托夫表现出相对于俄罗斯人来说难能可贵的中庸精神。他避免了思想中的极端倾向,而选择更加理性、客观地看待问题。在民族问题方面,他的思想中隐现着世界主义的光芒。在伊·斯科拉潘诺娃(И. С. Скоропанова)的著作中,多甫拉托夫也与阿克肖诺夫、布罗茨基、巴·肯热耶夫(Б. Кенжеев)、萨·索科洛夫(С. Соколов)、济·济尼克(З. Зиник)等作家一道被归类为第三次"侨民浪潮"中的世界主义作家之列。[③]

由上文的论述我们看到,多甫拉托夫现实生活(依据采访内容)中对自己

[①] 《科洛姆纳城的小屋》(Домик в Коломне)是一本幽默诗集,普希金于1830年在波罗金诺时所创作的作品。

[②] 《努林伯爵》(Граф Нулин)同样为普希金所创的一本幽默诗集,写于1825年。

[③] Скоропанова И. С. Постмодернистская русская литература. СПб.: Невский простор, 2002. С. 389.

的民族身份是漠然的,他主观上认为自己不属于任何民族。但从事实的角度,这本身是很难实现的。任何一个人都有自己的民族属性之根,无论他自己是否在意或认同。然而,也应当承认,现实中的诸多因素,如苏联社会对犹太人的排挤,及苏联的大国沙文主义观念对其他少数民族的轻视等,都会促使强势文化与弱势文化之间对立的出现。正所谓"身份认同主要指某一文化主体在强势与弱势文化之间进行的集体身份选择,"①多甫拉托夫对民族归属既疏离而又亲近的复杂态度反映出其文化身份的"混杂性"(hybridity)。由血缘关系而确定的民族性并不能给予多甫拉托夫归属感,因为他所处的现实环境依然是异己的、他者的。多甫拉托夫长期以来深受犹太者身份的困扰,不仅从现实的角度,给多甫拉托夫在官方文学中获得合法地位造成了障碍②,更对多甫拉托夫的心理造成极大的阴影,在很大程度上构成了作家最终的移民原因。

身份认同,最核心的含义是指,自身与特定的社会文化的互相认同。而多甫拉托夫面临的却是"被双重抛弃"的境遇:一方面,多甫拉托夫在俄罗斯出生和成长,他认同并接受了俄罗斯文化,他对俄罗斯经典文学传统的继承和最终将自己定位为俄罗斯作家便可证明这一点。但另一方面,他又无法真正地与俄罗斯民族亲近,因为从事实的角度,他的身上并没有俄罗斯族人的血液(他是亚美尼亚和犹太人混血)。更为重要的是,在多甫拉托夫看来,整个苏联社会虽然在表面上宣扬民族间的平等与和谐,但事实上民族中心主义和对其他弱小民族的歧视始终如暗流般涌动着。

从多甫拉托夫在采访中的回答我们可以看到,民族身份对于多甫拉托夫而言是不确定的,它甚至可以为了自己的生存而被轻易更改。但在多甫拉托夫的伪纪实主义小说中,他塑造了自己的同貌人"多甫拉托夫",他对犹太民族等其他少数民族充满关注与关怀。他谴责反犹太主义,主张各个民族之间真正的信任与平等。虽然多甫拉托夫的这一理想在若干年后的今天看来仍然很难实现,但我们可以肯定的是,这是多甫拉托夫——一个民族身份认同过程中遭遇重重壁垒的人心底的心声。现实生活中,因为多种原因多甫拉托夫未能直接或诚实地表露出的观点,在其伪纪实主义小说中,他用艺术化的手法,借以同貌人的视角将它们一一呈现。

---

① 陶家俊:《身份认同导论》,《外国文学》2004年第2期,第38页。
② 在小说《手艺活》中,多甫拉托夫以历史资料为"佐证",详细讲述了苏联官方是如何故意引起事端以排挤犹太民族的作家。参见Довлатов С. Д., Собрание сочинений (т. 3), сост. Арьев А., СПб.: Азбука, 2014. C. 45-50.

二、作家身份的实现之难

"圣彼得堡哺育了众多文学巨匠：这里不但有'疯癫'的讲故事能手果戈理和'睿智'的小说家陀思妥耶夫斯基，还有不朽的'艺术丰碑'——诗人普希金。"①对于多甫拉托夫而言，这座城市具有特殊的意义。他一生的大部分时间都在这里度过。彼得堡深厚的文化积淀浸润了多甫拉托夫的成长历程，如他本人所说："我为托尔斯泰的智慧而倾倒。为普希金的雅致而赞叹。视陀思妥耶夫斯基的道德求索为珍宝。"(4,204-205)足以可见，圣彼得堡的文学大家对其文学创作之路所产生的重要影响。

多甫拉托夫的文学实践以诗歌创作开始。"1952年。我给《列宁之星火》报社寄去了四首诗歌。一首，当然是关于斯大林的。三首——关于动物的……""初期的短篇小说。它们发表在儿童杂志《篝火》上。类似于中等专家较差的作品……"(3,14)逐渐地，多甫拉托夫结识了他一生的挚友、艺术上的同路人——莱茵、奈曼、布罗茨基等。他笑称，布罗茨基的出现，取代了他一直以来的偶像海明威，成为他文学上永远的偶像。(3,17)

多甫拉托夫对自己文学创作经历的讲述并没有以自我为中心，而是把小"我"放置在整个列宁格勒文学流派的时代语境下加以映衬。列宁格勒文学流派是指20世纪六十至七十年代活跃在列宁格勒地下文学界的非官方作家代表，或者称在非书刊检查制度范围内创作的文学活动者。六七十年代的苏联知识分子的家庭出身与前几代知识分子不同，他们大多是在20世纪四十年代左右出生，有的并未直面过残酷的战争，对列宁、斯大林等政治领导人的印象也不深刻。他们从小就被教育成无神论者，因此，对宗教也无太多好感。同时，五十年代的"解冻之风"让他们有机会得以接触到大量西方作家的作品，因此，他们在思想上受到西方自由主义和个人主义等倾向的影响严重。海明威是他们这代人无论在精神上、文学创作上，甚至是日常行为方式上共同的模仿对象。多甫拉托夫如此形容自己身边的志同道合之人："我的朋友们坚持鲜明的真理。我们讨论创作的自由、获取信息的权利、对人的价值的尊重。我们对国家保持怀疑主义的态度。"(3,29)

20世纪六十年代末七十年代初的苏联正值勃列日涅夫掌权时期，虽然这

---

① 布拉德利·伍德沃斯、康斯坦斯·理查兹著，李巧慧、王志坚译：《圣彼得堡文学地图》，上海交通大学出版社2011年版，第1页。

段时期社会整体状况表现为"停滞"状态,但实际上,苏联当局并未放松对人民思想动态和意识形态的管制。其中最主要的表现就是成立国家安全委员会第五局,大力扩招情报工作者。该局主要任务是为苏共当局提供有关国家文化与社会生活、知识分子意见和情绪以及国外媒体对当局的评论等详尽信息。① 所以列宁格勒文学流派从诞生之日起就被视为官方文学的对立物,某种"异端"的存在。虽然"年轻的列宁格勒作家既不属于官方,也不属于持不同政见作家,而是处于两者的中间地带。"② 但列宁格勒文学流派的作家依然受到官方书刊检查机构严苛的检查,他们的文学作品只能通过"地下出版"的方式在小范围内悄声流传,而若想让自己的作品为广大普通读者所阅读、被官方所认可、资助则几乎是天方夜谭。

记录文学之路的几多坎坷是多甫拉托夫伪纪实主义小说的重要内容。他早已把文学融入自己的生命,认为"生命中最不幸的事情,就是安娜·卡列尼娜的死亡。"(3,112)然而那时,对文学充满一腔热情的多甫拉托夫却未能得到相应的回报。每当他把小说手稿寄给杂志社时,编辑都会客套地赞扬几句,然后,几乎毫无例外地在评语的最后写上:"很遗憾,由于众所周知的原因,小说不适合发表。"(3,30)多甫拉托夫的小说《五角》遭到这样的厄运,以集中营生活为题材的小说《营区》也是如此。列宁格勒委员会的一位官员评价说:"意识形态反对者的艺术才华越大,他就越危险。多甫拉托夫就是这样!"(3,40)这里"众所周知的原因"指的是什么?多甫拉托夫对此充满疑惑:

"三十年前,我开始笔耕事业。写了一部长篇小说,七部中篇小说和四百个短篇小说。(掰着手指算一算,简直比果戈里的作品还多呢!)我确定,我们和果戈里拥有同等的作家权利(义务却是不同的)。至少有一个必不可少的权利。发表已写的东西。也就是获得永生或失败的权利。

为什么我那平庸的、诚恳的、唯一的天赋要遭到这伟大国家无数机构、人、制度的扼杀呢?

我要弄清楚这一点。"(3,8)

在小说《手艺活》里多甫拉托夫详实地记录了自己文学实践的经历、每

---

① Горяева Т. Политическая цензура в СССР (1917-1991). М.: РОССПЭН, 2002. С. 351.
② 程殿梅:《二十世纪六七十年代的列宁格勒文学流派》,《俄罗斯文艺》2015年第1期,第121页。

一次的文学评价,甚至使用到了曾经的文学海报、会议通知单、编辑部的回信等原始资料。"唯一的天赋"遭到不明原因地扼杀,在多甫拉托夫心中留下不可弥补的创伤。他始终追寻一个作家的梦想,渴望这一身份能够得到官方和大众的认可。列宁格勒——普希金山——塔林——纽约,多甫拉托夫的每一次逃离都与文学创作上所遭遇的困境有关。但无论逃离到何处,忧郁情愫始终如影随形。在普希金山的一个夜晚,主人公阿利汉诺夫开始了与自己的对话:

"一个人写了二十年小说。他确信自己有一定的理由从事这份工作。他所信任的那些人,也已经准备好见证这一切。

但没有人出版你的书,发表你的小说。

……

写吧,既然已经开始,就要拖住这个沉重的担子。它越重,越容易……

已经无法活下去了。要么活着,要么写作。要么语言,要么事业。但你的事业是语言。"(2,211-212)

表面上看是一个"十足的创作个体"的人,其实"处于心理崩溃的边缘。"(2,269)多甫拉托夫在现实生活中所遭遇的一切挫折,都在其笔下的人物的命运上得以体现。无论是阿利汉诺夫、多尔马托夫还是"多甫拉托夫",他们都"重新经历"一遍多甫拉托夫的经历,成为他的代言者。与其说,上一段对话是阿利汉诺夫与自己,倒不如说是多甫拉托夫与自己的谈话。

在第一届多甫拉托夫国际研讨会上,鲍·罗赫林在《镜子里照出了谁》一文中指出,"在多甫拉托夫的艺术世界里,周围全部是镜子,作家试图通过他们反照出自己,并找出自己同周围人之间那稳定的,或只是瞬间的相似、共同点、亲缘性。好像作家被反射到很多面镜子中,但在每一个镜子里的自己都不太一样,是另一张面孔,另一个故事。"①

心理学上身份认同的概念首次出现在弗洛伊德的著作《大众心理学与人类之"我"的分析》中。他指出,在以抵制挫败感而产生的不同类别的自我保护机制体系中,人通过以下几个步骤来实现自我保护:情绪逃离、否定自我、身份

---

① Рухли Б. Кто отражает в зеркале // Сергей Довлатов: творчество, личность, судьба / Сост. Арьев А.Ю. СПб., 1999. С. 90-91.

认同、建构"自我"等。①通过与伪纪实主义的人物（自画像）建立精神上的对话联系，通过对他们形象的塑造，多甫拉托夫完成自我身份的建构。"只有与他者的对话与开放，生活的碎片和小事才能够成形……成为命运的长河。"②

学者多切娃指出，"这一阶段（六七十年代的苏联，笔者注）重要的修辞趋势（在最近十年的文学里）就是作者在最大程度上摆脱社会主义现实主义的形式传统，并重新展现时代形象的需求；把时代当作既成的文本和人物形象；把自己的生活经历作为创作的内容和结构之材料，而以艺术创作则作为作家灵魂上自我稳定的内心支柱。"③多甫拉托夫多年以来在文学上所遭受的失败与打击使得他对自己的职业身份产生了极度的怀疑。从朋友间的赞美到官方封杀这两极之间的反差使他迷失了自我，无法确定自己的人生价值和方向。伪纪实主义小说的主人公对身份问题的追问与探寻恰是多甫拉托夫本人在现实生活的情境中最隐秘的忧虑。小说中的"多甫拉托夫"与现实中的作家之间虽然存在诸多细节上的差别，但他往往更真诚、更完整地再现了作家本人内心深处最私密的思想与情感。

以伪纪实人物为盾牌，以小说的虚构本质为托辞，多甫拉托夫易于、敢于、也更加信任地把自己多年的创作困扰，对作家身份的焦虑这一真实情感交付于虚拟的艺术时空。所以可以说，伪纪实主义小说伪在事实，但情感往往比纯粹的自传来得更真挚。

三、移民者的流亡处境

1978年底，为了实现创作的自由，多甫拉托夫不得不与家人一道移民至美国纽约。在美国生活期间，多甫拉托夫一连出版了十二部小说，可谓过足了压抑多年的"作家瘾"。但在美国收获的鲜花与喝彩并未能消除多甫拉托夫心中的忧郁情结。"你永远无法成为一个真正的美国人"④以及"移民，意味着你永远是祖国的背叛者"⑤的两种声音始终在多甫拉托夫的意识中交织，使他既无望又自责，最后只能在"夹缝中生存"（между）或者时刻感觉自己"无

---

① Дочева К. Г., Идентификация личности героя в творчестве Сергея Довлатова. автореф. дис. докт. филос. наук. 2004. С. 29.

② Там же.

③ Там же, С. 15.

④ Довлатов С. Д., Собрание сочинений (т.3), сост. АрьеваА., СПб.: Азбука, 2014. С. 194.

⑤ Довлатов С. Д., Собрание сочинений (т.4), сост. АрьеваА., СПб.: Азбука, 2014. С. 12.

处藏身"(нигде)。①对此,多甫拉托夫晚期的创作以苏联移民在美国的生活为主,他选择将所有的侨居感受记录下来,讲述他们自己以及同胞们客居美国纽约,遭遇边缘化的人生经历。试图以文学创作的方式去重建已失去的身份与家园。

《看不见的报纸》创作于1984年,是多甫拉托夫聚焦苏联知识分子移民生存状态的首部作品。伪纪实主义主人公"多甫拉托夫"坦言,虽然他已经在美国生活了近五年的时间,甚至可以"说说自己的美国故事了"②,可他依旧无法适应眼前的一切:"我从嘈杂声和喊叫声中穿过。我是这人潮中的一分子,可我依然觉得自己是个旁观者。或许,这里的所有人都有类似的感受?"(3,211)美国学者约翰·多克曾指出,"移民"意味着既属于这儿,又属于那儿,既属于此时又属于彼时;意味着从一片土地背井离乡而又在另一片新的土地上承受着成为异乡人的痛苦。③对于"多甫拉托夫"来说,"移民"也同样是一个饱含苦涩的概念。他认为,"我们所改变的不是社会制度。不是地理或气候。不是经济、文化或语言。甚至不是——自己的秉性。人们不过拿一种忧伤取代另一种忧伤,这就是全部。"(3,114-115)

需要指出的是,包括多甫拉托夫本人在内的第三浪潮苏联侨民与前两次移民浪潮中的成员稍有不同。20世纪五十年代,苏联的"解冻之风"让他们有机会接触到不少西方作家如海明威、福克纳、塞格林、卡夫卡等的作品,他们的创作中所蕴藉的自由主义、个体价值的因子深深地吸引着对苏联神话充满质疑的后斯大林时代的苏联人,对于他们来说,向往自由的萌芽不断生长,美国也早已化身为民主、自由的天堂。但当真正踏上美国的领土后,他们才清醒地认识到,"美国不是天堂。其实,这里什么都有——一切坏的和好的事物。……自由——就像冷漠的月亮,既给猛兽照路,也给猎物照路。"(3,161)理想与现实之间横贯无法跨越的鸿沟,在移民者的心中留下深深的创伤印记,而且大多数移民者在踏出国门后不久就被苏联取消国籍,因此,他们一度成为无家可归的流亡者。"我们处境的痛苦之处在于:我们被带入一个没有空气的空间。我们无路可退——因为我们已经超越了过去的自己。我们也不想向前走,因为未来让我们感到生疏。"④

---

① Тимина С. В. Современная русская литература. 1990—начало 21 в. М.: Академия, 2013. С. 163.
② Довлатов С. Д., Собрание сочинений (т.3), сост. Арьева А., СПб.: Азбука, 2014. С. 115.
③ Docker John. *1492: The Poetics of Diaspora*. London / New York: Continuum, 2001. p. 7.
④ Вайль П. Л., Генис А. А. Потерянный рай // Новый мир, 1992. № 9. С. 142.

对于苏联移民者来说，来到美国后首先要确定的就是职业身份，职业是移民者与异国社会真正发生联系的手段，是移民者重塑自我身份的首要步骤，何况"在西方，职业决定了一个人的身份"。①在该部小说中，多甫拉托夫对"第三浪潮"的苏联移民进行了划分，他们共分为四个派别，分别是政治派、经济派、冒险派和艺术派。政治派的构成自然是苏联时期的持不同政见者，来到美国后，他们当中具有高级职业技能的人顺利地找到了工作，他们成为医生、工程师、学者等；经济派移民者的主要目的就是改善生活，因此，他们易抛弃旧有的身份观念，在美国找到辛苦但收入很高的职业，例如出租车司机；冒险派移民的原因通常非常荒诞，属于因"偶然"事件或"冲动"而做出的选择，但好在美国是"供养寄生虫"②的国家，他们也可以靠领取社会保障金过活。

但是"我们"是谁？"我们是作家、艺术家、编辑、艺术理论家、记者，是有着艺术天分的人"。（3，147）"对于我们来说，一切开始地很困难。我们基本上不懂英语。更改职业也不是很情愿。领保障金这种事更是耻于去做。我们——是一群失败者。"（3，148）政治派、经济派与冒险派都可以在美国顺利确定自己的职业定位，但属于艺术派的苏联知识分子们却面临文化失语与生活能力的缺乏，他们骨子里所带有实现艺术使命的崇高追求阻碍了他们去从事简单、平凡甚至平庸的工作。从"有着艺术天分的人"变为"失败者"，从苏联知识分子变为美国失业者，剧烈的身份转变对苏联知识分子移民而言无异于挥之不去的梦魇。失去原有身份的苏联知识分子移民经常聚集在他的家中，一起畅聊自己的"职业理想"。音乐家伊·戈莉茨想凭借自己优雅的气质和不俗的品位嫁给美国的有钱人；经济专家斯卡法里希望被有钱人收养，成为对方的继子；宗教活动家列姆库斯的想法更加荒谬，他建议在纽约的富人区闲逛，看到有人遛狗时，就走上前去，撩拨小狗，争取被咬，一旦被咬成功，富人就会为了避免法律纠纷而支付一大笔钱作为补偿，以此便可大赚一笔，他以"上帝眷顾穷人"和"劫富济贫不是罪"为自己的想法开脱。可以说，美国的生存方式与价值观，如实用主义、享乐主义、投机精神等时刻冲击着苏联移民早已根植的道德标准体系；但另一方面，传统的苏联知识分子的精神，如遵从良心、道德的底线，坚守信仰等原则仍然在制约着他们。最终，他们找到了最能够体现每一个知识分子价值的事业：创办一份反映苏联移民真实生存状态的报纸——《镜子》。

---

① 张淑华等《身份认同研究综述》，《心理研究》2012年第5期，第25页。
② Довлатов С. Д., Собрание сочинений (т.3), сост. АрьевА., СПб.: Азбука, 2014. С. 146.

《镜子》一经面世就收获热浪般的反响,该报日销售量最高达到了1.1万份。但好景不长,尽管所有的编辑部成员长期以来免费工作,但报社的运营依然入不敷出。并且为了自由而移民的苏联知识分子在工作中对"民主的程度"要求甚高。即无论大事小事,全都投票解决。渐渐地,"多甫拉托夫"发现,"民主是伟大的力量,也是沉重的负担。"(3,187)过度的民主不仅阻碍办工效率,也使编辑部人员之间积怨加深。此外,作为报刊主编的"多甫拉托夫"对于市场经济的资本运作很是抵触,他认为,"《镜子》是我们期盼已久的自由言论的平台,是争夺民主的胜利,是奉若神明的孩子。如果《镜子》变成了和香肠、鲱鱼一样的商品——这样的事实才令人难以接受。"(3,190)该小说的最后,一场意外的火灾将这群苏联移民的职业梦想化作灰烬。"多甫拉托夫"及其移民好友职业身份的建构也宣告失败。自身文化的矛盾性与对移民国的片面认知注定了苏联移民难以成为理想中的"新美国人"(новый американец)[①]。

《外国女人》是多甫拉托夫唯一一部以女性为主人公的小说,多甫拉托夫通过对单亲母亲玛鲁夏个体生命经历的讲述,来观照女性移民在新移民环境中所遭遇的特殊身份困境,并将此部小说献给"身在美国的、孤独的俄罗斯女性,怀着爱、忧愁与希望的她们。"(3,213)

美国纽约皇后区森林小丘(forest-hill)108号大街是俄罗斯侨民的聚居区。"这里有俄罗斯商店、幼儿园、照相馆、理发店。有俄罗斯旅行社。有俄罗斯律师、作家、医生、不动产商人。有俄罗斯土匪、疯子和妓女。"(3,215)可见,俄罗斯人的到来,迅速地改变了当地的文化气候,历经两种文化的博弈之后,多甫拉托夫戏称这里为"俄罗斯在美国的殖民地"。(3,215)小说一开篇,读者就能明显地感受到多甫拉托夫对自我身份的强烈关注及其认同意识。他说:

"我们——这是在超市周围的六栋砖楼,主要居住的是俄罗斯人。也就是不久前的苏联公民。或者,按照报纸上的说法,——第三浪潮的移民。

我们的生活区从铁路路基一直延伸到犹太教会会堂。稍北一点是米多湖,南一点就是皇后街花园。而我们——在中间。"(3,215)

从作家的描述中,我们似乎读不出一般移民文学中所带有的弱势者的悲

[①] "新美国人"实际上为小说中报刊《镜子》的真实名称,首刊于1980年2月8日在美国纽约发行,详见Орлова А, Шнеерсон М. Блеск и нищета Нового американца.// Вестник (online): http://www.vestnik.com/issues/2002/0515/koi/orlova.html.

观,反而感受到一种暗含的"优越感"与满足。在这里生活的所有"第三浪潮"苏联移民构成了新的文化共同体,也是"我们"一词的全部所指。并且,以作家的视角来看,米多湖和街心花园像两个天然屏障,将苏联移民安全地保护在一个特定的空间内,由此他们还占据了"中心"的位置。然而,以客观视角来看,他们生活的区域具有封闭的、"孤岛"式的空间特征。这是构成苏联移民者与美国本土居民疏远甚至隔离的地理因素。霍米·巴巴认为,空间位置布局也往往反映出少数流散异族在宗主国的边缘身份特征。① 多甫拉托夫表面上略带得意的叙述,实际上正是其安全感缺失的心理表征,是他在精神上乔装的"胜利"。事实上,处于两种文化撕裂状态下的生活才是移民者的真实状态。

《分支》被称为多甫拉托夫的绝笔之作。它以1981年在美国洛杉矶召开的"俄罗斯侨民文学:第三次浪潮"大会的真实事件为原型创作而成。在该部小说中,多甫拉托夫将此次国际大会改名为"新俄罗斯",它主要讨论的议题为:俄罗斯的昨天、今天与明天。

小说主人公多尔马托夫不仅在姓名上与作家多甫拉托夫十分接近,就连生平经历也有颇多相似之处,他几乎就是作家的"同貌人"。多尔马托夫是纽约"第三浪潮"广播电台的编外记者兼播音员。一天,他被派往加利福尼亚全程跟踪该研讨会的进程。初到陌生的加利福尼亚,多尔马托夫就感到一种莫名的"危机感"。他总是担心有某种不祥之事会发生。果然,他的"不幸"发生了——多尔马托夫的初恋女友塔夏也来到了加利福尼亚,并且出现在他的面前,要求与他同住。塔夏通过一番解释,表明自己的来意。"你是我唯一的希望。我的生活完了。伊万结婚了。我没有钱。而且,我还怀孕了。"② 接着,多尔马托夫了解到,塔夏的孩子并不是伊万的,而是一个叫列瓦的有妇之夫的。列瓦把她抛弃后,人也消失了。而此次塔夏的到来,是为了寻找活动家萨姆索诺夫,因为他曾许诺给塔夏谋得一份工作。

塔夏的突然出现打破了多尔马托夫平静、无聊的生活,也让他尘封已久的苏联记忆渐渐开启。多尔马托夫与塔夏年轻时就认识,他们曾为列宁格勒大学语文系的同窗。二人曾经相恋,但因多尔马托夫服兵役的离开而分手。多尔马托夫一面讲述加利福尼亚当下发生的事情,一面以"闪回"的方式,无助地回忆起他的初恋时光。小说叙述也在苏联与美国两个时空中来回穿梭,在过

---

① 参见陈靓《后殖民的理论反思和文化投射——霍米·巴巴教授访谈录》,《当代外国文学》2014年第4期,第159页。

② Довлатов С. Д., Собрание сочинений (т. 4), сост. Арьев А., СПб.: Азбука, 2014. С. 51.

去与现实之间游弋。"我"和塔夏的"曾经"与"现在"被置于两个对立的视角,构成鲜明对照:曾经的我"天真、纯洁、充满各种理想主义色彩"(4,40)。现在的"我"总在等待,某种意外的发生。曾经的塔夏"个子高高的,身材匀称。深蓝色进口短上衣把脖子遮的严严实实"(4,43)。而现在她穿着不好看的黄色长衫,怀着别人的孩子,被抛弃、被欺凌,被"我"暂时收留。

多尔马托夫记忆里美好的事物已经不复存在或发生了显著的变化,物是人非的情景再次唤醒并加重多尔马托夫对现实的失望与哀叹。小说叙事中强烈的时空交错感与"移民"一样,是空间、时间以及认知的错位,是作者对多尔马托夫身份困境的隐喻性描写。英国经验主义者约翰·洛克认为,意识,尤其是对过往行为的记忆,是自我身份认同的有力保障。①他在潜意识当中渴望找到他本身以及塔夏身上的过去的影子,找回曾经的完整的、确定的苏联人身份。但记忆中诸多身份标志在主人公的身上已经荡然无存,他与塔夏的爱情也早已成为过去,没有重归于好的可能。每当塔夏诱惑多尔马托夫,试图与他重温旧梦时,多尔马托夫都予以无情地回绝:"塔夏,请记住。我们认识三十年了。二十年前我们分手。大约十五年没有见过面。你喜欢万尼亚。又因为列瓦怀了孕。我有妻子和三个孩子(不知为什么,我会多加一个孩子)。然后,突然冒出这种事情。我甚至不想对你有任何欲望。"(4,64)小说以此暗示了多尔马托夫对记忆身份的追寻只能在失落中消沉。

在该小说叙述的另一条主线——研讨会上,众多苏联移民的一项提议将多尔马托夫的个体身份认同推向集体身份认同的范畴。根据小说的讲述,参加此次大会的人员大多是苏联移民,虽然在很多问题的讨论过程中出现过分歧,但也出现过令人吃惊的"意见的一致性"。例如,"所有人都一致认为,西方注定要灭亡,因为它摒弃了传统基督教宝贵的东西。所有人都一致同意,俄罗斯——属于未来的国家,因为她的过去是恐怖的,现在也是不明朗的。最后,所有人都一致认定,移民者——是她理所当然的分支。"(4,138)此外,他们还认为,作为俄罗斯在世界上的分支,就像俄罗斯所属共和国或边疆区等其他行政单位一样,在美国的苏联侨民也应当有自己的主席、总理,甚至反对派。于是,大会的最后一项议程就是,在苏联移民中评选出担任上述职务的最佳人选。"这三个人要组成统一民族政府。并且,上议院取代了国家杜马。联邦议会变成了人民经济联合会。……本来应该选出三个人。结果候选人就有近40

---

① 转引自詹俊峰,《拉康的精神分析理论和文化身份研究》,《西安外国语大学学报》2012年第1期,第21页。

个。看得出,国事活动家在移民者里真够足的。"(4,143)最令人意外的是,为了体现出"俄罗斯的分支"对女性的尊重,反对派的领导者将由塔夏担任!原来,这就是萨姆索诺夫承诺给她谋的差事。

这一幕场景使读者不禁发笑,苏联移民者欲在美国建立俄罗斯分支的想法也充满了荒诞、讽刺的意味。它把一直在小说中暗暗涌动着的、压抑着的荒诞因素推至最高值甚至达到喷涌而出的临界点。而此时的多尔马托夫已无力对抗所有发生在眼前的荒诞场景,他本想借助酒精的力量来发泄所有积压在内心的情绪、与所有现实彻底清算。但突然他转念拿起了电话,打给了在纽约的家人。小说情节这一处的骤然转折使已达到峰值的荒诞性在日常的家庭对话中得到悄然消解。

虽然叙述者并未刻意强调,但小说中的这一细节值得我们关注。多尔马托夫在整部小说中共给家人打了三次电话,对话者分别为他的妻子、女儿和儿子。这三次通话对多尔马托夫而言,具有重要意义。他认为,"这些数字里具有某种神奇的魔力。它们把上千次把我从荒诞的王国里拉回到现实生活的边缘。"(4,151-152)例如,多尔马托夫与女儿有这样一段对话:

"听着,你当然认为,我是一个普通的、可怜的移民者。一肚子不满的失败者。就像人们所说的,以前的……"
"瞧,你又开始了……你说这些什么意思?"
"你知道,事实上我是谁吗?"
"嗯,你是谁?女儿问,可以听出,她已经有点生气了。"
"你现在就知道了。"
"怎样?"
"我停顿了一下,郑重其事地说:我——是全美国冠军。你知道是什么项目的冠军吗?"
"噢,天哪,说吧,什么冠军?"
"我——是美国冠军,美利坚合众国——最爱你的——冠军!"(4,130-131)

醉酒的多尔马托夫面对眼前的荒诞场景并没有怒吼、谩骂,而是温柔地向女儿倾心吐露他的父爱,对这一场景的描写让读者感到心痛的同时,也会油然而生无奈之感。正如俄罗斯学者亚·佐库连科所说:"当失去了祖国后,只剩下家庭。只剩下俄语。只剩下，所说过的话。"①在定居国，家庭对于多尔马托夫和其他移民者来说往往是现实生活中的唯一精神寄托。他们把家庭视为与俄罗斯血脉相连的象征，是苏联人身份的延续。当对祖国这个"大家"的怀念与爱无处释放时，移民者往往会移情于自己的"小家"，试图通过对家庭的爱的回归，找到心灵的归属，并期待在亲情世界里获取自己的身份认同。多尔马托夫认为，在美国社会他是一个没有成就的、无足轻重的角色，但在他的小家庭中，他永远有自己的位置。"丈夫""父亲"的身份对多尔马托夫来说，是他唯一确定的、永不消失的身份特征。

综上所述，在多甫拉托夫晚期三部作品中，虽然主人公们所面临的身份问题各不相同，但他们都曾进行积极地身份探寻与建构。这在宏观上与俄罗斯移民文学普遍的晦涩、沉重的色调相异。"在很多俄罗斯作家的笔下，异国生活被描写成彼岸世界的存在。如此痛苦、令人折磨以至于无法忍受的生存状态通常导致一个自然的结果——死亡。"②例如，亚·季诺夫耶夫的小说《我的家，我的异乡》(Мой дом-моя чужбина)以主人公的自杀而结束；在乌·什捷尔恩的小说《瓦西里科夫的原野》(Васильковое поле)里，主人公将自己比作一只被从高空扔下的猫，"虽然还活着，能听见，也能看见，但已经丧失了生活的能力。"③在纳博科夫的小说《注视者》(Соглядатай)中，移民者斯廖洛夫甚至在意念中宣称自己已经死亡……相比之下，多甫拉托夫这三部移民小说的结局可谓温和得多。多甫拉托夫在小说《外国女人》中安排了一个好莱坞式的大团圆结局——"Happy ending"，故事在玛鲁夏与拉法热闹的婚礼现场中落下帷幕。而《看不见的报纸》的结尾写道："我在那站了一分钟，便再次走进人群。……我向前走着，望着这些迎面走过来的人。"(3，212)小说《分支》的结尾竟也与此有几分相似："抽完烟，我走出宾馆，走进雨中。"(4，156)由此可见，小说主人公无论在此前经历过怎样的变故、痛苦、迷失，他们都没有走向精神崩溃、道德沉沦或其他极端的道路，而是以"在路上"的形象消失在读者的视线尽头。作家以极为克制、隐忍的笔触将人物本应一泻而出的情感予以消融，充分体现出后现代主义作家多甫拉托夫与现实世界"妥协""和解"的艺术主张。

---

① Закуренко А. Ю. Сергей Довлатов как Рассказчик // http://www.topos.ru/article/4095.
② Тихомиров Е. В. Литература и небытие（к вопросу о поэтике прозы «третьей волны» русской эмиграции）// Литература третьей волны русской эмиграции: сборник научных статей. Самара: Самарский университет, 1997. С. 69.
③ Штерн Л. С. Васильковое поле. Третья волна: Антология русского зарубежья. М., 1991. С. 225.

一切困扰着主人公们的问题也同样困扰着多甫拉托夫本人。作为一生用俄语写作的作家，多甫拉托夫对祖国俄罗斯有着深深的怀念之情，但是作为长期流亡美国的作家，多甫拉托夫又不得不在异国的社会历史文化语境中寻求立足之地，在这两者之间多甫拉托夫感受到的是精神家园的失落与身份困惑，是焦虑和痛苦交织下的危机感。具有鲜明自传性的上述三部小说以高度仿真、纪实的艺术手段再现了多甫拉托夫对身份问题的思索。英国著名的后殖民理论家斯图亚特·霍尔曾说："身份认同总是一个不断变动的过程。"①的确，在多甫拉托夫看来，身份问题是一个移民者身上抹不去的符号标记，它将伴随移民者的一生。移民者对身份认同的追寻始终是一个过程，它有开端，却无人知晓，它的终点将归落何处。多甫拉托夫移民小说中以主人公"在路上"的形象来隐喻他们的身份问题的永恒性，与此同时，也折射出多甫拉托夫本人"未完成时"与"进行时"的身份观。

---

① 斯图亚特·霍尔、保罗·杜盖伊编著，庞璃译：《文化身份与族裔散居》，河南大学出版社1993年版，第230页。

结　语

　　伪纪实主义叙事是多甫拉托夫创作的本质特征,它构成了多甫拉托夫文学创作关键的、独特的艺术风格,也是我们全面把握作家小说艺术价值的重要环节。在本书中,我们以《妥协》《营区》《保护区》《手艺活》《外国女人》《分支》《我们一家人》《手提箱》等八部中篇小说为主要的文本分析对象,分别从伪纪实主义叙事的内涵、话语、结构、人物及伦理的角度深入分析伪纪实主义在多甫拉托夫作品中的艺术表现形式及其所蕴含的审美思想。通过本书的论述,我们得出以下结论:

　　第一,纪实与虚构的辩证统一是多甫拉托夫伪纪实主义叙事的本质。

　　作家小说的自传性为国内外学者一致公认的特点,需要指出的是,只在一定程度上,这是一个事实。因为借由伪纪实主义手法多甫拉托夫把现实生活转变为小说。换言之,作家的人生在小说里已经被诗化,而成为审美活动的对象。如果一味地在作家的小说当中搜寻作家的人生踪迹并以此形成对作家形象的理解,则易只得出不可靠的结论。为了从更加专业、科学的角度去研究这样一位作家,我们必须借助于小说以外的有关他生平经历的事实资料,而把作家的小说归于小说,即以审美的眼光来看待。

　　第二,第一人称叙述视角和全知视角的多重交错、作家同貌人的叙述面具、修辞性改写等是多甫拉托夫伪纪实主义叙事话语的主要特点。

　　伪纪实主义小说在叙事话语上表现出叙事人称的变换、叙事面具的使用和修辞性改写等特征;在叙事人称方面,作家的小说以第一人称叙述为主,体现"回忆录"和"自传"的体裁风格,增强小说的纪实性;但作家同时在不经意间频繁地通过叙述视角的转移扩大视域范围和叙述权限,丰富叙述内容,但叙事虚构性也由此暴露;叙事面具是作家伪纪实主义叙事的重要手段,作家同貌人的叙述者形象与作家本人及主人公之间形成若即若离的叙事张力,作家生平与主人公经历的高度互文也使得故事空间由文本内向现实生活无限延展,极大扩展了对小说文本的诠释潜能。

第三,环形、边框、双文体和多文体的叙事结构是伪纪实主义小说叙事结构的主要类型。

环形和边框叙事为多甫拉托夫小说文本一般而具有普遍意义的结构,而伪纪实性的叙事结构更多地表现为双文体和超文体结构,具体指纪实文体如书信、日记、新闻报道等与短篇小说文体的组合。双文体、超文体小说叙事构成了文本间不同叙事功能的对话,凸显读者在文本再建构及阐释中的角色意识,进一步提升了小说的艺术审美价值。此外,就结构方面,多甫拉托夫虽多次声称自己对于形式的满不在乎,实则花费大量心思对小说结构进行精心布局,作家之言与行的矛盾对立与伪纪实主义小说悖论性的本质相互呼应。

第四,以审美主义为旨趣的文学观和真实观、高度文学化的自由个体叙事立场、"关怀自己身"的身份认同诉求共同建构起作家伪纪实主义叙事的伦理维度,体现作家对自我、作者和书写三者伦理关系的探索。

多甫拉托夫打破生活与艺术的边界,把世界当作经过审美主体之"我"过滤以后的存在,如他所说:"我们每一个人都是自己所感受到的那个样子。"(1,264)多甫拉托夫拒绝文学被世俗功利化的做法,反对将文学当作政治宣传、改造世界的工具的行为。他呼吁恢复文学"最本质、最重要的特点——公开、自由的自我表达的能力。"于是,伪纪实主义小说里便充分展现了多甫拉托夫的创作自由、审美自由和自我塑造、展现的自由。伪纪实主义创作的发生也与多甫拉托夫的个体生命体验密切相关,是他"关怀自身"的艺术表现。伪纪实主义小说以第一人称叙事视角展现出主人公"多甫拉托夫"眼中的世界,与此同时,也刻画出叙述者自身的形象。身份不确定的人物的出现正映衬了现实生活中多甫拉托夫的心境。作家所经历的来自民族、职业和国籍的身份认同的焦虑在其小说中均有深刻的反映。

第五,建立在现实主义基础之上兼具后现代书写特质的交叉(混合)文学样式是伪纪实主义小说在文学史观视域下的体裁定位。

一方面,多甫拉托夫的小说素材大多取自现实生活,其纪实性毋庸置疑,他从始至终对现实生活的关注也从未消失,它们在很大程度上奠定了小说文本的现实主义基础。另一方面,多甫拉托夫文学创作中的后现代主义特征也非常明显。伪纪实主义的文学创作手法冲破传统文学中人物塑造的决定论,而赋予人物诸多"不确定"因素。现实生活中的人无所谓绝对的好与坏,文学中更是如此。后现代主义小说向读者展示世界包括人的复杂及多面性,其命运的不可操控及偶然性。而就伪纪实主义小说而言,人物在艺术手法的作用下展现出个体生命的无限可能性与生命力,也体现出多甫拉托夫对当代人之荒诞生存状态的思考与审美视角。此外,伪纪实主义小说中事实与虚构的交织,真实性叙事情境的构建与亲手解构,现实人物的改写与变形等诸多方面都表现出伪纪实主义小说热衷于"游戏"的特征。可以说,多甫拉托夫在伪纪实主义创作过程中努力克服传统文学的模板与权威,力图找到自由思考,甚至无限幻想的出口,而发起了一场可以自我表现的文学实验。

尽管如此,我们却不能将多甫拉托夫的小说定义为完整意义上的"后现代主义小说"不仅是因为其小说内容体裁上的混杂性,更是从作家的书写立场、伦理表达等精神意蕴考察后的结果。总体而言,多甫拉托夫的叙事是以解构混乱、荒诞的现实此岸为手段,通过建构有序、和谐的理想彼岸,实现现实与虚构共存、共建的伦理选择。所以我们可以发现,多甫拉托夫小说叙事的总体基调是温暖、幽默、无冲突的。因此,多甫拉托夫的伪纪实主义小说就体裁而言属于现实主义与后现代主义的交叉式或混合式体裁,就其叙事策略而言极具后现代性、实验性,但叙事伦理却指向对生存方式、生存态度的探讨与建构,具有现实主义文学的价值导向。

形式主义文论家什克洛夫斯基曾说:"我从事的是文学理论的内部规律的研究如果以工厂生产线作比,那么我感兴趣的并非世界棉花市场的状况,也不是托拉斯的政策,而是仅仅关心纱线的编号以及如何编织它们。"[①]受大师的启迪,我们也试图将研究视角锁定在多甫拉托夫小说创作的内部规律上,以创作论视角出发来探讨他的小说是如何写成的。伪纪实主义叙手法之于多甫拉托夫,最大的意义莫过于他造就了其小说永远的谜,关于这个谜已经产生了无数作家的追随者与解读方式;而伪纪实主义对于我们来说又是一个全新的研究视角,通过它,我们可以发现从其他角度很难直接发现的作家的精神世界。

多甫拉托夫一生反对俄罗斯文学中的说教习惯,他拒绝生活导师的角色,坦言自己只愿做一个"讲故事的人"。但我们不得不承认的是,他的小说中也在讲述一些"道理",一些作家的反思与体悟,但他与传统的俄罗斯小说不同的是,他没有强迫人们接受,而这一切都包含在他平和的叙述语调与民主的叙事视角当中,他没有以居高临下的姿态俯瞰众生,而是身为其中的一分子,讲述自己的故事,讲述人类的心理历程。阅读他的小说,读者没有压迫感,更没有负罪感。这正是为什么多甫拉托夫的小说能够在20世纪末一回归就受到苏联读者的热捧,直到今天也常登畅销书榜单的原因。

[①] 维·什克洛夫斯基著,刘宗次译:《散文理论》,百花洲文艺出版社1994年版,第3页。

随着时间的流逝，多甫拉托夫小说中的人物原型——那些已经站出来出版了回忆录或者准备出版回忆录的人都将渐渐老去，直至离开这个世界。伪纪实主义小说没有了回忆录作为"副文本"的衬托也将会被读者以幽默小说或自传小说来接受。换言之，对于多甫拉托夫伪纪实主义手法的研究，在我们看来，应该成为对多甫拉托夫创作诗学整体把握的起点。这里包含了他对自我身份的迷茫，继而产生了对自我身份认同的探寻；这里有他对世界荒诞性的认知，继而产生了以诗化世界为手段的生存美学；这里有他对非此即彼、非黑即白的对人性粗暴的二分法的驳斥，继而塑造出了与现实生活中的真人相比"更加可爱、向前推近"的小说人物……伪纪实主义是我们客观地认识多甫拉托夫的一个全新视角，由此出发，我们看到了多甫拉托夫之所以成为多甫拉托夫的独一无二的价值。限于时间、精力以及知识结构的局限，关于多甫拉托夫作品中的伪纪实主义这一论题的研究仍有若干问题未能解决，不对之处欢迎国内外同行批评指正。

参考文献

俄文参考文献

A. 专著

[1] Арьев А. Ю. Сергей Довлатов: творчество, личность, судьба — итоги первой международной конференции Довлатовские чтения. СПб.: Звезда, 1999.

[2] Арьев А. Ю. Сергей Довлатов: лицо, словестность, эпоха — итоги второй международной конференции довлатовские чтения. СПб.: Звезда, 2012.

[3] Агеносов В. В. Советский философский роман. М.: Прометей, 1989.

[4] Баевский В. С.（рекд.）. История русской литературы XX века. М.: Языки славянских культур, 2003.

[5] Бахтин М. М. Творчество Франсуа Рабле и народная культура средневековья и Ренессанса. М., 1965.

[6] Бахтин М. М. Вопросы литературы и эстетики. М.: Художественная литература, 1975.

[7] Вин（Наталья Евсевьевы）. Не только Довлатов. СПб.: 3fish, 2003.

[8] Виноградов В. В. Наука о языке художественной литературы и ее задачи. М.: изд. А. НСССР, 1958.

[9] Виноградов М. М. О теории художественной речи. М., 1959.

[10] Виноградов В. В. Проблема авторства и теория стилей. М.: Гослитиздат, 1961.

[11] Виноградов В. В. Поэтика русской литературы. М.: Наука, 1976.

[12] Владимир Е. З. Сергей Довлатов и его герой. Казань: Отечество, 2002.

[13] Власова Ю. Е. Исследование творчества Сергея Довлатова. М.: Спутник, 2001.

[14] Волков С. Диалоги с Иосифом Бродским. М.: Независимая газета, 1998.

[15] Волкова М. М. Сергей Довлатов: там жили поэты. СПб.: Звезда, 1998.

[16] Гаршин В.М. Рассказы. М.: Правда, 1980.

[17] Генис А. А. Довлатов и окрестности. М.: Вагриус, 2004.

[18] Гинзбург Л. Я. О психологической прозе. М.: Intrada, 1977.

[19] Глэнд Д. Беседы в изгании. М.: Книжная палата, 1991.

[20] Гордович К.Д. История отечественной литературы XX века.СПб.: Спецлит, 2000.

[21] Горяева Т. М. Политическая цензура в СССР (1917-1991). М.: РОССПЭН, 2002.

[22] Горшков А. И. Русская стилистика. М.: Астрель, 2006.

[23] Довлатов С. Д. Малоизвестный Довлатов. СПб.: Звезда, 1995.

[24] Довлатов С. Д. Игорь Ефимов, Эпистолярный роман, М.: Захоров, 2001.

[25] Довлатов С. Д. Сквозь джунгли безумной, жизни. Письма к родным и друзьям. СПб.: Звезда, 2003.

[26] Довлатов С. Д. Речь без повода… или Колонки редактора. М.: Махаон, 2006.

[27] Довлатов С. Д. Жизнь и мнения. Избранная переписка, СПб.: Звезда, 2011.

[28] Довлатов С. Д. Последняя книга, СПб.: Азбука, 2012.

[29] Довлатов С. Д. Собрание сочинений (т.1-4), сост. А.Арьев, СПб.: Азбука, 2014.

[30] Доброзракова Г. А. Мифы Довлатова и мифы о Довлатове: проблемы морфологи. Самара: ПГУТИ, 2008.

[31] Елена Д. О Довлатове. Статьи, рецензии, воспоминания. Тверь: Другие Берега, 2001.

[32] Ерофеев Вик. Русские цветы зла. М.: Подкова, 1997.

[33] Есаулов И. А. Русская классика. Новое понимание. СПб.: Алетейя, 2012.

[34] Ковалова А., Лурье Л. Я. Довлатов. СПб.: Амора, 2009.

[35] Иванова Л. Ю. Сковородникова А.П., Ширяева Е.Н. Культура русской речи.

[36] Энциклопедический словарь-справочник.Издательство «флинта», «Наука», 2007.

[37] Лейдерман Н. Л., Липовецкий М. Н. Русская литература века (т.1-2). М.: Академия, 2010.

[38] Лотман Ю. М. Лекции по структурной поэтике. Тарту: Тартуского университета, 1964.

[39] Лотман Ю. М. Структура художественного текста. М.: Искусство, 1970.

[40] Лотман Ю. М. Анализ поэтического текста. СПб.: Ленинград, 1972.

[41] Лошакова Т. В. Зарубежная литература XX века. (1940-1990-е годы) М.: Флинта Наука, 2010.

[42] Людмила Ш. Я. Довлатов - добрый мой приятель. СПб.: Азбука-классика, 2005.

[43] Мотыгина Ж. Ю. Творческая индивидуальность Сергея Довлатова. Астрахань: Астраханский ун-т, 2006.

［44］Орлова Н. А., Петренко А. Ф. Семиотические и фольклорные модели смехового мира Сергея Довлатова. Пятигорск：ПГЛУ, 2011.

［45］Пекуровская А. Когда случилось петь С. Д. и мне, Сергей Довлатов глазами первой жены. СПб.: Симпозиум, 2001.

［46］Попов В. С. Довлатов. М.: Молодая гвардия, 2010.

［47］Попова И. М. Современная русская литература. Тамбов: ТГТУ, 2008.

［48］Пряхин И. И. "Низкий" жанр. М.: Российский писатель, 2013.

［49］Садовникова Т. В. Современная русская литература. Челябинск: Челяб, 2011.

［50］Сальмон Л. Механизмы юмора, О творчестве Сергей Довлатова. М.: Прогресс-Традиция, 2008.

［51］Синявский А. Литературный процесс в России. М.: РГГУ, 2003.

［52］Скоропанова И.С. Постмодернистская русская литература. СПб.: Невскийпростор, 2002.

［53］Соловьев В. С., Клепикова Е. З. Довлатов вверх ногами. М.: Коллекция Совершенно секретно, 2001.

［54］Сухих И. Н. Сергей Довлатов: время, место, судьба. СПб.: Азбука, 2010.

［55］Сухих И. Н. Лишний. Впервые с комментариями. СПб.: Азбука, 2011.

［56］Сухих И. Н. Уроки чтения. Впервые с комментариями. СПб.: Азбука, 2011.

［57］Сухих И. Н. Рассказы из чемодана. СПб.: Азбука, 2012.

［58］Сухих И. Н. Иная жизнь. СПб.: Азбука, 2012.

［59］Сухих И. Н. Русская литература для всех. От Блока до Бродского. СПб.: Лениздат, 2013.

［60］Штерн Л. С. Васильковое поле. Третья волна: Антология русского зарубежья. М., 1991.

［61］Тимина С. В. Современная русская литература. 1990——начало 21 в. М.: Академия, 2013.

［62］Энциклопедический словарь-справочник. Издательство «флинта», «Наука», 2007.

B.期刊、报刊

［63］Абдуллаева З. Между зоной и островом: О прозе С. Довлатова // Дружба народов, 1996, № 7.

［64］Агеева Л. Довлатов: ранние окрестности // Вопр. Лит, 2003, № 5.

［65］Амусин М. Эпистолярный роман о дружбе и недружбе // Нева, 2003, № 9.

［66］Анастасьев Н. «Слова - моя профессия»: О прозе С. Довлатова // Вопр. Лит, 1995,

№ 1.

[67] Баденков А. Чубайс мне друг, но Довлатов приносит деньги // Лица, 1997, № 6.

[68] Бобышев Д. Понять Довлатова трудно // Независимая газета, 1996, № 50. 68. Бондаренко В. Плебейская проза С. Довлатова // Наш Современник, 1997, № 2.

[69] Вайль П., Генис А. Потерянный райНовый мир // Новый мир, 1992, № 9.

[70] Вайль П. Без Довлатова // Звезда, 1994, № 3.

[71] Вайль П., Генис А. Искусство автопортрета // Звезда, 1994, № 3.

[72] Высевков П. Функции писем в структуре повести С. Довлатова «Зона» // Критика и семиотика, 2006, Вып. 9.

[73] Джозеф Хеллер, Писатели мира о Сергее Довлатове // Звезда, 1994, № 3.

[74] Добрычева А. А. Особенности синтаксической организации прозы Сергея Довлатова // Вестник Череповецкого государственного университета 2011, № 4.

[75] Довлатов С. Д. Литература в опасности это нормально: О проблемах литературы // Лит. Газета, 1990, № 33.

[76] Довлатов С. Д. Кто такие Вайль и Генис? // Лит. Газета, 1991, № 35.

[77] Довлатов С. Д. Два эссе // Звезда. 1993, № 1.

[78] Довлатов С. Д. Из неопубликованного // Кн. Обозрение, 1995, № 30.

[79] Ерофеев Вик. Дар органического беззлобия. Интервью с журналистом и писателем С. Довлатовым // Огонек, 1990, № 24.

[80] Ефимов И. Сергей Довлатов как зеркало Александра Гениса // Звезда, 2000, № 1.

[81] Ефимов И. Сергей Довлатов как зеркало русского абсурда // Дружба народов, 2000, № 2.

[82] Рейн Е. Несколько слов вдогонку // Звезда, 1994, № 3.

[83] Тесля А. А. Документальная проза: проблема и история жанров // Ученые заметки ТОГУ, 2012, № 1.

[84] Сухих И. Н. Книги XX века Заблудившаяся электричка // Звезда, 2002, № 12.

C. 副博士及博士论文

[85] Альбертовна А. Проза Сергея Довлатова: поэтика цикла. дис. канд. филос. наук. 2004.

[86] Баринова Е. Метатекст в постмодернистском литературном нарративе (А. Битов, С. Довлатов, Е. Попов, Н. Байтов). дис канд. филос. наук. 2008.

[87] Беневоленская Н. Русский литературный постмодернизм: психоидеологические основы, генезис, эстетика. дис. докт. филос. наук. 2010.

[88] Вейсман И. Ленинградский текст Сергея Довлатова. дис. канд. филос. наук. 2005.

[89] Власова Ю. Жанровое своеобразие прозы С. Довлатова. дис. канд. филос. наук. 2001.

[90] Вознесенская О. Проза Сергея Довлатова: проблемы поэтики. дис. канд. филос. наук. 2000.

[91] Воронцова М. Проза Сергея Довлатова: поэтика цикла. дис. канд. филос. наук. 2004.

[92] Выгон Н. Современная русская философско-юмористическая проза: проблемы гегизиса и поэтики. дис. канд. филос. наук. 2001.

[93] Доброзракова Г. А. Пушкинский миф в творчестве Сергея Довлатова: дис. канд. филос. наук. 2007.

[94] Доброзракова Г. А. Поэтика С.Д. Довлатова в контексте традиций русской литературы XIX-XX веков. дис. докт. филос. наук. 2012.

[95] Дочева К. Г. Идентификация личности героя в творчестве Сергея Довлатова. дис. канд. филос. 2004.

[96] Никитченко А. Третья волна демократизации как феномен глобального. дис. канд. полит. наук. 1999.

[97] Поливанов А. «Псевдодокументализм» в русской неподцензурной прозе 1970—1980-х годов. дис. канд. филос. наук. 2010.

[98] Средняк К. Писатели третьей волны эмиграции: проблемы взаимодействия с советской и западной интеллигенцией в 1960—1980-е гг. автореф. дис. канд. филос. наук. истор. наук. 2010.

英文参考文献

[99] Docker John. *1492: The Poetics of Diaspora*. London / New York: Continuum, 2001.

[100] Elizabeth Kostova. *The Historian*. New York: Little, Brown and Company, 2005.

[101] Forest L. Ingram. Representative Short Story Cycles of Twentieth Century. The Hague-Paris: Mouton, 1971.

[102] Jekaterina Young. *Sergei Dovlatov and His Narrative Mask*. Evanston: Northwestern University Press, 2009.

[103] Karen L. Ryan-Hayes. *Contemporary Russian Satire: A Genre Study*. Cambridge University Press, 1995.

[104] Michael Hinken. Documentary Fiction: Authenticity and Illusion. *Michigan Quarterly Review*. 2006, Vol. 45.

[105] Naomi Jacobs. *The Character of Truth: Historical Figures in Contemporary Fiction*.

Carbondale: Southern Illinois University Press. 1990.

［106］Negal James. *The Contemporary American Short-Story Cycle*. Baton Rouge: Louisiana State University Press, 2001.

［107］Olney Jemes. ed. *Autobiography: Essays Theoretical and Critical*. Princeton: Princeton University Press, 1980.

［108］Olga Hoffmann. Difficulties in Translation of Sergei Dovlatov from Russian into English Language. University of Alberta, 2006.

［109］Steve Amick. *The Lake, the River & the Other Lake*. New York: Anchor Books, 2005.

中文参考文献

A. 专著

［110］阿格诺索夫著，刘文飞、陈方译：《俄罗斯侨民文学史》，人民文学出版社2004年版。

［111］白春仁：《文学修辞学》，吉林教育出版社1993年版。

［112］别尔嘉耶夫著，雷永生、邱守娟译：《俄罗斯思想：19世纪至20世纪初俄罗斯思想的主要问题》，生活·读书·新知三联书店2004年版。

［113］别尔嘉耶夫著，石衡潭译：《自由精神哲学》，上海三联书店2009年版。

［114］巴赫金著，白春仁、小河译：《巴赫金全集》，河北教育出版社1998年版。

［115］伯格森著，徐继增译：《笑——论滑稽的意义》，中国戏剧出版社1980年版。

［116］北京大学俄语系俄罗斯苏联文学研究室编译：《关于〈解冻〉及其思潮》，北京大学出版社1982年版。

［117］布拉德利·伍德沃斯、康斯坦斯·理查兹著，李巧慧、王志坚译：《圣彼得堡文学地图》，上海交通大学出版社2011年版。

［118］程殿梅：《流亡人生的边缘书写》，中国社会科学出版社2010年版。

［119］多甫拉托夫著，刘宪平译：《手提箱》，人民文学出版社2005年版。

［120］多甫拉托夫著，刘宪平译：《我们一家人》，人民文学出版社2007年版。

［121］高宣扬：《福柯的生存美学》，中国人民大学出版社2005年版。

［122］汉娜·阿伦特著，杰罗姆编，陈联营译：《反抗平庸之恶》，世纪出版社2014年版。

［123］霍夫曼著，王宁等译：《弗洛伊德主义与文学思想》，生活·读书·新知三联书店1987年版。

［124］胡谷明：《篇章修辞与小说翻译》，上海译文出版社2004年版。

［125］侯玮红：《当代俄罗斯小说研究》，中国社会科学出版社2013年版。

［126］哈利泽夫著，周启超等译：《文学学导论》，北京大学出版社2006年版。

[127] 黄玫：《韵律与意义：20世纪俄罗斯诗学理论研究》，人民出版社2005年版。

[128] 华莱士·马丁著，伍晓明译：《当代叙事学》，中国人民大学出版社2018年版。

[129] 简·布雷默、赫尔曼·茹登伯格编，北塔等译：《幽默文化史》，社会科学文献出版社2001年版。

[130] 伽达默尔著，洪汉鼎译：《真理与方法》，上海译文出版社1999年版。

[131] 卡勒著，陆扬译：《论解构：结构主义之后的理论和批评》，中国社会科学出版社1998年版。

[132] 李森：《想象另一种可能》，鹭江出版社2015年版。

[133] 李辉凡主编：《论苏联文学中的人道主义问题》，安徽文艺出版社1988年版。

[134] 李晓林：《审美主义：从尼采到福柯》，社会科学文献出版社2005年版。

[135] 李新梅：《现实与虚幻——佩列文后现代主义小说的艺术图景》，复旦大学出版社2012年版。

[136] 刘建军：《基督教文化与西方文学传统》，北京大学出版社2005年版。

[137] 刘康：《对话的喧声：巴赫金的文化转型理论》，北京大学出版社2011年版。

[138] 刘小枫：《现代性社会理论绪论》，上海三联书店1998年版。

[139] 刘小枫：《诗化哲学》，华东师范大学出版社2011年版。

[140] 刘小枫：《走向十字架上的真》，华东师范大学出版社2011年版。

[141] 刘小枫：《沉重的肉身》，华夏出版社2012年版。

[142] 刘再复、林岗：《罪与文学》，中信出版社2011年版。

[143] 刘再复：《审美笔记》，生活·读书·新知三联书店2014年版。

[144] 龙迪勇：《空间叙事学》，生活·读书·新知三联书店2015年版。

[145] 卢梭著，李长山译：《论人类的不平等起源和基础》，商务印书馆1962年版。

[146] 卢梭著，吴雅凌译：《卢梭著疏集：文学与道德杂篇》，华夏出版社2009年版。

[147] 罗兰·斯特龙伯格著，刘北成、赵国新译：《现代西方思想史》，中央编译出版社2005年版。

[148] 马国新主编：《西方文论史》，高等教育出版社2008年版。

[149] 毛信德、蒋跃、韦胜杭译：《20世纪诺贝尔文学奖颁奖演说词全编》，百花洲文艺出版社2001年版。

[150] 米兰·昆德拉著，董强译：《小说的艺术》，上海译文出版社2012年版。

[151] 米歇尔·福柯著，刘北成、杨远婴译：《疯癫与文明》，生活·读书·新知三联书店2003年版。

[152] 尼采著，周国平译：《悲剧的诞生》，生活·读书·新知三联书店1986年版。

[153] 尼采著，张念东、凌素心译：《权力意志》，海南国际新闻出版中心1996年版。

[154] 尼古拉·别尔嘉耶夫著，汪剑钊译：《俄罗斯的命运》，北京联合出版公司2014年版。

[155] 聂珍钊：《文学伦理学批评导论》，北京大学出版社2014年版。

[156] 彭克巽主编：《苏联文艺学学派》，北京大学出版社1999年版。

[157] 乔·艾略特等著,张玲等译:《小说的艺术》,社会科学文献出版社1999年版。

[158] 任光宣、张建华、余一中主编:《俄罗斯文学史》,北京大学出版社2003年版。

[159] 热奈特著,王文融译:《叙事话语 新叙事话语》,中国社会科学出版社1990年版。

[160] 萨特著,陈宣良等译:《存在与虚无》,生活·读书·新知三联书店1997年版。

[161] 尚必武:《当代西方后经典叙事学研究》,人民文学出版社2013年版。

[162] 申丹、王丽亚:《西方叙事学》,北京大学出版社2010年版。

[163] 什克洛夫斯基著,刘宗次译:《散文理论》,百花洲文艺出版社1994年版。

[164] 什克洛夫斯基等著,方珊等译:《俄国形式主义文论选》,生活·读书·新知三联书店1989年。

[165] 叔本华著,石冲白译,杨一之校:《作为意志和表象的世界》,商务印书馆2007年版。

[166] 斯坦纳著,严忠志译:《托尔斯泰或陀思妥耶夫斯基》,杭浙江大学出版社2011年版。

[167] 斯图亚特·霍尔、保罗·杜盖伊编著,庞璃译:《文化身份与族裔散居》,河南大学出版社1993年版。

[168] 谭善明、杨向荣等:《20世纪西方修辞美学关键词》,齐鲁书社2012年版。

[169] 泰森著,赵国新等译:《当代批评理论使用指南》,外语教学与研究出版社2014年版。

[170] 托多罗夫编,蔡鸿滨译:《俄苏形式主义文论选》,中国社会科学出版社1989年版。

[171] 伊格尔顿著,王逢振译:《现象学阐释学接受理论——当代西方文艺理论》,江苏教育出版社2006年版。

[172] 韦恩·布斯著,付礼军译:《小说修辞学》,广西人民出版社1987年版。

[173] 韦涅季克特·叶罗费耶夫著,张冰译:《从莫斯科到佩图什基》,漓江出版社2014年版。

[174] 沃尔夫冈·伊瑟尔著,陈定家、汪正龙译:《虚构与想象——文学人类学疆界》,吉林人民出版社2011年版。

[175] 伍茂国:《从叙事走向伦理:叙事伦理理论与实践》,新华出版社2013年版。

[176] 徐崇温主编:《存在主义哲学》,中国社会科学出版社1986年版。

[177] 汪民安:《福柯的面孔》,文化艺术出版社2001年版。

[178] 温玉霞:《结构与重构:俄罗斯后现代主义小说的文化对抗策略》,中国社会科学出版社2011年版。

[179] 徐岱:《小说叙事学》,商务印书馆2010年版。

[180] 雅各布·卢特著,徐强译:《小说与电影中的叙事》,北京大学出版社2011年版。

[181] 姚斯、霍拉勃著,周宁、金元浦译:《接受美学与接受理论》,辽宁人民出版社1987年版。

[182] 以赛亚·柏林著,胡传胜译:《论自由》,译林出版社2003年版。

[183] 曾思艺:《探索人性,揭示生存困境——文化视角的中外文学研究》,中国社会科学出版社2004年版。

[184]张冰:《陌生化诗学:俄国形式主义研究》,北京师范大学出版社2000年版。

[185]张建华、任光宣主编:《俄罗斯文学名著选读》,北京大学出版社2005年版。

[186]张建华、王宗琥主编:《20世纪俄罗斯文学思潮与流派》,外语教学与研究出版社2012年版。

[187]赵澧、徐京安:《唯美主义》,人民大学出版社1988年版。

[188]朱立元主编:《当代西方文艺理论》,华东师范大学出版社1998年版。

[189]朱光潜:《西方美学史》,人民文学出版社2003年版。

B.期刊

[190]程殿梅:《对苏联集中营的另一种阐释——析多甫拉托夫的小说〈营区〉》,《解放军外国语学院学报》2009年第4期。

[191]程殿梅:《多甫拉托夫的〈监狱〉和俄罗斯的集中营文学》,《山东外语教学》2008年第6期。

[192]陈靓:《后殖民的理论反思和文化投射——霍米·巴巴教授访谈录》,《当代外国文学》2014年第4期。

[193]陈秀娟:《当代西方世界主义研究》,《哲学动态》2010年第2期。

[194]程正民:《巴赫金的体裁诗学》,载《清华大学学报(哲学社会科学版)》2009年第2期。

[195]董晓:《神话在笑虐中破灭——谢尔盖多甫拉托夫和他的〈手提箱〉》,《当代外国文学》2006年第4期。

[196]高孙仁:《元小说自我意识的嬗变》,《国外文学》2010年第2期。

[197]葛灿红:《俄罗斯作家多甫拉托夫研究综述》,《外国文学动态》2010年第5期。

[198]葛灿红:《真实和虚构:多甫拉托夫小说的叙事策略》,《俄罗斯文艺》2011年第2期。

[199]谷红丽:《文本的狂欢世界:诺曼·梅勒作品中的互文性策略解读》,《外国文学研究》2005年第2期。

[200]侯玮红:《我的祖国在远方》,《中华读书报》2005年1月22日。

[201]李新梅:《与混乱对话——俄罗斯后现代主义语境中的"混乱"现象研究》,《俄罗斯文艺》2009年第4期。

[202]李淑华:《勃列日涅夫时期书刊检查制度探究》,《俄罗斯学刊》2011年第5期。

[203]刘文飞:《20世纪的俄罗斯文艺学》,《文艺理论批评》2006年第8期。

[204]缪春旗:《短篇小说成套故事——一种独特的文学样式》,《盐城师范学院学报》2004年第1期。

[205]朴玉:《承载历史真实的文学想象—论〈愤怒〉中的历史记忆书写》,《当代外国文学》2014年第4期。

[206]秦烨:《库尔特·冯内古特小说的精神解析与形式建构》,《世界文学评论》2012年第

2 期。

[207] 任光宣:《当今俄罗斯大众文学谈片》,《俄罗斯文艺》2008 年第 1 期。

[208] 单之旭:《俄苏侨民文学的第三次浪潮》,《北京大学学报(外国语言文学专刊)》1999 年。

[209] 申丹:《从一个生活片段看不同叙事视角的不同功能》,《山东外语教学》1996 年第 3 期。

[210] 唐裕生:《前苏联的反犹政策与犹太移民》,《世界民族》1995 年第 1 期。

[211] 陶家俊:《身份认同导论》,《外国文学》2004 年第 2 期。

[212] 王守义:《海明威小说的语言风格极其艺术张力》,《外国语》1987 年第 2 期。

[213] 王宗琥:《俄罗斯后现代主义文学:源流与特点》,《俄罗斯文艺》2008 年第 2 期。

[214] 吴泽霖:《苏联回归文学的世纪末反思》,《国外文学》2002 年第 1 期。

[215] 吴嘉佑:《多甫拉托夫笔下的当代"多余人"》,《外国文学研究》2011 年第 3 期。

[216] 修倜:《"狂欢化"理论与喜剧意识》,《华中师范大学学报(人文社科版)》2001 年第 3 期。

[217] 杨淑敏:《当代苏联短篇小说体裁论争面面观》,《渤海学刊》1990 年第 1 期。

[218] 于双雁:《俄罗斯后现实主义文学初探》,《西安外国语学院学报》2013 年第 9 期。

[219] 张建华:《荒诞的存在与本真的叙述——多甫拉托夫的后现代主义小说评述》,《外国文学》2003 第 6 期。

[220] 张建华:《多甫拉托夫:一个重要和鲜亮的后现代主义现象》,《当代外国文学》2004 年第 4 期。

[221] 张捷:《苏联的"回归文学"》,《苏联文学》1990 年第 1 期。

[222] 张杰:《19 世纪俄罗斯小说创作中的主体性问题》,《外国文学研究》2013 年第 6 期。

[223] 詹俊峰,《拉康的精神分析理论和文化身份研究》,《西安外国语大学学报》2012 年第 1 期。

[224] 赵彦芳:《审美主义辨析》,《辽宁师范大学学报》2003 年第 2 期。

[225] 周启超:《二十世纪俄语文学:侨民文学风景》,《国外文学》1995 年第 2 期。

[226] 庄华萍:《凶年纪事的叙事形式与作者时空体》,《当代外国文学》2011 年第 1 期。

C.学位论文

[227] 程殿梅:《流亡人生的边缘书写——多甫拉托夫小说研究》,博士论文,山东大学,2010 年。

[228] 付瑶:《后现代主义作家的现实书写——讲述人多甫拉托夫》,硕士论文,四川外国语大学,2014 年。

[229] 葛灿红:《多甫拉托夫小说的叙事策略》,博士论文,中国社会科学院,2011 年。

[230] 黄露:《论元小说》,博士论文,贵州师范大学,2009 年。

[231] 李乃刚:《辛格短篇小说的叙事学研究》,博士论文,上海外国语大学,2013 年。

[232] 刘海婷:《1980 年以来德国自传文学中记忆话语的转变与身份认同》,博士论文,北京

外国语大学,2014年。

[233]马轶伦:《多甫拉托夫的小说〈手提箱〉的叙事系统建构研究》,硕士论文,哈尔滨工业大学,2014年。

[234]孙喜丽:《谢尔盖·多甫拉托夫短篇小说的创作特色》,硕士论文,东北师范大学,2011年。

[235]于双雁:《马卡宁后现实主义创作研究》,博士论文,北京外国语大学,2014年。

附 录

图一 多甫拉托夫根据新闻报道《Самая трудная дистанция》（多甫拉托夫以笔名С.Адер发表）创作同名短篇小说。参见：Довлатов С. Д. Собрание сочинений（т.1）, сост. А. Арьев, СПб.: Азбука, 2014. С. 371-376.

图二　多甫拉托夫根据自己的新闻报道《Наряд для марсианина》创作同名短篇小说，参见：Довлатов С. Д. Собрание сочинений（т.1），сост. А. Арьев, СПб.：Азбука, 2014. С. 325-328.

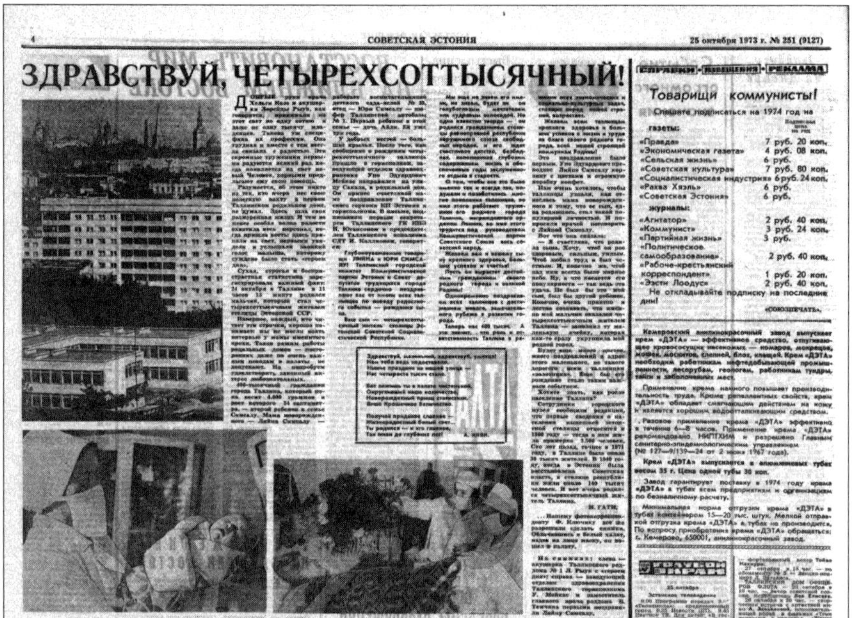

4 СОВЕТСКАЯ ЭСТОНИЯ 25 октября 1973 г. № 251 (9127)

ЗДРАВСТВУЙ, ЧЕТЫРЕХСОТТЫСЯЧНЫЙ!

«СЧАСТЬЯ В ЖИЗНИ!..»

В отпуск — по путевкам

ХРАНИТСЯ В АРХИВЕ

Документы о полководце

Товарищи коммунисты!

图三　多甫拉托夫根据新闻报道«Здравствуй, четырехсоттысячный»(为记者И. Гати所撰写)创作短篇小说«Человек родился»，参见：Довлатов С. Д. Собрание сочинений(т.1)，сост. А. Арьев，СПб.：Азбука，2014. С.278-302.

图四　多甫拉托夫根据新闻报道《Доярке совхоза Вильянди Эстонской ССР товарищу ПЕЙПС Лейде Аугустовне》创作短篇小说《В гору》，参见：Довлатов С. Д. Собрание сочинений(т.1)，сост. А. Арьев，СПб.：Азбука，2014. С. 328-370.

后 记

  2016年北京外国语大学博士毕业后，我来到厦门大学工作。期间，有数次机会可以出版此书，但我始终迟疑不决，主要原因在于，博士论文完成以后，我仍有意犹未尽之感，总觉得虽已找到通往多甫拉托夫秘密之城的路径，却没有拿到最后的入场券，与"多甫拉托夫先生"之间还有一段距离没有跨越。我也总以为，要研究一位50岁的作家，那我们至少也要有50岁人的阅历或智慧才能够与他平等、充分地对话。不去走他走过的路，又何以理解他做的选择？因此，每一位人文工作者是不是都要在智力上不断加速"催熟"自己？在这种奇怪思想的控制下，我体验生活、观察生活，希望在"催熟"自己的过程中，能够越来越懂多甫拉托夫的世界。毫不否认，现在的我比撰写博士论文时的我更能理解作家的处境，尤其是他的困境。但当我回过头去读"稚气"时期的自己所写的博士论文时，偶尔也会被自己"朴实无华"的语言打动，没错，打动我的是字里行间的无畏、无邪。那是每一位普通读者在不带有任何功利心的情况下阅读多甫拉托夫小说时都会获得的感受，也是任何一位文学研究者在开始工作时都必须首先回答自己的问题："是什么？怎么样？为什么？"这就是贯穿本书的朴素的写作逻辑。

  直到有一天，我发觉了或许可以用来阐释多甫拉托夫伪纪实主义书写的动机——隐藏在其后的浓厚的人文关怀。重要的是，这种关怀应该去温暖更多的人，哪怕不是通过直接阅读他的小说（多甫拉托夫的小说至今还未被完全译介到我国），而只是通过与他相关的学术专著得窥他的只言片语。

  当他一遍又一遍地把身边的"他者"变形、改写，一遍又一遍地重复着"地狱就是我们自己"时，我们应该明白，在多甫拉托夫的小说中永恒的主题不是批判，不是解构，也不是幽默，而是爱与和谐。他以殉道者的言说方式"说故事"给人们"听"，在他的"可发声的文本""可诵读的小说"中，回荡着一位长者对走在迷雾中的人们亲切的指引、关爱和宽慰的声音。他告诉人们，地狱就是我们自己，改变自己，即是改变世界。理解他者的差异、凝视他者、亲近他者，勇敢地担负起对他者的责任，为他者发声，便是对自己全部生命意义的成全。

  一路走来，我也有幸得到许多"他者"——业内外专家、学者的帮助与提

后 记

携,有的老师是我生命中的贵人,请允许我在此向他们表示感谢。黄玫教授是我的恩师。初入学时,黄老师不嫌我蒙昧,将我收于门下。在我撰写博士论文期间,黄老师更是倾注了无尽心血与付出,大到选题立意,小到选词用字,她都给予了我悉心指导。每当我觉得写作毫无思路,甚至怀疑自己时,她给予了我最贴心温暖的鼓励。黄老师为人温婉谦和,她不仅教会我如何做学问,也教会我如何做人。感谢刘文飞教授,当得知我的研究论题后,刘老师第一时间将他所知的与该论题相关的国内外研究资源介绍于我,对于当时还没有明确思路的我来说,这是对莫大的支持与鼓励。刘老师的写作文采飞扬,翻译水平精湛,无论在学术还是生活上都是我们年轻人学习的楷模。直到今天,我依然常常得到刘老师的叮嘱与教导,这是荣幸,更是动力。

同时,我也要感谢圣彼得堡大学的教授伊·苏西赫先生。在彼大进修期间,苏西赫教授耐心地解答我在理解文本时的困惑,激励我深入思考和探究未知的领域,并将宝贵的研究史料赠送于我,这些对我的研究产生重要影响。感谢俄裔美籍文艺学家亚·格尼斯先生,他积极回复我的每一封邮件,并详细地为我答疑解惑。感谢山东大学的程殿梅老师、中国社会科学院的葛灿红博士,作为国内为数不多的多甫拉托夫研究者,她们不顾工作繁忙,无私地与我分享研究经验,将相关资料寄送给我。此外,也要感谢南开大学的王志耕教授,中国人民大学的陈方教授,北京师范大学的张冰教授,北京外国语大学的汪剑钊教授、王立业教授、张建华教授等,无论在论文写作还是在科研工作上,他们都为我提出了很多中肯、宝贵的意见。工作以来,厦门大学外文学院成为我前行路上温暖的港湾,各位领导同事常常给予我鼓励与关怀,向我的老师、同事杨杰教授、徐琪教授、顾鸿飞教授以及各位同仁表示衷心的感谢!感谢厦门大学出版社的高奕欢编辑,她的专业、耐心与严谨为本书顺利出版保驾护航。最后,想对我的父母、先生以及即将四岁的海星道一声:谢谢!如果此书可以敬献给谁,那一定是你们,比心。

限于本人业务能力和知识水平,本书研究难免存在各种疏漏,恳请行内外专家学者不吝赐教!同时,也期待有更多学者投入多甫拉托夫学的研究工作中。最后想说,这是一篇十分缺乏理性的后记。科研工作中,我们已经耗尽了所有理性,且允许我们在后记里稍露一点儿感性吧。相信,只要在同一条道路上,我们一定会再见。

2021 年 8 月
于厦大海滨